FANTASY

Die Chronik der DRACHENLANZE
besteht aus folgenden Bänden:

Drachenzwielicht (24510)
Drachenjäger (24511)
Drachenwinter (24512)
Drachenzauber (24513)
Drachenkrieg (24516)
Drachendämmerung (24517)

MARGARET WEIS · TRACY HICKMAN

Die Chronik der Drachenlanze 4

DRACHEN ZAUBER

Aus dem Amerikanischen übertragen
von Marita Böhm

GOLDMANN VERLAG

Das Buch erschien in Amerika unter dem Titel
Dragons of Autumn Twilight bei TSR, Inc., Lake Geneva, WI, USA

Deutsche Erstausgabe

Der Goldmann Verlag
ist ein Unternehmen der Verlagsgruppe Bertelsmann

Made in Germany · 11/89 · 1. Auflage

Published in Federal Republic of Germany
by Wilhelm Goldmann Verlag GmbH

Umschlaggestaltung: Design Team München
Umschlagillustration: Larry Elmore
Innenillustration: Jeffrey Butler
Satz: IBV Satz- und Datentechnik GmbH, Berlin
Druck: Elsnerdruck, Berlin
Verlagsnummer: 24513
Lektorat: Christoph Göhler
Redaktion: Gundel Ruschill
Herstellung: Peter Papenbrok
ISBN 3-442-24513-3

Abanasinia
KRYSTALMIRSEE
XAK TSAROTH
SOLACE
Que-kiri
Que-shu
Que-teh
TORWEG-PASS
DÜSTERWALD
HAVEN
QUALINOST
NEUHAFEN
QUALINESTI
Alte Straße
PAX THARKAS

TURM DER KLERIKER
PALANTHAS
NORDERGOTH
SOLAMNIA
SÜDERGOTH
NEUMEER
SIRRION SEE
QUALINESTI
SOLACE
THORBADIN
STAUBEBENE
TARSIS
EISWALL

NORDMAAR
KALAMAN
ESTWILDE
BLUTSEE VON ISTAR
NERAKA
FLOTSAM
KHUR
SANCTION
BALIFOR
SILVANESTI
N
ANSALON

Der Rote Zauberer
und seine wunderbaren Illusionen

Schatten krochen über die staubigen Tische des Wirtshauses zum Flötenden Eber. Die Meeresbrise von der Balifor-Bucht pfiff schrill durch die schlecht isolierten Vorderfenster. Dieses unverwechselbare Pfeifen hatte dem Wirtshaus einen Teil seines Namens gegeben. Irgendwelche Vermutungen über den anderen Namensteil endeten beim Anblick des Wirtes. Der joviale, herzensgute Mann, William Süßwasser, war seit seiner Geburt verdammt (so erzählte man sich in der Stadt), weil ein umherlaufendes Schwein die Wiege des Säuglings umstieß und den kleinen William dermaßen erschreckte, daß das Mal des Schweins für ewig seinem Gesicht aufgedrückt bleibt.

Diese unglückliche Ähnlichkeit beeinträchtigte jedoch nicht Williams Charakter. Viele Jahre Matrose, hatte er sich, nachdem er in den Ruhestand getreten war, einen lebenslangen Wunsch erfüllt: ein Wirtshaus zu betreiben. In der Hafenstadt Balifor gab es keinen Mann, der mehr geachtet und geliebt wurde als William Süßwasser. Niemand konnte herzlicher über Schweinewitze lachen als William. Er konnte sogar äußerst realistisch grunzen und imitierte – sehr zum Amüsement seiner Gäste – oft Schweine. (Aber niemand nannte William nach dem verfrühten Tod von Holzbein Al »Schweinchen«.)

In diesen Tagen grunzte William selten für seine Gäste. Die Atmosphäre im Wirtshaus zum Flötenden Eber war düster. Die wenigen Stammkunden, saßen zusammengedrängt beisammen und redeten leise. Denn die Hafenstadt Balifor war eine besetzte Stadt – überrannt von den Armeen der Drachenfürsten, deren Schiffe vor kurzem in die Bucht eingelaufen waren.

Die Bewohner von Balifor – überwiegend Menschen – bedauerten sich selbst. Sie hatten keine Ahnung, was in der Welt vor sich ging, sonst wären sie dankbar dafür gewesen, was ihnen erspart geblieben war. Keine Drachen verbrannten ihre Stadt. Die Drakonier ließen die Bewohner im allgemeinen in Ruhe. Die Drachenfürsten waren nicht sonderlich am östlichen Teil des Ansalon-Kontinents interessiert. Das Land war dünn besiedelt: Es gab einige wenige arme, verstreute Gemeinden von Menschen, und es gab Kenderheim, die Heimat der Kender. Eine einzige Drachenschar hätte das Land dem Erdboden gleichmachen können, aber die Drachenfürsten konzentrierten ihre Kräfte auf den Norden und den Westen. Solange die Häfen offenblieben, sahen die Fürsten keine Notwendigkeit, das Land um Balifor und Gutland zu zerstören.

Obwohl nicht mehr viele Stammkunden ins Wirtshaus zum Flötenden Eber kamen, hätte sich für William Süßwasser das Geschäft verbessern können. Die Drakonier- und Goblinsoldaten des Fürsten wurden gut bezahlt, und ihre einzige Schwäche war der Alkohol. Aber William hatte sein Wirtshaus nicht des Geldes wegen eröffnet. Er liebte die Gesellschaft alter und neuer Freunde. Die Gesellschaft der Soldaten des Fürsten aber gefiel ihm *nicht*. Als sie kamen, blieben seine alten Gäste aus. Also erhöhte William prompt seine Preise um das Dreifache. Außerdem verwässerte er das Bier. Konsequenterweise war seine Gaststube – außer einigen alten Freunden – fast ausgestorben. Diese Übereinkunft gefiel William äußerst gut.

An jenem Abend unterhielt er sich gerade mit einigen dieser Freunde – zwei Matrosen mit brauner, wettergegerbter Haut und ohne Zähne –, als die Fremden seine Taverne betraten. William und seine Freunde musterten sie einen Moment argwöhnisch. Aber als er erkannte, daß es völlig erschöpfte Reisende und keine Soldaten des Fürsten waren, grüßte er sie herzlich und führte sie zu einem Tisch in einer Ecke. Die Fremden bestellten Bier – außer einem in rote Gewänder gekleideten Mann, der nur heißes Wasser wollte. Nach einer gedämpften Diskussion, die sich um eine verschlissene Lederbörse und um ihren Inhalt drehte, baten sie William, Brot und Käse zu bringen.

»Sie sind nicht von hier«, sagte William zu seinen Freunden in leisem Ton, als er das Bier aus einem besonderen Faß unter der Theke zapfte (nicht das Faß für die Drakonier). »Und arm wie ein Matrose nach einer Woche Landgang, schätze ich.«

»Flüchtlinge«, sagte sein Freund, der sie grüblerisch beäugte.

»Aber eine merkwürdige Mischung«, fügte der andere Matrose hinzu. »Dieser rotbärtige Bursche ist ein Halb-Elf, falls ich je einen gesehen habe. Und der große da trägt Waffen, die ausreichen würden, es mit der ganzen Armee des Fürsten aufzunehmen.«

»Ich wette, er hat mit seinem Schwert auch einige von ihnen erledigt«, grunzte William. »Sicher sind sie auf der Flucht vor etwas. Seht mal, wie der bärtige Bursche ständig die Tür im Auge behält. Nun, wir können ihnen nicht helfen, den Fürsten zu bekämpfen, aber ich werde mich darum kümmern, daß es ihnen an nichts mangelt.« Er machte sich an die Bestellung.

»Steckt euer Geld weg«, sagte William rauh, als er nicht nur

Brot und Käse, sondern auch noch eine Platte mit kaltem Braten auf den Tisch stellte. Er schob die Münzen beiseite. »Ihr seid in irgendwelchen Schwierigkeiten, das ist so deutlich wie die Schweineschnauze in meinem Gesicht.«

Eine der Frauen lächelte ihn an. Sie war die schönste Frau, die William je gesehen hatte. Ihr silbergoldenes Haar glänzte unter ihrer Fellkapuze, ihre blauen Augen waren wie der Ozean an einem ruhigen Tag. Als sie ihn anlächelte, fühlte William Wärme – wie die eines guten Brandys – durch seinen Körper fließen. Aber ein ernster, dunkelhaariger Mann neben ihr schob die Münzen wieder zurück.

»Wir nehmen keine Almosen an«, sagte der Dunkelhaarige.

»Nein?« fragte der große Mann versonnen, während er mit sehnsüchtigen Augen auf das Fleisch starrte.

»Flußwind«, wandte die Frau ein und legte eine Hand auf den Arm des Dunklen. Auch der Halb-Elf wollte gerade eingreifen, als der Mann mit den roten Gewändern, der nur das heiße Wasser bestellt hatte, seine Hand ausstreckte und eine Münze vom Tisch nahm.

Er ließ die Münze auf seiner knochigen, metallfarbenen Hand balancieren, dann tanzte sie plötzlich mühelos an seinen Knöcheln entlang. Williams Augen weiteten sich. Seine zwei Freunde an der Theke kamen näher, um besser zu sehen. Die Münze huschte zwischen den Fingern des Mannes hin und her, drehte sich und sprang auf und ab. Sie verschwand in der Luft und tauchte dann über dem Kopf des Magiers als sechs Münzen wieder auf, die sich um seine Kapuze drehten. Mit einer Handbewegung ließ er sie um Williams Kopf wirbeln. Die Matrosen sahen mit offenen Mündern zu.

»Nimm eine für deine Bemühungen«, sagte der Magier flüsternd.

Zögernd versuchte William die Münzen zu ergreifen, die vor seinen Augen tanzten, aber seine Hand ging durch sie hindurch! Plötzlich verschwanden alle sechs Münzen. Nur eine blieb übrig – sie ruhte in der Handfläche des rotgekleideten Magiers.

»Ich gebe sie dir als Bezahlung«, sagte der Magier mit einem verschlagenen Lächeln, »aber sei vorsichtig. Sie könnte ein Loch in deine Tasche brennen.«

William nahm die Münze vorsichtig an sich. Er hielt sie zwischen zwei Fingern und musterte sie argwöhnisch. Dann ging die Münze in Flammen auf! Mit einem verblüfften Aufschrei ließ er sie auf den Boden fallen und trat mit den Füßen auf sie. Seine zwei Freunde schüttelten sich vor Lachen. Als William die Münze wieder aufhob, stellte er fest, daß sie völlig kalt und unbeschädigt war.

»Das ist das Fleisch wert!« sagte der Wirt grinsend.

»Und eine Übernachtung«, fügte sein Freund hinzu und schmiß eine Handvoll Münzen auf den Tisch.

»Ich glaube«, sagte Raistlin leise und warf den anderen einen Blick zu, »daß wir unsere Probleme gelöst haben.«

So wurden der Rote Zauberer und seine wunderbaren Illusionen geboren, eine Wandervorstellung, über die auch heutzutage noch viel geredet wird.

Schon am nächsten Abend begann der rotgekleidete Magier seine Tricks einem bewundernden Publikum, bestehend aus Williams Freunden, vorzuführen. Die Neuigkeit verbreitete sich wie ein Lauffeuer. Nachdem der Magier im Wirtshaus zum Flötenden Eber ungefähr eine Woche lang seine Künste dargeboten hatte, mußte Flußwind, der sich anfangs gegen die ganze Idee gesträubt hatte, zugeben, daß Raistlins Handeln nicht nur ihre finanziellen, sondern auch noch andere, bedrückendere Probleme löste.

Die Geldknappheit war das dringendste Problem. Die Gefährten wären in der Lage gewesen, von dem zu leben, was das Land bot – selbst im Winter, denn Flußwind und Tanis waren geübte Jäger. Aber sie brauchten Geld für die Überfahrt nach Sankrist. Wenn sie erst einmal Geld hätten, müßten sie in der Lage sein, frei durch das besetzte Land zu reisen.

In seiner Jugend hatte Raistlin häufig von seiner bemerkenswerten Begabung Gebrauch gemacht, um sich und seinen Bruder über Wasser zu halten. Obwohl seine Taschenspielertricks von seinem Meister mißbilligt wurden, der ihm drohte, ihn von seiner Schule zu werfen, war Raistlin sehr erfolgreich geworden. Seine wachsende Macht in der Magie gab ihm nun einen viel größeren Spielraum als vorher. Er hielt sein Publikum mit Tricks und Phantasien sprichwörtlich gebannt.

Auf Raistlins Befehl segelten weißgeflügelte Schiffe auf der Theke des Wirtshauses zum Flötenden Eber auf und ab, flogen Vögel aus Suppenterrinen, während Drachen durch die Fenster spähten und auf die verblüfften Gäste Feuer atmeten. Im großen Finale schien der Magier – herrlich anzusehen in der roten, von Tika genähten Robe – von wütenden Flammen völlig verzehrt zu werden, nur um dann wenige Augenblicke später durch die Vordertür einzutreten (unter rasendem Applaus) und ein Glas Weißwein auf die Gesundheit der Gäste zu trinken.

Innerhalb einer Woche lief das Geschäft im Wirtshaus zum Flötenden Eber besser als in einem ganzen Jahr. Aber noch besser gefiel William, daß seine Freunde ihre Sorgen vergessen konnten. Bald jedoch erschienen auch unerwünschte Gäste. Zuerst war er über die Anwesenheit der Drakonier und Goblins wütend, aber Tanis beruhigte ihn, und William ertrug widerwillig, daß sie zusahen.

Tanis war in der Tat erfreut, sie zu sehen. Nach Ansicht des Halb-Elfs schien das ihr zweites Problem zu lösen. Wenn die Soldaten des Fürsten die Vorstellung genossen und überall darüber sprachen, würden die Gefährten ungehindert durch das Land reisen können.

Es war nach Rücksprache mit William ihr Plan, sich nach Treibgut zu begeben, einer Stadt nördlich der Hafenstadt Balifor, am Blutmeer von Istar. Dort hofften sie ein Schiff zu finden. Niemand in der Hafenstadt Balifor würde sie auf ihr Schiff nehmen, erklärte William. Alle lokalen Schiffsbesitzer standen in den Diensten der Drachenfürsten (oder ihre Schiffe waren enteignet worden). Aber Treibgut war ein bekannter Hafen für jene, die mehr an Geld als an Politik interessiert waren.

Die Gefährten wohnten einen Monat im Wirtshaus zum Flötenden Eber. William gab ihnen freie Unterkunft und Verpflegung und nahm nichts von dem Geld, das sie verdienten. Obwohl Flußwind gegen diese Großzügigkeit protestierte, erklärte William hartnäckig, daß er nur daran interessiert wäre, daß seine alten Kunden zurückkämen.

In dieser Zeit verbesserte und erweiterte Raistlin sein Programm, das anfangs nur aus seinen Illusionen bestanden hatte. Aber der Magier ermüdete schnell, und Tika bot an, zu tanzen, so daß er Zeit zum Ausruhen hatte. Raistlin war unschlüssig, trotzdem nähte sich Tika ein solch verführerisches Kostüm, daß Caramon ganz und gar gegen diesen Plan war. Aber Tika lachte ihn nur aus. Ihr Tanz war ein Erfolg und erhöhte die Einnahmen gewaltig. Raistlin baute sie unverzüglich in sein Programm ein.

Als der Magier herausfand, daß das Publikum diese Ablenkung genoß, dachte er sich weitere aus. Caramon, der vor Wut errötete, wurde überredet, Kraftakte vorzuführen. Der Höhepunkt war, daß er den stämmigen William mit einer Hand über seinen Kopf hob. Tanis versetzte das Publikum mit seiner Elfenfähigkeit in Erstaunen, in der Dunkelheit zu ›sehen‹. Aber erschrocken war Raistlin, als Goldmond eines Abends zu ihm kam, als er gerade die Einnahmen der Vorstellungen zählte.

»Ich würde heute abend gern singen«, sagte sie.

Raistlin sah sie ungläubig an. Seine Augen wanderten zu Flußwind. Der große Barbar nickte widerstrebend.

»Du hast eine kraftvolle Stimme«, sagte Raistlin und schob das Geld in einen Beutel. »Ich erinnere mich ganz gut. Das letzte Lied, das ich dich singen hörte, es war im Wirtshaus zur letzten Bleibe, führte zu einem Aufruhr, bei dem wir beinahe getötet worden wären.«

Goldmond errötete und erinnerte sich an das schicksalhafte Lied, das sie zu der Gruppe geführt hatte. Mit finsterem Blick legte Flußwind seine Hand auf ihre Schulter.

»Laß uns gehen!« sagte er barsch und funkelte Raistlin an. »Ich habe dich gewarnt...«

Aber Goldmond schüttelte trotzig den Kopf und hob gebieterisch ihr Kinn. »Ich werde singen«, sagte sie kühl, »und Flußwind wird mich begleiten. Ich habe ein Lied geschrieben.«

»Na schön«, schnappte der Magier und ließ den Geldbeutel in seinem Gewand verschwinden. »Wir werden es heute abend versuchen.«

An diesem Abend war das Wirtshaus zum Flötenden Eber überfüllt. Es war ein gemischtes Publikum – kleine Kinder mit ihren Eltern, Matrosen, Drakonier, Goblins und mehrere Kender, deren Anwesenheit alle Gäste dazu veranlaßte, besonders gut auf ihre Sachen aufzupassen. William und zwei Gehilfen liefen geschäftig herum und brachten Getränke und Essen. Dann begann die Vorstellung.

Die Menge klatschte über Raistlins springende Münzen, lachte über ein illusioniertes Schwein, das über die Theke tanzte, und sprang entsetzt von den Stühlen, als ein riesiger Troll durch ein Fenster donnerte. Der Magier verbeugte sich und verschwand. Tika erschien.

Die Menge, insbesondere die Drakonier, jubelten über Tikas Tanz und knallten ihre Krüge auf den Tischen.

Dann kam Goldmonds Auftritt. Sie war in ein hellblaues Gewand gekleidet. Ihr silbriggoldenes Haar floß über ihre Schultern wie schimmerndes Wasser im Mondschein. Die Menge verstummte sofort. Sie setzte sich auf einen Stuhl auf einem Podest, das William schnell gebaut hatte. Sie war so schön, daß die Zuschauer nicht einmal murmelten. Alle warteten gespannt.

Flußwind setzte sich ihr zu Füßen. Er führte eine handgeschnitzte Flöte an seine Lippen und begann zu spielen, und nach einigen Momenten verschmolz Goldmonds Stimme mit der Flöte. Ihr Lied war einfach, die Melodie süß und harmonisch, und dennoch betörend. Aber es waren die Worte, die Tanis' Aufmerksamkeit erregten und ihn besorgte Blicke mit Caramon tauschen ließ. Raistlin, der neben ihm saß, ergriff Tanis' Arm.

»Das habe ich befürchtet«, zischte der Magier. »Wieder ein Aufruhr!«

»Vielleicht nicht!« sagte Tanis. »Schau dich mal um.«

Frauen lehnten ihre Köpfe an die Schultern ihrer Männer, Kinder waren ruhig und aufmerksam. Die Drakonier schienen verzaubert – wie wilde Tiere, die manchmal von Musik beeinflußt werden. Nur die Goblins scharrten mit den Füßen und schienen gelangweilt, aber in ihrer Angst vor den Drakoniern trauten sie sich nicht, zu protestieren.

Goldmonds Lied erzählte von den uralten Göttern. Es berichtete davon, wie die Götter die Umwälzung herbeigeführt hatten, um Istars Königspriester und die Bewohner von Krynn für ihren Hochmut zu bestrafen. Goldmond sang über das Entsetzen jener Nacht und die Folgen. Sie erinnerte daran, wie die Leute, die sich fallengelassen fühlten, zu den falschen Göttern gebetet hatten. Dann gab sie ihnen eine Botschaft der Hoffnung: Die Götter hatten sie nicht fallengelassen. Die wahren Götter waren hier und warteten nur auf jemanden, der ihnen zuhören würde.

Als das Lied zu Ende war und das wehmütige Klagen der Flöte erstarb, schüttelten die meisten Zuhörer den Kopf, als ob sie aus einem angenehmen Traum erwacht wären. Sie konnten nicht sagen, wovon das Lied gehandelt hatte. Die Drakonier zuckten die Schultern und riefen nach Bier. Die Goblins schrien nach einem weiteren Tanz von Tika. Aber hier und dort bemerkte Tanis ein Gesicht, das immer noch von Staunen erfüllt war. Und er war nicht überrascht, als eine junge dunkelhäutige Frau schüchtern auf Goldmond zuging.

»Ich bitte um Verzeihung für die Störung«, hörte Tanis die Frau sagen, »aber dein Lied hat mich tief berührt. Ich... ich möchte mehr über die alten Götter erfahren.«

Goldmond lächelte. »Komm morgen zu mir«, sagte sie, »und ich werde dich alles lehren, was ich weiß.«

Und so verbreitete sich langsam die Neuigkeit über die uralten Götter. Und als die Gefährten die Hafenstadt Balifor verließen, trugen die dunkelhäutige Frau, ein junger Mann mit sanfter Stimme und mehrere andere Leute das blaue Medaillon von Mishakal, der Göttin der Heilkunst. Heimlich führten sie das Werk fort und brachten dem düsteren und heimgesuchten Land Hoffnung.

Nach einem Monat waren die Gefährten in der Lage, einen Wagen, Pferde und Vorräte zu kaufen. Der Rest des Geldes wurde für die Schiffsüberfahrt nach Sankrist aufbewahrt. Sie hatten vor, in den kleinen Dörfern zwischen Balifor und Treibgut weitere Vorstellungen zu geben.

Als der Rote Zauberer Balifor kurz vor Weihnachten verließ, wurde sein Wagen von einer begeisterten Menge verabschiedet. Mit ihren Kostümen, Vorräten für zwei Monate und einem Bierfaß (von William spendiert) war der Wagen immer noch groß genug, daß Raistlin darin schlafen und reisen konnte. Er enthielt auch bunt gestreifte Zelte für die anderen.

Tanis schüttelte den Kopf über den seltsamen Anblick, den sie boten. Ihm schien, daß dies von allen Erlebnissen, die ihnen widerfahren waren, das bizarrste war. Er sah Raistlin neben seinem Bruder sitzen, der den Wagen lenkte. Das rote Gewand des Magiers strahlte wie eine Flamme im hellen, winterlichen Sonnenschein. Die Schultern vor dem Wind eingezogen, starrte Raistlin nach vorn und wirkte geheimnisvoll – zum Entzücken der Menge. Caramon, in ein Bärenfellkostüm gekleidet (ein Geschenk von William), hatte den Bärenkopf über seinen eigenen gezogen. Es sah aus, als ob ein Bär den Wagen lenkte. Die Kinder jubelten, als er sie wie ein Bär anknurrte.

Sie waren fast aus der Stadt, als ein Drakonierhauptmann sie anhielt. Tanis ritt mit klopfendem Herzen und mit der Hand am Schwert nach vorn. Aber der Hauptmann wollte nur sicherstellen, daß sie durch Blutsicht fuhren, wo Drakoniertruppen stationiert waren. Er hatte einem Freund von der Vorstellung erzählt, und die Soldaten freuten sich schon darauf. Tanis, der sich insgeheim schwor, diesen Ort nicht zu betreten, versprach felsenfest, daß sie dort auftreten würden.

Schließlich erreichten sie die Stadttore. Sie stiegen von ihren Pferden und verabschiedeten sich von ihrem Freund. William umarmte sie alle, wobei er mit Tika anfing und auch mit Tika aufhörte. Als er Raistlin umarmen wollte, weiteten sich die goldenen Augen des Magiers so beunruhigend, daß der Wirt eilig zurückwich.

Die Gefährten stiegen wieder auf ihre Pferde. Raistlin und Caramon kehrten zum Wagen zurück. Die Menge jubelte und bedrängte sie, zum Frühlingsfest wiederzukommen. Die Wachen öffneten die Tore und wünschten ihnen eine sichere Reise. Nachdem die Gefährten die Tore passiert hatten, schlossen sie sich wieder hinter ihnen.

Der Wind wehte eisig. Graue Wolken begannen sich in Schnee aufzulösen. Die Straße, von der man ihnen versichert hatte, daß sie stark befahren sei, erstreckte sich leer und düster vor ihnen. Raistlin begann zu zittern und zu husten. Nach einer Weile erklärte er, daß er sich in den Wagen setzen wolle. Die anderen zogen ihre Kapuzen über die Köpfe und wickelten sich fester in ihre Fellumhänge.

Caramon, der den Wagen auf der furchigen, verschlammten Straße lenkte, wirkte ungewöhnlich nachdenklich.

»Weißt du, Tanis«, übertönte er todernst das Klingeln der Glöckchen, die Tika an die Pferdemähnen gebunden hatte. »Ich bin sehr dankbar, daß keiner unserer Freunde das erlebt hat. Kannst du dir vorstellen, was Flint sagen würde? Dieser grummelnde alte Zwerg hätte niemals zugelassen, daß ich so tief sinke. Und kannst du dir Sturm vorstellen?« Der große Mann schüttelte den Kopf.

Ja, seufzte Tanis bei sich. Ich kann mir Sturm vorstellen. Teurer Freund, mir ist nie klargeworden, wie sehr ich dich brauche – deinen Mut, dein ehrenhaftes Denken. Lebst du, mein Freund? Hast du Sankrist sicher erreicht? Bist du jetzt der Ritter, der du immer sein wolltest? Werden wir uns wiedersehen, oder haben wir uns getrennt, um uns in diesem Leben nie mehr zu sehen – wie es Raistlin vorausgesagt hatte?

Die Gruppe reiste weiter. Der Tag wurde düsterer, der Sturm heftiger. Flußwind fiel zurück, um neben Goldmond zu reiten. Tika band ihr Pferd an den Wagen und kroch hinauf, um neben Caramon zu sitzen. Im Wagen schlief Raistlin.

Tanis ritt allein, den Kopf gesenkt, in Gedanken weit weg.

Die Verhandlungen der Ritter

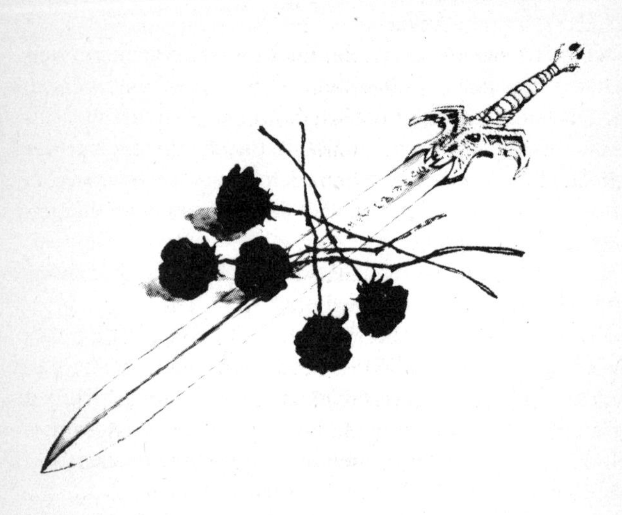

Und schließlich«, sagte Derek mit leiser Stimme und wohlüberlegt, »beschuldige ich Sturm Feuerklinge der Feigheit vor dem Feind.«

Ein leises Murmeln ging durch die versammelten Ritter, die sich im Schloß von Fürst Gunther eingefunden hatten. Drei von ihnen, die an einem massiven schwarzen Eichentisch vor der Versammlung saßen, steckten ihre Köpfe zur Beratung zusammen.

Vor langer Zeit wären die drei bei diesen Verhandlungen – nach Vorschrift des Maßstabs – der Großmeister, der Oberkleriker und der Hofrichter gewesen. Aber jetzt gab es keinen Großmeister. Seit der Umwälzung gab es auch keinen Oberkleriker. Und obwohl der Hochrichter – Fürst Alfred Merkenin – anwesend war, war seine Stellung höchst unsicher. Wer auch immer der neue Großmeister werden würde, er würde das Recht haben, ihn abzusetzen.

Trotz dieser unbesetzten Ämter im Kapitel des Ordens mußten die Geschäfte der Ritter weitergeführt werden. Zwar war er nicht stark genug, um die begehrte Stellung des Großmeisters zu beanspruchen, aber Fürst Gunther Uth Wistan war stark genug, um diese Funktion auszuüben. Und so saß er heute hier, zu Beginn der Weihnachtszeit, um über diesen jungen Edelmann, Sturm Feuerklinge, zu urteilen. Zu seiner Rechten saß Fürst Alfred, zu seiner Linken der junge Fürst Michael Jeoffrey, der den Platz des Oberklerikers einnahm.

Ihnen gegenüber saßen in der Großen Halle von Schloß Uth Wistan zwanzig andere Ritter von Solamnia, die aus allen Teilen Sankrists eilig herbeigerufen worden waren, um als Zeugen diesen Verhandlungen beizuwohnen – wie es der Maßstab vorschrieb. Nun murrten sie und schüttelten die Köpfe, während ihre Führer sich berieten.

An einem Tisch direkt vor den drei Rittern erhob sich Fürst Derek und verbeugte sich vor Fürst Gunther. Er hatte seine Aussage gemacht. Es blieben nur noch die Antwort des Ritters und das Urteil. Derek kehrte zu seinem Platz bei den anderen Rittern zurück und unterhielt sich lachend mit ihnen.

Nur eine Person in der Halle war stumm. Sturm Feuerklinge hatte während aller Anschuldigungen von Fürst Derek Kronenhüter bewegungslos dagesessen. Er hatte Anklagen gehört wegen Gehorsamsverweigerung, Befehlsverweigerung, unberechtigtem Tragen der Ritterrüstung – und er hatte nicht ein Wort dazu gesagt. Sein Gesicht war völlig ausdruckslos, seine Hände lagen auf dem Tisch.

Fürst Gunthers Augen waren auf Sturm gerichtet, wie während der ganzen Zeit der Verhandlungen. Er begann sich zu fragen, ob der Mann überhaupt noch lebte, sein Gesicht war so starr und weiß, seine Haltung unbeweglich. Gunther hatte Sturm nur einmal zusammenzucken sehen, und zwar als er der Feigheit beschuldigt wurde. Der Blick dieses Mannes... Nun, Gunther erinnerte sich, solch einen Blick schon einmal gesehen zu haben – bei einem Mann, der von einer Lanze durchbohrt worden war. Aber Sturm gewann schnell seine Fassung wieder.

Gunther war so sehr interessiert daran, Feuerklinge zu beobachten, daß er beinahe den Faden der Unterhaltung der beiden Ritter verlor. Er schnappte nur das Ende von Fürst Alfreds Satz auf.

»...die Antwort des Ritters nicht erlauben.«

»Warum nicht?« fragte Fürst Gunther scharf, obgleich er seine Stimme leise hielt. »Nach dem Maßstab ist es sein Recht.«

»Wir haben nie zuvor einen solchen Fall zu verhandeln gehabt«, erklärte Fürst Alfred, Ritter des Schwertes, kategorisch. »Wenn ein Edelmann vor dem Kapitel des Ordens erschien, damit ihm die Ritterschaft zugesprochen werde, gab es immer Zeugen, viele Zeugen. Er hatte dann die Möglichkeit, die Gründe für sein Handeln zu erklären. Niemand hat je daran gezweifelt, daß er seine Taten auch wirklich begangen hat. Aber Feuerklinges einzige Verteidigung...«

»...besteht darin, daß er Derek der Lüge bezichtigt«, beendete Fürst Michael Jeoffrey, Ritter der Krone, den Satz. »Und das ist undenkbar. Das Wort eines Edelmannes über das eines Ritters der Rose zu stellen!«

»Trotzdem wird der junge Mann zu Wort kommen«, sagte Fürst Gunther und blickte die beiden Männer streng an. »So lautet das Gesetz gemäß dem Maßstab. Stellt ihr es in Frage?«

»Nein...«

»Nein, natürlich nicht. Aber...«

»Na schön.« Gunther strich sich über den Schnurrbart, lehnte sich vor und schlug sanft mit dem Griff eines Schwertes – Sturms Schwert – auf den Holztisch. Die beiden Ritter tauschten hinter seinem Rücken Blicke, einer hob seine Augenbrauen, der andere zuckte mit den Schultern. Gunther war sich dessen bewußt, so wie er sich aller heimlichen Intrigen und Ränke, die sich in der Ritterschaft abspielten, bewußt war. Er entschied sich, sie zu ignorieren.

Noch nicht stark genug, um die leere Stelle des Großmeisters zu besetzen, aber dennoch der stärkste und mächtigste Ritter, der dem Kapitel angehörte, war Gunther gezwungen, viele Dinge zu ignorieren, die er zu einer anderen Zeit und in einem anderen Alter ohne Zögern bekämpft hätte. Von Alfred Merkenin hatte er diese Untreue erwartet – der Ritter war seit langem in Dereks Lager, aber von Michael war er überrascht, er hatte ihn für loyal gehalten. Anscheinend hatte sich Derek auch an ihn herangemacht.

Gunther beobachtete Derek Kronenhüter. Derek war der einzige Rivale mit genügend Geld und Hintergrund, um den Rang eines Großmeisters beanspruchen zu können. In der Hoffnung, zusätzliche Stimmen zu gewinnen, hatte sich Derek freiwillig zu der gefährlichen Suche nach den legendären Kugeln der Drachen gemeldet. Gunther blieb nicht viel anderes übrig, als zuzustimmen. Wenn er sich geweigert hätte, wäre ihm das als Angst vor Dereks wachsender Macht ausgelegt worden. Derek war zweifellos am meisten qualifiziert – wenn man strikt dem Maßstab folgte. Aber Gunther, der Derek seit langer Zeit kannte, hätte seine Beteiligung an der Suche gern verhindert – nicht weil er den Ritter fürchtete, sondern weil er ihm nicht traute. Der Mann war hochmütig und machthungrig, und – wenn es darauf ankam, galt Dereks Loyalität zuerst Derek.

Und jetzt sah es so aus, als hätte Derek nach seiner erfolgreichen Rückkehr mit einer Kugel der Drachen den Sieg davongetragen. Es hatte viele Ritter in sein Lager geführt, die sowieso in diese Richtung gesteuert hatten, und in der Tat auch einige Ritter aus Gunthers eigenen Reihen weggelockt. Die einzigen, die sich ihm immer noch widersetzten, waren die jüngeren Ritter auf den niedersten Rängen der Ritterschaft – die Ritter der Krone.

Diese jungen Männer hatten wenig Sinn für die strenge und starre Auslegung des Maßstabs, der für die älteren Ritter das Lebensblut darstellte. Sie drängten zu Veränderungen – und wurden von Fürst Derek Kronenhüter dafür schwer bestraft. Einige standen kurz davor, ihre Ritterschaft zu verlieren. Diese jungen Ritter also standen geschlossen hinter Fürst Gunther. Unglücklicherweise waren es nur wenige, und größtenteils verfügten sie über mehr Treue als Geld. Die jungen Ritter hatten jedoch Sturms Sache zu ihrer eigenen erklärt.

Aber das hier war Derek Kronenhüters Meisterstreich, dachte Gunther bitter. Mit einem Schwertstreich war Derek dabei, einen Mann, den er haßte, und gleichzeitig seinen Hauptrivalen zu erledigen.

Fürst Gunther war ein guter Freund der Familie Feuerklinge, eine Freundschaft, die über Generationen zurückreichte. Es war Gunther gewesen, der Sturms Anspruch unterstützt hatte, als der junge Mann fünf Jahre zuvor aus dem Nichts erschienen war, um seinen Vater und sein Erbe zu suchen. Sturm war in der Lage, mit Briefen seiner Mutter sein Recht auf den Namen Feuerklinge zu beweisen. Einige wenige gaben zu verstehen, daß es sich um eine Fälschung handeln könnte, aber Gunther unterdrückte unverzüglich diese Gerüchte. Der junge Mann war offensichtlich der Sohn seines alten Freundes – das konnte er schon an Sturms Gesicht erkennen. Aber durch seine Unterstützung riskierte der Fürst eine Menge.

Gunthers Blick schweifte zu Derek, der zu den Rittern ging, lächelte und Hände schüttelte. Ja, diese Verhandlungen ließen ihn – Fürst Gunther Uth Wistan – als Narr erscheinen.

Noch schlimmer war, dachte Gunther traurig, während seine Augen wieder zu Sturm wanderten, daß vermutlich die Karriere eines Mannes zerstört werden würde, den er für sehr fähig hielt, ein Mann, der es wert war, in die Fußstapfen seines Vaters zu treten.

»Sturm Feuerklinge«, sagte Fürst Gunther, als wieder Ruhe eingekehrt war, »du hast die Anschuldigungen gegen dich gehört?«

»Das habe ich, mein Fürst«, antwortete Sturm. Seine tiefe Stimme echote unheimlich in der Halle. Plötzlich fiel ein Holzscheit am riesigen Kamin hinter Gunther auseinander, ließ das

Feuer aufflackern und Funken rieseln. Gunther hielt inne, während die Diener rasch herbeieilten, um Holz nachzulegen. Als die Diener verschwunden waren, setzte er das Frageritual fort.

»Hast du, Sturm Feuerklinge, die Anklagen gegen dich verstanden, und verstehst du weiterhin, daß dies schwerwiegende Anklagen sind, die das Kapitel veranlassen könnten, dich für die Ritterschaft als ungeeignet zu erachten?«

»Das habe ich«, wollte Sturm erwidern. Seine Stimme brach. Er hustete und wiederholte mit festerer Stimme: »Das habe ich, mein Fürst.«

Gunther strich sich über seinen Schnurrbart, versuchte nachzudenken, wie er fortfahren sollte, denn ihm war klar, daß alles, was der junge Mann gegen Derek sagen würde, sich ungünstig für Sturm auswirken könnte.

»Wie alt bist du, Feuerklinge?« fragte Gunther.

Sturm blinzelte bei dieser unerwarteten Frage.

»Über dreißig, glaube ich?« fragte Gunther nachdenklich.

»Ja, mein Fürst«, antwortete Sturm.

»Und was uns Derek über deine Leistungen im Schloß von Eismauer erzählt hat, ein geübter Krieger...«

»Das habe ich nie bestritten, mein Fürst«, sagte Derek, der sich von seinem Sitz erhoben hatte. Seine Stimme klang ungeduldig.

»Und dennoch beschuldigst du ihn der Feigheit«, sagte Gunther scharf. »Wenn ich mich richtig erinnere, hast du erklärt, daß er sich bei dem Angriff der Elfen weigerte, deinen Befehl, zu kämpfen, zu befolgen.«

Dereks Gesicht lief rot an. »Darf ich daran erinnern, daß nicht *ich* mich vor Gericht verantworten muß...«

»Aber du beschuldigst Feuerklinge der Feigheit vor dem Feind«, unterbrach ihn Gunther. »Es ist schon sehr viele Jahre her, daß die Elfen unsere Feinde waren.«

Derek zögerte. Die anderen Ritter wurden unruhig. Die Elfen waren Mitglieder des Treffens von Weißstein, auch wenn sie kein Stimmrecht hatten. Wegen der Entdeckung der Kugel der Drachen würden die Elfen am bevorstehenden Treffen teilnehmen, und es wäre sehr ungünstig, wenn sie erführen, daß die Ritter sie als Feinde betrachteten.

»Vielleicht ist ›Feind‹ ein *zu* starkes Wort, mein Fürst«. Derek hatte sich schnell wieder erholt. »Wenn ich einen Fehler gemacht habe, dann ist der Grund dafür einfach der, daß ich gezwungen bin, mich an den Schriften des Maßstabs zu orientieren. In der Zeit, von der ich spreche, haben die Elfen – obwohl es natürlich nicht unsere Feinde sind – alles versucht, uns daran zu hindern, die Kugel der Drachen nach Sankrist zu bringen. Da es meine Mission war – und die Elfen sich dem widersetzten –, war ich gezwungen, sie gemäß dem Maßstab als ›Feind‹ zu definieren.«

Schleimiger Bastard, dachte Gunther finster.

Mit einer entschuldigenden Verbeugung, außer Reihe gesprochen zu haben, setzte sich Derek wieder. Viele der älteren Ritter nickten zustimmend.

»Im Maßstab heißt es auch«, sagte Sturm langsam, »daß wir nicht sinnlos Leben nehmen dürfen, daß wir nur zur Verteidigung kämpfen – entweder zu unserer oder zur Verteidigung anderer. Die Elfen haben unser Leben nicht bedroht. Zu keiner Zeit bestand für uns wirklich Gefahr für Leib und Leben.«

»Sie haben mit Pfeilen auf euch geschossen, Mann!« Fürst Alfred schlug mit seiner behandschuhten Rechten auf den Tisch.

»Das ist wahr, mein Fürst«, erwiderte Sturm, »aber es ist bekannt, daß die Elfen hervorragende Schützen sind. Wenn sie uns hätten töten wollen, hätten sie nicht auf die Bäume gehalten.«

»Was glaubst du, was passiert wäre, wenn *ihr* die Elfen angegriffen *hättet?*« fragte Gunther.

»Das Ergebnis wäre meiner Ansicht nach tragisch gewesen, mein Fürst«, sagte Sturm mit leiser, weicher Stimme. »Zum ersten Mal seit Generationen hätten sich Elfen und Menschen gegenseitig umgebracht. Ich denke, die Drachenfürsten hätten schallend gelacht.«

Einige der jüngeren Ritter applaudierten.

Fürst Alfred funkelte sie an, wütend über diesen ernsthaften Verstoß gegen die Verhaltensregeln des Maßstabs. »Fürst Gunther, darf ich daran erinnern, daß nicht Fürst Derek Kronenhüter hier angeklagt ist. Er hat seinen Mut immer wieder auf dem Schlachtfeld unter Beweis gestellt. Ich denke, wir können seinen Worten glauben. Sturm Feuerklinge, behauptest du, daß Fürst Derek Kronenhüters Anklagen gegen dich falsch sind?«

»Mein Fürst«, begann Sturm und leckte über seine aufgesprungenen, trockenen Lippen, »ich sage nicht, daß der Ritter lügt. Ich sage jedoch, daß er mich falsch dargestellt hat.«

»Zu welchem Zweck?« fragte Fürst Michael.

Sturm zögerte. »Ich würde es vorziehen, diese Frage nicht zu beantworten, mein Fürst«, sagte er so leise, daß viele Ritter in den hinteren Reihen nicht verstanden und Alfred zuriefen, die Frage zu wiederholen. Er tat es und erhielt dieselbe Antwort – dieses Mal lauter.

»Auf welcher Grundlage verweigerst du die Antwort auf diese Frage, Feuerklinge?« fragte Fürst Gunther streng.

»Weil es – gemäß dem Maßstab – die Ehre der Ritterschaft verletzen würde«, gab Sturm zurück.

Fürst Gunthers Gesicht wurde ernst. »Das ist eine schwerwiegende Beschuldigung. Dir ist bewußt, daß du keine Zeugen hast?«

»Das weiß ich, mein Fürst«, antwortete Sturm, »und eben darum ziehe ich es vor, nicht zu antworten.«

»Und wenn ich dich auffordere, zu sprechen?«

»Das wäre natürlich etwas anderes.«

»Dann sprich, Sturm Feuerklinge. Dies ist eine ungewöhnliche Situation, und ich sehe nicht, daß wir zu einem gerechten Urteil kommen können, ohne alles gehört zu haben. Warum glaubst du, daß Fürst Derek Kronenhüter dich falsch dargestellt hat?«

Sturms Gesicht lief rot an. Er spielte nervös mit seinen Händen, hob seine Augen und sah direkt auf die drei Ritter, die über ihn urteilen sollten. Seine Sache war verloren, das wußte er. Er würde niemals ein Ritter werden, niemals das zugesprochen bekommen, was ihm teurer war als sein Leben. Wenn er es durch seine eigene Schuld verloren hätte, wäre es schlimm genug, aber auf diese Weise – das wäre eine ewig schwärende Wunde. Und so sprach er die Worte, von denen er wußte, daß sie ihm für den Rest seines Lebens Derek zu seinem bittersten Feind machen würden.

»Ich glaube, Fürst Derek Kronenhüter stellt mich um seiner ehrgeizigen Pläne willen falsch dar, mein Fürst.«

Ein Tumult brach aus. Derek war aufgesprungen. Seine Freunde hielten ihn mit Gewalt zurück, sonst hätte er Sturm in der Kapitelhalle angegriffen. Gunther mahnte mit einem Schlag des Schwertknaufs zur Ordnung, und schließlich beruhigte sich die Versammlung wieder, aber nicht bevor Derek Sturm herausgefordert hatte, seine Ehrenhaftigkeit im Kampf zu beweisen.

Gunther starrte den Ritter kalt an.

»Du weißt, Fürst Derek, daß in dieser Zeit – einer erklärten Kriegszeit – die Ehrenkämpfe verboten sind! Komm zu dir, oder ich muß dich von dieser Versammlung ausschließen.«

Schweratmend, sein Gesicht rotgefleckt, ließ sich Derek wieder auf seinen Sitz fallen.

Gunther ließ der Versammlung noch einen Augenblick Zeit, sich zu beruhigen, dann nahm er die Befragung wieder auf. »Hast du noch etwas zu deiner Verteidigung zu sagen, Sturm Feuerklinge?«

»Nein, mein Fürst«, sagte Sturm.

»Dann zieh dich bitte zurück, während die Angelegenheit beraten wird.«

Sturm erhob sich und verbeugte sich vor den Fürsten. Dann drehte er sich um und verbeugte sich vor der Versammlung. Danach verließ er in Begleitung von zwei Rittern den Saal. Sie führten ihn in eine Vorkammer, wo sie ihn auf nicht unfreundliche Art sich selbst überließen. Sie selbst postierten sich neben der verschlossenen Tür und unterhielten sich leise über Themen, die mit den Verhandlungen nichts zu tun hatten.

Sturm saß auf einer Bank am anderen Ende der Kammer. Er

schien ausgeglichen und ruhig, aber der Schein trog. Er war entschlossen, die Ritter nicht seinen inneren Aufruhr merken zu lassen. Es war hoffnungslos, das wußte er. Er hatte das bereits Gunthers betrübtem Gesicht entnehmen können. Aber wie würde das Urteil lauten? Exil, des Landes und des Besitzes beraubt? Sturm lächelte bitter. Er besaß nichts, was sie ihm wegnehmen konnten. Er hatte lange außerhalb von Solamnia gelebt, Exil wäre also bedeutungslos. Tod? Er würde den Tod begrüßen. Alles war besser als diese hoffnungslose Existenz, dieser dumpfe, klopfende Schmerz.

Stunden vergingen. Das Gemurmel der drei Stimmen im Saal war in den Korridoren zu hören, manchmal klang es wütend. Viele der anderen Ritter waren gegangen, denn nur die drei konnten das Urteil fällen. Die anderen Ritter spalteten sich in verschiedene Gruppen.

Die jungen Ritter sprachen offen über Sturms ehrenwertes Verhalten, sein mutiges Handeln, das selbst Derek nicht abstreiten konnte. Sturm hatte recht getan, nicht gegen die Elfen zu kämpfen. Die Ritter von Solamnia brauchten in diesen Zeiten alle Freunde, die sie bekommen konnten. Warum dann sinnloserweise angreifen? Die älteren Ritter hatten nur eine Antwort – den Maßstab. Derek hatte Sturm einen Befehl erteilt. Der hatte den Befehl verweigert. Nach dem Maßstab war dies unentschuldbar. Der Streit tobte den ganzen Nachmittag lang.

Am frühen Abend ertönte dann eine kleine Silberglocke.

»Feuerklinge«, sagte einer der Ritter.

Sturm hob den Kopf. »Ist es soweit?« Der Ritter nickte.

Sturm senkte einen Moment den Kopf und bat Paladin um Mut. Dann erhob er sich. Er und seine Wachen warteten, bis die Versammlung im Saal Platz genommen hatte. Er wußte, daß der Urteilsspruch verkündet wurde, sobald sie eingetreten waren.

Schließlich öffneten die beiden Ritter die Tür und forderten Sturm auf, einzutreten. Er ging in den Saal, die Ritter folgten ihm. Sturms Blick ging sofort zum Platz vor Fürst Gunther.

Das Schwert seines Vaters – ein Schwert, von dem die Legende sagte, daß sie von Berthel Feuerklinge selbst weitergegeben wurde, ein Schwert, das nur dann zerbrechen würde, wenn sein Herr starb – lag auf dem Tisch. Sturms Augen gingen zum Schwert. Er senkte seinen Kopf, um die brennenden Tränen in seinen Augen zu verbergen.

»Bringt den Mann, Sturm Feuerklinge, nach vorn«, rief Fürst Gunther.

Den Mann Sturm Feuerklinge, nicht *den Ritter!* dachte Sturm verzweifelt. Dann fiel ihm Derek ein. Er hob schnell und stolz den Kopf, während er seine Tränen wegblinzelte. So wie er seinen Schmerz vor dem Feind auf dem Schlachtfeld verbergen würde, so war er entschlossen, ihn nun vor Derek zu verbergen. Er warf trotzig seinen Kopf zurück. Seine Augen nur auf Fürst Gunther gerichtet, ging der entehrte Edelmann nach vorn zu den drei Amtsträgern des Ordens, um sein Schicksal zu erwarten.

»Sturm Feuerklinge, wir haben dich für schuldig befunden. Wir werden jetzt das Urteil verkünden. Bist du bereit, es zu empfangen?«

»Ja, mein Fürst«, sagte Sturm angespannt.

Gunther zog an seinem Schnurrbart, ein Zeichen, das die Männer, die ihm gedient hatten, kannten. Der Fürst zog immer an seinem Schnurrbart, bevor er in die Schlacht ritt.

»Sturm Feuerklinge, unser Urteil lautet, daß es dir ab sofort nicht mehr gestattet ist, den Schmuck und die Rüstung eines Ritters von Solamnia zu tragen.«

»Ja, mein Fürst«, sagte Sturm schluckend.

»Ferner wirst du keine Gelder aus der Schatzkammer der Ritter beziehen, noch über Eigentum verfügen oder Geschenke erhalten...«

Die Ritter im Saal bewegten sich unruhig. Das war lächerlich! Keiner von ihnen hatte seit der Umwälzung des Ordens für seine Dienste Geld erhalten. Irgend etwas stimmte nicht. Sie rochen den Donner vor dem Sturm.

»Schließlich...« Fürst Gunther hielt inne. Er lehnte sich nach vorn, seine Hände spielten mit den schwarzen Rosen, die das uralte Schwert verzierten. Seine scharfen Augen fegten über die Versammlung, musterten seine Zuhörer, ließen die Spannung weiter anwachsen. Als er dann weitersprach, hörte sogar das Feuer hinter ihm auf zu knistern.

»Sturm Feuerklinge, versammelte Ritter. Niemals zuvor ist so ein Fall vor das Kapitel gekommen. Und das ist vielleicht gar nicht so sonderbar, wie es den Anschein hat, denn es sind dunkle und ungewöhnliche Zeiten. Wir haben einen jungen Edelmann – und ich erinnere, daß Sturm Feuerklinge gemessen am Standard des Ordens jung ist – einen jungen Edelmann, der für sein Geschick und seinen Mut in der Schlacht bekannt ist. Selbst sein Ankläger gibt das zu. Ein junger Edelmann, der wegen Befehlsverweigerung und Feigheit vor dem Feind angeklagt ist. Der junge Edelmann leugnet diese Anklage nicht, sondern erklärt, daß er falsch dargestellt wurde.

Nun, gemäß dem Maßstab sind wir gehalten, das Wort eines erprobten und geprüften Ritters wie Derek Kronenhüter über das eines Mannes zu stellen, der noch nicht seinen Schild errungen hat. Aber der Maßstab sagt auch, daß dieser Mann die Möglichkeit bekommen soll, Zeugen zu bringen. Aufgrund der ungewöhnlichen Umstände in diesen düsteren Zeiten ist Sturm Feuerklinge nicht in der Lage, Zeugen zu bringen. Und auch Derek Kronenhüter ist nicht in der Lage, Zeugen für seine Aussage zu bringen. Darum haben wir uns auf folgende, etwas abweichende Vorgehensweise geeinigt.«

Sturm stand verwirrt vor Gunther. Was geschah jetzt? Er warf den anderen beiden Rittern einen Blick zu. Fürst Alfred gab sich keine Mühe, seinen Ärger zu verbergen. Es war offensichtlich, daß Gunther diese ›Einigung‹ hart erkämpft hatte.

»Es ist das Urteil des Kapitels«, fuhr Fürst Gunther fort, »daß dieser junge Mann, Sturm Feuerklinge, in den niedrigsten Orden der Ritter – den Orden der Krone – aufgenommen wird – *bei meiner Ehre…*«

Ein allgemeines erstauntes Aufkeuchen erfolgte.

»Und daß er weiterhin als Kommandoritter der Armee eingesetzt wird, die bald nach Palanthas aufbrechen wird. Wie der Maßstab vorschreibt, muß das Oberkommando aus Repräsentanten aller Orden bestehen. Also wird Derek Kronenhüter der Oberste Kommandant sein und den Orden der Rose vertreten. Fürst Alfred Merkenin wird den Orden des Schwerts vertreten, und Sturm Feuerklinge wird – bei meiner Ehre – als Kommandant für den Orden der Krone handeln.«

In dem gelähmten Schweigen spürte Sturm Tränen über seine Wangen laufen; aber jetzt brauchte er sie nicht länger zu verbergen. Hinter sich hörte er jemanden aufstehen, und ein Schwert klirrte. Derek stolzierte wütend aus dem Saal, gefolgt von seinen Anhängern. Es gab auch Applaus. Sturm sah durch seine Tränen, daß über die Hälfte der anwesenden Ritter – insbesondere die jungen Ritter, die Ritter, die unter seinem Kommando stehen würden – Beifall klatschten. Sturm spürte tief in seiner Seele einen Schmerz. Obwohl er seinen Sieg davongetragen hatte, war er doch entsetzt, was aus der Ritterschaft geworden war – zerfallen in Gruppen von machthungrigen Männern, nur noch eine korrupte Schale einer einst ehrenhaften Bruderschaft.

»Meine Glückwünsche, Feuerklinge«, sagte Fürst Alfred steif. »Ich hoffe, dir ist klar, was Fürst Gunther für dich getan hat.«

»Das weiß ich, mein Fürst«, sagte Sturm und verbeugte sich, »und ich schwöre beim Schwert meines Vaters« – er legte seine Hand darauf –, »daß ich mich seines Vertrauens würdig erweisen werde.«

»Kümmere dich darum, junger Mann«, erwiderte Fürst Alfred und verließ den Saal. Der jüngere Fürst, Michael, begleitete ihn, ohne ein Wort an Sturm gerichtet zu haben.

Aber die jungen Ritter kamen nach vorn und gratulierten ihm begeistert. Sie tranken Wein auf seine Gesundheit und wären für ein Saufgelage noch geblieben, wenn Gunther sie nicht weggeschickt hätte.

Als die zwei allein im Saal waren, lächelte Fürst Gunther Sturm breit an und schüttelte seine Hand. Der junge Ritter erwiderte den Händedruck herzlich, aber er lächelte nicht. Der Schmerz war noch zu tief.

Dann nahm Sturm langsam und sorgfältig die schwarzen Rosen von seinem Schwert ab. Er legte sie auf den Tisch und ließ die Klinge in die Scheide an seiner Seite gleiten. Er wollte die Rosen beiseite schieben, hielt dann inne, hob eine auf und schob sie in seinen Gürtel.

»Ich muß Euch danken, mein Fürst«, begann Sturm mit bebender Stimme.

»Du hast mir nicht zu danken, Sohn«, sagte Fürst Gunther. Er blickte sich im Saal um und erbebte. »Laß uns von hier verschwinden und irgendwo hingehen, wo es warm ist. Glühwein?«

Die zwei Ritter gingen hinaus in die Steinkorridore von Gunthers uraltem Schloß. Die Stimmen der jungen Ritter waren noch zu hören, Pferdehufe klapperten über Pflasterstein, einige sangen ein Kriegslied.

»Ich muß Euch danken, mein Fürst«, sagte Sturm noch einmal mit fester Stimme. »Ihr seid ein großes Risiko eingegangen. Ich hoffe, ich werde mich dessen würdig erweisen...«

»Risiko! Unsinn, mein Junge.« Gunther führte Sturm in einen kleinen Raum, der für das nahende Weihnachtsfest geschmückt war – rote Winterrosen, Eisvogelfedern und winzige goldene Kronen. Ein Feuer flackerte anheimelnd. Auf Gunthers Befehl brachten Diener zwei Krüge mit dampfender Flüssigkeit, die einen warmen würzigen Duft verströmte. »Viele Male hat dein Vater seinen Schild über mich gehalten und stand mir beschützend bei, wenn ich unten lag.«

»Und Ihr habt das gleiche für ihn getan«, sagte Sturm. »Ihr schuldet ihm nichts. Mit Eurer Ehre für mich zu bürgen bedeutet, daß Ihr leiden werdet, wenn ich versage. Man würde Euch Eures Ranges, Eures Titels und Eurer Länder berauben. Und Derek würde sich freuen«, fügte er düster hinzu.

Während Gunther einen tiefen Schluck von seinem Wein nahm, musterte er den jungen Mann. Sturm nippte bloß aus

Höflichkeit, hielt den Krug mit sichtbar zitternder Hand. Gunther legte seine Hand freundlich auf Sturms Schulter und schob den jungen Mann sanft in einen Stuhl.

»Hast du in der Vergangenheit versagt, Sturm?« fragte Gunther.

Sturm sah auf, seine braunen Augen flackerten. »Nein, mein Fürst«, antwortete er. »Das habe ich nicht. Ich schwöre es!«

»Dann brauche ich mich nicht vor der Zukunft zu fürchten«, sagte Fürst Gunther lächelnd. Er hob seinen Krug. »Ich bürge für dein Glück in der Schlacht, Sturm Feuerklinge.«

Sturm schloß die Augen. Die Anspannung war zu stark gewesen. Er ließ seinen Kopf auf den Arm fallen und weinte – sein Körper schüttelte sich in qualvollem Schluchzen. Gunther faßte an seine Schulter.

»Ich verstehe...«, sagte er, seine Augen sahen zurück in eine Zeit in Solamnia, als der Vater dieses jungen Mannes zusammengebrochen war und genauso geweint hatte – in der Nacht, als Fürst Feuerklinge seine junge Frau und seinen kleinen Sohn ins Exil geschickt hatte – auf eine Reise, von der sie nie wieder zu ihm zurückkehren sollten.

Erschöpft schlief Sturm schließlich ein, sein Kopf ruhte auf dem Tisch. Gunther saß bei ihm und schlürfte am heißen Wein, verloren in Erinnerungen an die Vergangenheit, bis auch er einschlummerte.

Die wenigen Tage, bevor die Armee nach Palanthas aufbrechen sollte, vergingen für Sturm wie im Flug. Er mußte eine Rüstung finden – eine gebrauchte, denn eine neue konnte er sich nicht leisten. Er packte die seines Vaters sorgfältig ein, um sie mitzunehmen, da er sie nicht mehr tragen durfte. Dann gab es Versammlungen zu besuchen, Schlachtaufstellungen zu besprechen, Informationen über den Feind zu sammeln.

Die Schlacht um Palanthas würde eine bittere sein, da mit ihr entschieden würde, wer die Kontrolle über den gesamten nördlichen Teil von Solamnia erhalten würde. Die Anführer mußten sich über die Strategie einig werden. Sie wollten die Stadtmauern mit den Stadtsoldaten sichern. Die Ritter selbst würden den Turm des Oberklerikers besetzen, der den Paß durch die Vingaard-Berge blockierte. Aber das waren die einzigen Punkte, über die man sich einigen konnte. Die Zusammenkünfte der drei Anführer waren angespannt, die Atmosphäre eisig.

Schließlich kam der Tag, an dem die Schiffe ablegen sollten. Die Ritter versammelten sich an Bord. Ihre Familien standen ruhig am Ufer. Obwohl die meisten gefaßt schienen, gab es Tränen, doch standen die Frauen genauso ernst und mit zusammengepreßten Lippen da wie ihre Männer. Einige Frauen trugen Schwerter um ihre Taillen. Alle wußten, wenn die Schlacht im Norden verlorengehen würde, würde der Feind über das Meer kommen.

Gunther stand am Pier, in seine glänzende Rüstung gekleidet, unterhielt sich mit den Rittern und verabschiedete sich von seinen Söhnen. Er und Derek tauschten einige rituelle Worte aus, so wie es der Maßstab vorschrieb. Er und Fürst Alfred umarmten sich steif. Schließlich machte Gunther Sturm ausfindig. Der junge Ritter, in die einfache, schäbige Rüstung gekleidet, stand etwas abseits von der Menge.

»Feuerklinge«, sagte Gunther leise, als er sich ihm näherte, »ich wollte dich die ganze Zeit etwas fragen, fand aber in den letzten verbliebenen Tagen keine Zeit dazu. Du hast diese Freunde von dir erwähnt, daß sie nach Sankrist kommen würden. Sind einige darunter, die als Zeugen vor dem Kapitel aussagen könnten?«

Sturm schwieg. Einen Augenblick lang war die einzige Person, an die er denken konnte, Tanis. Seine Gedanken waren in den vergangenen aufreibenden Tagen bei seinem Freund gewesen. Er hatte sogar die leise Hoffnung, daß Tanis nach Sankrist kommen würde. Aber die Hoffnung hatte sich nicht erfüllt. Wo auch immer Tanis war, er hatte seine eigenen Probleme, war eigenen Gefahren ausgesetzt. Dann gab es noch eine andere Person, die er gern wiedergesehen hätte, obwohl das unwahrscheinlich war. Geistesabwesend legte Sturm seine Hand auf den Sternenjuwel, der um seinen Hals an seiner Brust hing. Er konnte seine Wärme fast spüren, und er wußte – ohne zu wissen, warum –, daß Alhana bei ihm war, obwohl sie weit entfernt war. Dann...

»Laurana!« sagte er.

»Eine Frau?« Gunther runzelte die Stirn.

»Ja, aber die Tochter der Stimme der Sonnen, ein Mitglied der königlichen Familie der Qualinesti. Und ihr Bruder, Gilthanas. Beide würden für mich aussagen.«

»Die königliche Familie...«, sinnierte Gunther. Sein Gesicht strahlte. »Das wäre hervorragend, besonders da wir die Nachricht erhalten haben, daß die Stimme persönlich zu dem Treffen kommen wird, um über die Kugel der Drachen zu diskutieren. Wenn es dazu kommt, mein Junge, werde ich dich verständigen, und du kannst deine Rüstung wieder anziehen! Und du wirst entlastet sein! Kannst deine Rüstung frei und ohne Scham tragen!«

»Und Ihr wäret frei von Eurer Bürgschaft«, sagte Sturm und schüttelte dem Ritter dankbar die Hände.

»Pah! Denk darüber nicht nach!« Gunther legte seine Hand auf Sturms Kopf, als ob er sein eigener Sohn wäre. Sturm kniete ehrfürchtig nieder. »Nimm meinen Segen, Sturm Feuerklinge. Ich erteile dir den väterlichen Segen anstelle deines Vaters. Erfülle deine Pflicht, junger Mann, und bleib der Sohn deines Vaters. Der Geist von Fürst Huma soll mit dir sein.«

»Ich danke Euch, mein Fürst«, sagte Sturm und erhob sich. »Lebt wohl.«

»Leb wohl, Sturm«, sagte Gunther. Er umarmte den jungen Ritter schnell, drehte sich um und ging fort.

Die Ritter gingen aufs Schiff. Es war früher Morgen, aber keine Sonne stand am Winterhimmel. Graue Wolken hingen über eine bleigraue See. Es gab kein Jubel, die einzigen Töne kamen von den lauten Befehlen des Kapitäns und den Antworten seiner Mannschaft, vom Quietschen der Winsche und dem Schlagen der Segel im Wind.

Langsam lichteten die weißgeflügelten Schiffe die Anker und

segelten gen Norden. Bald war das letzte Segel außer Sicht, aber trotzdem verließ niemand den Pier, nicht einmal, als plötzlich ein starker Regen auf sie niederprasselte, mit graupeligen, eisigen Tropfen, und einen feinen grauen Schleier über das eisige Wasser zog.

Die Kugel der Drachen
Caramons Gelöbnis

Raistlin stand in dem Wagenzugang, seine goldenen Augen spähten in die sonnenbestrahlten Bäume. Alles war ruhig. Die Weihnachtszeit war vorbei. Das Land war fest im Griff des Winters. Nichts rührte sich in dem schneeüberzogenen Land. Seine Gefährten waren weg, mit verschiedenen Aufgaben beschäftigt. Raistlin nickte grimmig. Gut. Er drehte sich um, ging in den Wagen hinein und schloß die Holztüren.

Die Gefährten hatten hier am Stadtrand von Kenderheim für einige Tage ihr Lager aufgeschlagen. Ihre Reise näherte sich ihrem Ende. Es war ein unglaublicher Erfolg gewesen. Heute, im

Schutz der Nacht, wollten sie nach Treibgut aufbrechen. Sie hatten genügend Geld, um ein Schiff zu mieten, außerdem reichte es noch für Vorräte und eine Woche Unterkunft in Treibgut. An diesem Nachmittag hatte ihre letzte Vorstellung stattgefunden.

Der junge Magier ging zum hinteren Teil des Wagens. Sein Blick blieb auf der glänzenden roten Robe haften, die an einem Nagel hing. Tika hatte sie verstauen wollen, aber Raistlin hatte sie bösartig angefaucht. Achselzuckend hatte sie das Gewand hängen gelassen und war nach draußen in den Wald gegangen, da sie dort Caramon – wie gewöhnlich – finden würde.

Raistlins Hand fuhr über das Gewand, seine Finger streichelten sehnsüchtig das glänzende Gewebe. Er bedauerte, daß dieser Lebensabschnitt vorüber war.

»Ich war glücklich«, murmelte er. »Seltsam. Es gab nicht viele Zeiten in meinem Leben, von denen ich das behaupten kann. Gewiß nicht, als ich jung war, und auch nicht in den letzten Jahren, nachdem sie meinen Körper gepeinigt und mich mit diesen Augen verflucht haben. Ich hatte danach nicht erwartet, noch einmal glücklich zu werden. Wie armselig dieses Glück ist, verglichen mit meiner Magie! Dennoch... dennoch, diese vergangenen Wochen waren Wochen des Friedens gewesen. Wochen des Glücklichseins. Vermutlich wird so eine Zeit nicht wiederkehren. Nicht nach dem, was ich tun muß...«

Raistlin hielt die Robe noch einen Moment lang in seinen Händen, zuckte dann die Schultern und warf sie in eine Ecke. Dann ging er weiter in den Wagen, wo er einen Teil mit einem Vorhang für sich abgetrennt hatte. Sorgfältig zog er den Vorhang hinter sich zu.

Hervorragend. Er würde für ein paar Stunden seine Ruhe haben – bis zum Abend. Tanis und Flußwind waren Jagen gegangen. Caramon angeblich auch, aber alle wußten, daß das nur eine Ausrede war, um mit Tika allein zu sein. Goldmond bereitete Proviant für die Reise vor. Niemand würde ihn stören. Der Magier nickte zufrieden.

Er setzte sich an einen kleinen Tisch, den Caramon für ihn gebaut hatte, und zog vorsichtig aus einer inneren Tasche seines Gewandes einen ganz gewöhnlich aussehenden Beutel hervor – den Beutel, der die Kugel der Drachen enthielt. Seine mageren Finger zitterten, als er an der Schnur zog und den Beutel öffnete. Raistlin griff hinein und holte die Kugel der Drachen hervor. Er hielt sie mühelos in seiner Handfläche und untersuchte sie eingehend nach Veränderungen.

Nein. In ihr wirbelte ein blasses Grün. Sie fühlte sich kalt an. Lächelnd hielt Raistlin die Kugel in einer Hand fest, während er mit der anderen unter dem Tisch wühlte. Endlich fand er, was er gesucht hatte – ein grobgeschnitztes, dreibeiniges Holzgestell. Er hob es hoch und stellte es auf den Tisch. Es war nichts Besonderes – Flint hätte sicher eine höhnische Bemerkung dazu gemacht. Aber Raistlin verfügte weder über die Liebe noch die Geschicklichkeit, mit Holz zu arbeiten. Er hatte es heimlich angefertigt, allein hinten im Wagen während der langen Tage ihrer Reise. Nein, es sah nicht besonders schön aus, aber das war ihm egal. Für seinen Zweck würde es ausreichen.

Er legte die Kugel auf das Gestell. Die Kugel, jetzt nur so groß wie eine Murmel, wirkte darauf fast lächerlich, aber Raistlin lehnte sich zurück und wartete geduldig. Wie er erwartet hatte, begann die Kugel bald größer zu werden. Oder nicht? Vielleicht schrumpfte *er* zusammen! Raistlin konnte es nicht sagen. Er wußte nur, daß die Kugel plötzlich die richtige Größe hatte. Wenn etwas anders war, dann lag es daran, daß er zu klein war, zu unbedeutend, um sich mit dieser Kugel in einem Raum aufzuhalten.

Der Magier schüttelte den Kopf. Er mußte die Kontrolle behalten, und er war sich der subtilen Tricks der Kugel bewußt, diese Kontrolle zu verringern. Bald jedoch waren diese Tricks nicht mehr subtil. Raistlins Kehle zog sich zusammen. Er hustete, verfluchte seine schwachen Lungen. Er holte bebend Luft, zwang sich, tief und regelmäßig zu atmen.

Entspannen, dachte er. Ich muß mich entspannen. Ich fürchte mich nicht. Ich bin stark. Sieh, was ich getan habe! Stumm begann er, auf die Kugel einzureden: Sieh meine Macht, die ich erhalten habe! Denk daran, was ich im Düsterwald getan habe. Denk daran, was ich in Silvanesti getan habe. Ich bin stark. Ich fürchte mich nicht.

Die Farben der Kugel wirbelten sanft. Sie antwortete nicht.

Der Magier schloß einen Moment seine Augen, um die Kugel nicht zu sehen. Als er sich wieder unter Kontrolle hatte, öffnete er sie wieder und betrachtete die Kugel mit einem Seufzer. Der Augenblick war gekommen.

Die Kugel der Drachen hatte nun ihre ursprüngliche Größe erreicht. Er konnte fast Loracs verhutzelte Hände vor sich sehen, die auf ihr gelegen hatten. Der junge Magier erbebte unwillkürlich. Nein! Hör auf! sagte er sich, und sofort verschwand dieses Bild aus seinen Gedanken.

Er entspannte sich wieder, atmete regelmäßig, seine Stundenglasaugen waren auf die Kugel gerichtet. Dann streckte er langsam seine schlanken, metallfarbenen Finger aus. Nach kurzem Zögern legte Raistlin seine Hände auf das kalte Kristall der Kugel der Drachen und sprach die uralten Worte.

»Ast bilak moiparalan/Suh akvlar tantangusar.«

Wieso wußte er, was zu sagen war? Wieso wußte er, welche Worte die Kugel dazu bringen würden, sich seiner Anwesenheit bewußt zu werden? Raistlin wußte es nicht. Er wußte nur, daß er irgendwie und irgendwo in sich die Worte *wußte*! Die Stimme, die zu ihm in Silvanesti gesprochen hatte? Vielleicht. Es war einerlei.

Wieder sagte er laut die Worte.

»Ast bilak moiparalan/Suh akvlar tantangusar!«

Langsam wurde die treidelnde grüne Farbe von unzähligen Wirbeln übertönt, gleitenden Farben, die ihn schwindeln machten. Der Kristall war in seinen Handflächen so kalt, daß die Berührung schmerzte. Raistlin hatte die beängstigende Vision, daß das Fleisch seiner Hände angefroren an der Kugel hängenblieb. Er biß die Zähne zusammen, ignorierte den Schmerz und wiederholte flüsternd die Worte.

Die Farben hörten auf zu wirbeln. Ein Licht glühte in ihrer Mitte, ein Licht, das weder schwarz noch weiß war, alle Farben, und doch keine. Raistlin schluckte, bekämpfte das aufsteigende Würgen in seiner Kehle.

Aus dem Licht griffen zwei Hände hervor! Er hatte das dringende Bedürfnis, seine eigenen zurückzuziehen, aber bevor er sich bewegen konnte, hielten die zwei Hände seine in einem starken, festen Griff. Die Kugel verschwand! Der Raum verschwand! Raistlin sah nichts um sich herum! Kein Licht. Keine Dunkelheit. Nichts! Nichts... außer den zwei Händen, die seine festhielten. Aus schierem Entsetzen heraus konzentrierte sich Raistlin auf diese Hände.

Menschlich? Elfisch? Alt? Jung? Er konnte es nicht sagen. Die Finger waren lang und schlank, aber ihr Griff war der Griff des Todes. Wenn sie ihn loslassen würden, würde er in die Leere fallen und treiben, bis ihn barmherzige Dunkelheit zerstören würde. Doch während er an diesen Händen haftete, wurde Raistlin klar, daß diese Hände ihn näher heranzogen, ihn heranzogen, in... in...

Raistlin kam zu sich, als hätte jemand kaltes Wasser über sein Gesicht gespritzt. Nein, teilte er dem Geist der Hände mit. Ich komme nicht mit! Obwohl er sich fürchtete, den rettenden Griff zu verlieren, fürchtete er noch mehr, irgendwo hingezogen zu werden, wo er um keinen Preis hin wollte. Er würde nicht lokker lassen. Ich *werde* die Kontrolle behalten, sagte er dem Geist der Hände. Er verstärkte seinen eigenen Griff und nahm seine ganze Kraft, seinen ganzen Willen zusammen und zog die Hände zu sich!

Die Hände hielten inne. Einen Moment lang wetteiferten die beiden Willen, miteinander verwoben in einem Kampf um Leben und Tod. Raistlin spürte die Kraft aus seinem Körper weichen, seine Hände schwächer werden, seine Handflächen begannen zu schwitzen. Er spürte, wie die Hände der Kugel ihn ganz langsam wieder zogen. Er litt Höllenqualen, als er in seinem zerbrechlichen Körper jeden Blutstropfen aufbot, jeden Nerv konzentrierte, jeden Muskel opferte, um die Kontrolle zurückzugewinnen.

Langsam... langsam..., gerade als er dachte, daß sein klopfendes Herz in seiner Brust zerspringen oder sein Gehirn in Feuer explodieren würde, hörten die Hände auf zu ziehen. Sie behielten immer noch ihren festen Griff bei, so wie er seinen festen Griff beibehielt. Aber die beiden Händepaare kämpften nicht mehr miteinander. Seine Hände und die der Kugel blieben miteinander verbunden, jedes respektierte den anderen – keines suchte Vorherrschaft.

Die Ekstase des Sieges, die Ekstase der Magie strömte durch Raistlin und sprudelte hervor, hüllte ihn in warmes, goldenes Licht ein. Sein Körper entspannte sich. Zitternd spürte er, daß die Hände ihn sanft hielten, ihn unterstützten, ihm Kraft gaben.

Was bist du? fragte er stumm. Bist du gut? Böse?

Weder noch. Ich bin nichts. Ich bin alles. Die Essenz der Drachen, vor langer Zeit gewonnen, das bin ich.

Wie funktionierst du? fragte Raistlin. Wie kontrollierst du die Drachen?

Wenn du es befiehlst, werde ich sie zu mir rufen. Sie können meinem Ruf nicht widerstehen. Sie werden gehorchen.

Werden sie von ihren Meistern weiter abhängen? Werden sie meinem Befehl gehorchen?

Das hängt von der Stärke des Meisters und dem Band zwischen den beiden ab. In einigen Fällen ist es so stark, daß der Meister die Kontrolle über den Drachen behalten kann. Aber die meisten werden tun, was du von ihnen verlangst. Sie können nicht anders.

Damit muß ich mich näher befassen, murmelte Raistlin, der spürte, daß er schwächer wurde. Ich verstehe nicht...

Sei unbesorgt. Ich helfe dir. Nun, da wir miteinander verbunden sind, kannst du meine Hilfe oft in Anspruch nehmen. Ich kenne viele, seit langem vergessene Geheimnisse. Sie können dir gehören.

Was für Geheimnisse?... Raistlin merkte, wie er das Bewußtsein verlor. Die Anspannung war zu stark. Er rang mit sich, seinen Griff an den Händen zu behalten, aber schaffte es nicht.

Die Hände hielten ihn sanft fest, so wie eine Mutter ein Kind festhält.

Entspanne dich, ich lasse dich nicht fallen. Schlaf. Du bist müde.

Sag es mir! Ich muß es wissen! schrie Raistlin stumm.

Du mußt dich ausruhen, ich werde dir nur soviel sagen: In der Bibliothek des Astinus von Palanthas befinden sich Bücher, Hunderte von Büchern, von den alten Magiern in den Tagen der Verlorenen Schlacht dorthin gebracht. Für alle, die sich diese Bücher ansehen, scheinen sie nur Enzyklopädien der Magie zu sein, langweilige Geschichten von Magiern, die in den Höhlen der Zeit gestorben sind.

Raistlin sah die Dunkelheit auf sich zukommen. Er klammerte sich an die Hände.

Was enthalten die Bücher wirklich? wisperte er.

Dann wußte er es, und mit diesem Wissen stürzte die Dunkelheit über ihm zusammen wie die Welle eines Ozeans.

In einer Höhle in der Nähe des Wagens, im Schatten verborgen, gewärmt von der Hitze ihrer Leidenschaft, lagen sich Tika und Caramon in den Armen. Tikas rotes Haar klebte in kleinen Locken an ihrem Gesicht und an ihrer Stirn, ihre Augen waren geschlossen, ihre Lippen geöffnet. Ihr weicher Körper in ihrem bunten Rock und ihrer weißen puffärmeligen Bluse preßte sich an Caramon. Ihre Beine waren um ihn geschlungen, ihre Hand liebkoste sein Gesicht, ihre Lippen berührten seine.

»Bitte, Caramon«, flüsterte sie. »Das ist Quälerei. Wir begehren uns doch. Ich habe keine Angst. Bitte liebe mich!«

Caramon schloß seine Augen. Sein Gesicht glänzte vom Schweiß. Der Schmerz seiner Liebe erschien ihm unmöglich zu ertragen. Er könnte dem ein Ende bereiten, alles in süßer Ekstase beenden. Einen Moment lang zögerte er. Tikas duftendes Haar war an seiner Nase, ihre weichen Lippen an seinem Hals. Es wäre so einfach... so wunderschön...

Caramon seufzte. Er schloß seine starken Hände fest um Tikas Handgelenke. Dann zog er sie von seinem Gesicht weg und schob das Mädchen beiseite.

»Nein«, sagte er, seine Leidenschaft machte ihm zu schaffen.

Er rollte sich herum und erhob sich. »Nein«, wiederholte er. »Es tut mir leid. Ich wollte es nicht so – daß die Dinge sich so entwickeln.«

»Ich aber!« weinte Tika. »Ich habe *keine* Angst! Nicht mehr.«

Nein, dachte er und preßte seine Hände gegen seinen pochenden Kopf. Ich fühle dich in meinen Händen wie einen gefangenen Hasen zittern.

Tika begann die Kordel an ihrer weißen Bluse aufzuziehen. Da sie durch ihre Tränen nichts sehen konnte, riß sie so wild an ihr, daß sie zerriß.

»Nun! Sieh nur!« Sie warf die silberne Schnur weg. »Jetzt habe ich meine Bluse ruiniert! Ich muß sie flicken. Sie werden natürlich alle wissen, was passiert ist! Oder sie glauben es zu wissen! Ich... ich..., oh, was hat das für einen Sinn!« Vor Enttäuschung weinend, bedeckte Tika ihr Gesicht mit ihren Händen.

»Es ist mir egal, was sie von mir denken!« sagte Caramon. Er tröstete sie nicht. Er wußte, wenn er sie wieder berührte, würde er seine Leidenschaft nicht mehr zurückhalten können. »Außerdem denken sie überhaupt nichts. Es sind unsere Freunde. Sie kümmern sich um uns...«

»Ich weiß!« weinte Tika. »Es ist Raistlin, nicht wahr? Er mag mich nicht. Er *haßt* mich!«

»Sag das nicht, Tika.« Caramons Stimme war fest. »Wenn er das täte und auch wenn er stärker wäre, wäre das egal. Es wäre mir egal, was jemand sagen oder denken würde. Die anderen möchten, daß wir glücklich sind. Sie verstehen nicht, warum wir – wir kein Paar sind. Tanis sagte mir direkt ins Gesicht, ich wäre ein Narr.«

»Er hat recht.« Tikas Stimme war durch ihr tränennasses Haar gedämpft.

»Vielleicht. Vielleicht auch nicht.«

Irgend etwas in Caramons Stimme ließ das Mädchen aufhören zu weinen. Sie sah zu ihm hoch, als Caramon sich ihr zuwandte.

»Du weißt nicht, was mit Raist in den Türmen der Erzmagier geschehen ist. Keiner von euch weiß das. Keiner von euch wird das je erfahren. Aber *ich* weiß es. Ich war dabei. Ich habe es gesehen. Sie *machten* mich sehen!« Caramon erschauderte, legte beide Hände über sein Gesicht. Tika blieb still. Als er sie dann wieder ansah, holte er tief Atem. »Sie sagten, daß ›seine Kraft die Welt retten wird‹. Welche Kraft? Innere Kraft? *Ich bin* die äußere Kraft! Ich... ich verstehe es nicht, aber Raist sagte mir in dem Traum, daß wir zusammen *eine* Person wären, von den Göttern verflucht und in zwei Körper gesteckt. Wir brauchen uns gegenseitig – zumindest jetzt.« Das Gesicht des Mannes verdüsterte sich. »Vielleicht wird sich das eines Tages ändern. Vielleicht wird er eines Tages die äußere Kraft finden...«

Caramon verstummte. Tika schluckte und fuhr sich mit der Hand über ihr Gesicht. »Ich...«, begann sie, aber Caramon ließ sie nicht aussprechen.

»Warte eine Minute«, sagte er. »Laß mich zu Ende reden. Ich liebe dich, Tika, so wahr wie ein Mann eine Frau in der Welt lieben kann. Ich würde gern Liebe mit dir machen. Wenn wir nicht in diesen idiotischen Krieg verstrickt wären, würde ich dich heute heiraten. In dieser Minute. Aber ich kann nicht. Denn wenn ich es tue, dann gehe ich dir gegenüber eine Verpflichtung ein, der ich mich mein ganzes Leben lang widmen möchte. Du mußt an erster Stelle in all meinen Gedanken sein. Du verdienst nicht weniger als das. Aber ich kann diese Verpflichtung nicht eingehen, Tika. Meine erste Verpflichtung gilt meinem Bruder.« Tikas Tränen flossen wieder – dieses Mal nicht um sich selbst, sondern um ihn. »Ich muß dich freigeben, damit du jemanden findest, der...«

»Caramon!« Ein Schrei brach durch die süße Stille des Nachmittags. »Caramon, beeil dich!« Es war Tanis.

»Raistlin!« sagte der Krieger, und ohne ein weiteres Wort rannte er aus der Höhle.

Tika stand einen Moment da und sah ihm nach. Dann versuchte sie seufzend ihr feuchtes Haar zu kämmen.

»Was ist los?« Caramon platzte in den Wagen. »Raist?«

Tanis nickte, sein Gesicht war ernst.

»Ich fand ihn so vor.« Der Halb-Elf zog den Vorhang zurück. Caramon schob ihn beiseite.

Raistlin lag auf dem Boden, seine Haut war weiß, sein Atem flach. Blut tröpfelte aus seinem Mund. Caramon kniete nieder und hob ihn in seinen Armen auf.

»Raistlin?« flüsterte er. »Was ist passiert?«

»*Das* ist passiert«, sagte Tanis grimmig zeigend.

Caramon sah hoch, sein Blick kam bei der Kugel der Drachen zum Stehen – die jetzt die Größe hatte, die Caramon in Silvanesti gesehen hatte. Sie lag auf dem Gestell, das Raistlin gebaut hatte, ihre Farben wirbelten ohne Unterbrechung, während er hinsah. Caramon hielt vor Entsetzen den Atem an. Furchtbare Visionen über Lorac durchfluteten ihn. Lorac wahnsinnig, sterbend...

»Raist!« stöhnte er und umarmte seinen Bruder.

Raistlins Kopf bewegte sich schwach. Seine Augenlider flatterten, und er öffnete seinen Mund.

»Was?« Caramon beugte sich über ihn, der Atem seines Bruders fühlte sich an seiner Haut eiskalt an. »Was?«

»Mein...«, flüsterte Raistlin. »Zaubersprüche... der uralten... mein... mein...«

Der Kopf des Magiers hing schlaff herab, seine Worte erstarben. Aber sein Gesicht war ruhig, glatt und entspannt. Sein Atem kam regelmäßiger.

Raistlins dünne Lippen teilten sich zu einem Lächeln.

Weihnachtsgäste

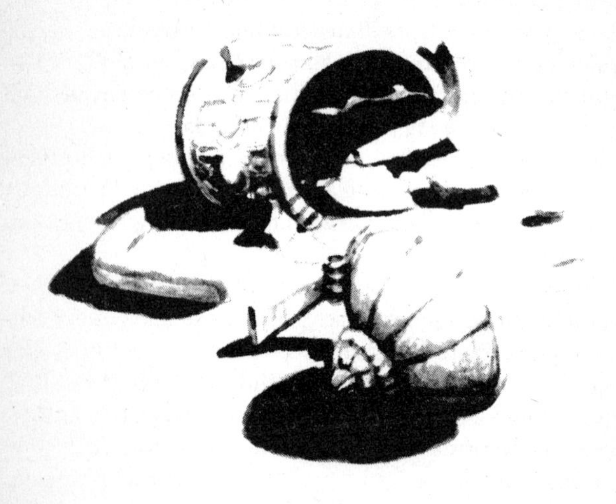

Nach der Abfahrt der Ritter nach Palanthas machte sich Fürst Gunther auf, um Weihnachten zu Hause zu feiern. Es war ein anstrengender, mehrtägiger Ritt. Die Straßen waren knietief mit Schlamm bedeckt. Sein Pferd brach mehr als einmal zusammen, und Gunther, der sein Pferd beinahe genausosehr liebte wie seine Söhne, ging zu Fuß, wann immer es notwendig war. Als er sein Schloß erreichte, war er erschöpft, durchnäßt und zitterte am ganzen Leib. Der Stallknecht trat heran, um sich um das Pferd zu kümmern.

»Reib ihn gut ab«, sagte Gunther, während er steif absaß.

»Heißer Hafer und…« Er fuhr mit seinen Anweisungen fort, während der Stallknecht geduldig nickte, als hätte er sich noch nie zuvor in seinem Leben um ein Pferd gekümmert. Gunther wollte sogar selbst sein Pferd in den Stall führen, als sein uralter Gefolgsmann erschien, der ihn gesucht hatte.

»Herr.« Wills zog Gunther zur Seite. »Ihr habt Gäste. Sie sind vor wenigen Stunden angekommen.«

»Wer?« fragte Gunther ohne viel Interesse, Besucher waren nichts Neues, besonders während der Weihnachtszeit. »Fürst Michael? Er konnte nicht mit uns reisen, aber ich bat ihn, auf seinem Weg nach Hause vorbeizukommen…«

»Ein alter Mann, Herr«, unterbrach ihn Wills, »und ein Kender.«

»Ein Kender?« wiederholte Gunther mit einer gewissen Unruhe in der Stimme.

»Leider ja, Herr. Aber macht Euch keine Sorgen«, fügte der Gefolgsmann hastig hinzu. »Ich habe das Silber in einer Kommode verschlossen, und Eure Gattin hat ihre Juwelen im Keller versteckt.«

»Hört sich an, als würden wir belagert!« knurrte Gunther. Trotzdem überquerte er schneller als sonst den Hof.

»Bei diesen Kreaturen können wir nicht vorsichtig genug sein, Herr«, murmelte Wills, während er hinterhertrottete.

»Wer sind diese beiden denn? Bettler? Warum hast du sie hinein gelassen?« fragte Gunther. Er wurde langsam wütend. Er wollte nur seinen Glühwein, warme Kleider und eine Rükkenmassage von seiner Frau. »Gib ihnen etwas zu essen und Geld, und dann schick sie fort. Aber zuvor mußt du natürlich den Kender durchsuchen.«

»Das hatte ich ja auch vor, Herr«, sagte Wills dickköpfig. »Aber irgend etwas ist mit ihnen – insbesondere was den Alten betrifft. Er ist übergeschnappt, wenn Ihr mich fragt, aber er ist ein kluger Übergeschnappter. Er weiß etwas, was mehr als gut für ihn ist – oder für uns.«

»Wie meinst du das?«

Die beiden hatten gerade die riesigen Holztüren geöffnet, die in den Wohntrakt des Schlosses führten. Gunther hielt inne und starrte Wills an, da er die scharfe Beobachtungsgabe seines Gefolgsmannes kannte und schätzte. Wills blickte sich um, dann beugte er sich vor.

»Der alte Mann sagte, ich soll Euch mitteilen, daß er dringende Neuigkeiten über die Kugel der Drachen zu berichten hätte, Herr!«

»Die Kugel der Drachen!« murmelte Gunther. Die Kugel war geheim, beziehungsweise ging er davon aus, daß es so wäre. Die Ritter wußten natürlich davon. Hatte es Derek auch anderen erzählt? War dies eines seiner Manöver?

»Du hast klug gehandelt, Wills, wie immer«, sagte Gunther schließlich. »Wo sind sie?«

»Ich habe sie in das Kriegszimmer geführt, Herr, weil ich dachte, dort könnten sie am wenigsten anstellen.«

»Ich werde mich umziehen, bevor ich mir den Tod hole, dann gehe ich sofort zu ihnen. Hast du ihnen etwas angeboten?«

»Ja, Herr«, erwiderte Wills, der hinter Gunther hereilte, der schon wieder weiterging. »Heißen Wein, Brot und Fleisch. Obwohl ich befürchte, daß der Kender inzwischen die Platten eingesteckt hat...«

Gunther und Wills standen einen Moment lang vor der Tür des Kriegszimmers und lauschten der Unterhaltung der Gäste.

»Leg ihn zurück!« befahl eine strenge Stimme.

»Nein! Er gehört mir! Sieh, er war in meinem Beutel.«

»Pah! Vor nicht einmal fünf Minuten habe ich gesehen, wie du ihn eingesteckt hast!«

»Nein, du irrst dich«, protestierte die andere Stimme verletzt. »Er gehört mir! Guck, mein Name ist eingraviert...«

»›Für Gunther, meinen geliebten Gatten‹«, sagte die erste Stimme.

Einen Moment war es im Zimmer still. Wills wurde blaß. Dann war wieder die schrille Stimme zu hören, diesmal gedämpfter.

»Er muß in meinen Beutel gefallen sein, Fizban. Genau!

Guck, mein Beutel stand genau unter dem Tisch. War das nicht ein Glück? Er wäre zerbrochen, wenn er auf den Boden gefallen wäre...«

Mit grimmigem Gesicht schwang Fürst Gunther die Tür auf.

»Fröhliche Weihnachten, meine Herren«, grüßte er. Wills huschte hinter ihm ins Zimmer, seine Augen überflogen schnell den Raum.

Die zwei Fremden wirbelten herum, der alte Mann hielt einen Steinkrug in seiner Hand. Wills sprang nach dem Krug und riß ihn an sich. Mit einem empörten Blick auf den Kender stellte er ihn auf den Kaminsims, außer Reichweite des Kenders.

»Sonst noch etwas, mein Herr?« fragte Wills und starrte bedeutungsvoll auf den Kender. »Soll ich hierbleiben und die Sachen im Auge behalten?«

Gunther wollte gerade antworten, als der alte Mann lässig abwinkte.

»Ja, vielen Dank, mein guter Mann. Bring uns noch mehr Bier. Aber bring uns nicht dieses verwässerte Zeug für die Diener!« Der alte Mann blickte Wills streng an. »Zapf das Faß an, das in der dunklen Ecke an der Kellertreppe steht. Weißt du – das Faß mit den vielen Spinnenweben.«

Wills starrte ihn mit offenem Mund an.

»Nun, mach schon. Steh hier nicht so rum mit offenem Mund wie ein Fisch auf dem Trockenen. Er ist ein bißchen dämlich, oder?« fragte der alte Mann Gunther.

»N...nein«, stotterte Gunther. »Es ist alles in Ordnung. Wills, ich... ich glaube, ich habe auch einen Krug... von... von dem Bier aus dem Faß an der... äh... Treppe. Woher weißt *du* das?« fragte er den alten Mann argwöhnisch.

»Oh, er ist ein Magier«, sagte der Kender, zuckte die Schultern und setzte sich, ohne daß man ihn aufgefordert hätte.

»Ein Magier?« Der alte Mann sah sich um. »Wo?«

Tolpan flüsterte etwas und stieß den alten Mann an.

»Wirklich? Ich«, sagte er. »Was du nicht sagst! Wie bemerkenswert. Nun, wo du das so sagst, fällt mir ein Zauberspruch ein... Feuerkugel. Wie ging der noch mal?«

Der alte Magier begann seltsame Worte zu sprechen. Beunruhigt sprang der Kender vom Sitz und ergriff den alten Mann.

»Nein, Alter«, sagte er und zog ihn zu einem Stuhl. »Nicht jetzt!«

»Vermutlich nicht«, sagte der alte Mann verträumt. »Aber trotzdem, ein wundervoller Zauber...«

»Da bin ich mir sicher«, murmelte Gunther völlig verwirrt. Dann schüttelte er den Kopf und wurde wieder streng. »Nun, erklärt euch. Wer seid ihr? Warum seid ihr hier? Wills sagte etwas von einer Kugel der Drachen...«

»Ich bin...«, der Magier stockte und blinzelte.

»Fizban«, sagte der Kender seufzend. Er erhob sich und streckte Gunther höflich seine kleine Hand entgegen. »Und ich bin Tolpan Barfuß.« Er setzte sich wieder. »Oh«, sagte er und sprang auf. »Fröhliche Weihnachten, Herr Ritter.«

»Ja, ja«, nickte Gunther geistesabwesend. »Was ist mit der Kugel der Drachen?«

»Ah, ja, die Kugel der Drachen!« Der verwirrte Ausdruck verschwand aus Fizbans Gesicht. Er starrte Gunther mit scharfen, listigen Augen an. »Wo ist sie? Wir haben einen weiten Weg auf der Suche nach ihr hinter uns.«

»Das kann ich euch leider nicht sagen«, antwortete Gunther kühl. »Wenn wirklich solch ein Ding hier wäre...«

»Oh, sie war hier«, entgegnete Fizban. »Sie wurde dir von einem Ritter der Rose gebracht, einem gewissen Derek Kronenhüter. Und Sturm Feuerklinge war mit ihm.«

»Das sind Freunde von mir«, erklärte Tolpan, als er Gunthers Kiefer heruntersacken sah. »In der Tat war ich dabei, als wir die Kugel holten«, fügte der Kender bescheiden hinzu. »Wir nahmen ihn von einem bösen Zauberer in einem Eispalast fort. Es ist eine der schönsten Geschichten...« Er beugte sich eifrig vor. »Möchtest du sie hören?«

»Nein«, sagte Gunther und starrte die beiden verwundert an. »Und wenn ich diese Lügengeschichte glauben soll – wartet –.« Er sank in einen Stuhl. »Sturm sagte etwas über einen Kender. Wer waren die anderen in eurer Gruppe?«

»Flint, der Zwerg, Theros, der Schmied, Gilthanas und Laurana...«

»Das muß stimmen!« rief Gunther aus, dann runzelte er die Stirn. »Aber er hat nie einen Magier erwähnt...«

»Oh, das liegt daran, weil ich tot bin«, erklärte Fizban und legte seine Füße auf den Tisch.

Gunther riß seine Augen auf, aber bevor er antworten konnte, trat Wills ein. Nachdem er Tolpan finster angestarrt hatte, stellte er die Krüge vor seinem Herrn auf den Tisch.

»*Drei Krüge,* hier, Herr. Und einer auf dem Kamin ergibt *vier.* Und es sollten *vier* da sein, wenn ich wiederkomme!«

Er verließ das Zimmer und schloß die Tür mit einem Knall.

»Ich werde auf sie aufpassen«, sagte Tolpan feierlich. »Hast du ein Problem mit Leuten, die Krüge stehlen?« fragte er Gunther.

»Ich... nein... tot?« Gunther hatte das Gefühl, daß ihm die Situation völlig entglitt.

»Es ist eine sehr lange Geschichte«, sagte Fizban und schluckte das Getränk mit einem Zug hinunter. Er wischte sich den Schaum von den Lippen. »Ah, hervorragend. Nun, wo war ich stehengeblieben?«

»Tot«, sagte Tolpan hilfsbereit.

»Ah, ja. Eine lange Geschichte. Aber jetzt zu lang. Ich muß die Kugel bekommen. Wo ist sie?«

Gunther erhob sich wütend, er wollte diesen seltsamen alten Mann und diesen Kender aus seinem Zimmer und seinem Schloß werfen lassen. Gerade wollte er die Wachen rufen. Aber statt dessen wurde er von dem intensiven Blick des alten Mannes gefesselt.

Die Ritter von Solamnia hatten die Magie immer gefürchtet. Obwohl sie nicht an der Zerstörung der Türme der Erzmagier teilgenommen hatten – das wäre gegen den Maßstab –, so tat es ihnen auch nicht leid, daß die Magier aus Palanthas vertrieben worden waren.

»Warum willst du das wissen?« stammelte Gunther, spürte eine kalte Angst in sein Blut sickern, so wie die seltsame Macht des alten Mannes, die ihn überflutete. Langsam und widerstrebend nahm der Ritter wieder Platz.

Fizbans Augen funkelten. »Ich behalte meine Gründe für mich«, sagte er sanft. »Es reicht, wenn ihr wißt, daß *ich* die Kugel suche. Sie wurde vor langer Zeit von Magiern hergestellt! Ich weiß darüber. Ich weiß eine Menge darüber.«

Gunther zögerte, kämpfte mit sich. Es war ja so, daß Ritter die Kugel bewachten, und wenn dieser alte Mann wirklich etwas über sie wußte, wem würde es schaden, ihm ihren Aufenthaltsort zu verraten? Außerdem hatte er wirklich das Gefühl, daß ihm keine andere Wahl blieb.

Fizban griff geistesabwesend nach dem leeren Krug und wollte trinken. Er spähte traurig hinein, als Gunther zu sprechen begann.

»Die Kugel der Drachen ist bei den Gnomen.«

Fizban ließ den Krug mit einem Knall fallen. Er zerbrach in tausend Stücke, die sich über den Holzboden verteilten.

»Da, was habe ich dir gesagt?« sagte Tolpan traurig und beäugte den zerbrochenen Krug.

Solange sie sich erinnern konnten, lebten die Gnome im Berg Machtnichts – und da sie die einzigen waren, die es interessierte, waren sie auch die einzigen, die zählten. Sicherlich waren sie bereits da, als die ersten Ritter in Sankrist aus ihrem neugegründeten Königreich Solamnia angereist kamen, um ihre Festungen am westlichen Teil ihrer Grenze zu bauen.

Immer mißtrauisch gegenüber Fremden waren die Gnome beunruhigt, ein Schiff an ihrer Küste zu sehen, das Horden von großgewachsenen, streng blickenden, kriegerischen Menschen herantrug. Entschlossen, das vor den Menschen geheimzuhalten, was für sie ein Bergparadies war, traten die Gnome in Aktion. Als technisch begabteste Rasse auf Krynn (sie sind berühmt für ihre Erfindung des Dampfmotors und der mit Münzen betriebenen Quelle), dachten die Gnome zuerst daran, sich in ihren Gebirgshöhlen zu verbergen, aber dann hatten sie eine bessere Idee: den Berg selbst zu verstecken!

Nach mehreren Monaten unendlicher Bemühungen ihrer größten mechanischen Genies waren die Gnome bereit. Ihr Plan? Sie wollten ihren Berg verschwinden lassen!

Zu diesem Zeitpunkt fragte ein Mitglied der gnomischen Philosophengilde, ob es nicht wahrscheinlich sei, daß die Ritter den Berg, der schließlich der größte auf der Insel war, bereits bemerkt hätten. Könnte nicht das plötzliche Verschwinden des Berges ein gewisses Maß an Neugierde bei den Menschen freisetzen?

Diese Frage verursachte Unruhe unter den Gnomen. Es wurde tagelang diskutiert. Das Problem spaltete die Philosophengnome in zwei Lager: Die einen waren davon überzeugt, daß ein Baum, der in einem Wald gefällt wird, Krach erzeugt, auch wenn es niemand hört; die anderen waren anderer Meinung. Was dieses Problem jedoch mit der ursprünglichen Frage zu tun hatte, kam am siebten Tag zur Sprache, wurde aber prompt zum Komitee weitergeleitet.

In der Zwischenzeit entschieden die Mechaniker verärgert, das Gerät auf alle Fälle einzusetzen.

Und so kam der Tag, der immer noch in den Annalen von Sankrist (während alles andere während der Umwälzung so gut wie verlorenging) festgehalten ist, nämlich der Tag der Verfaulten Dracheneier.

An jenem Tag erwachte der Vorfahr von Fürst Gunther und fragte sich verschlafen, ob sein Sohn wohl wieder einmal durch das Dach des Hühnerstalls gefallen sei. Denn dies war erst einige Wochen zuvor geschehen. Der Junge hatte einen Hahn gejagt.

»*Du* bringst ihn zum Teich«, sagte Gunthers Vorfahr verschlafen zu seiner Frau, rollte sich über das Bett und zog die Vorhänge über seinem Kopf auf.

»Kann ich nicht!« antwortete sie benommen. »Der Kamin qualmt!«

In dem Moment wurden beide hellwach und bemerkten, daß der Rauch im Haus nicht vom Kamin und der schlechte Geruch nicht vom Hühnerstall kam.

Wie alle anderen Bewohner der neuen Kolonie stürzten beide nach draußen, würgten und husteten von dem Gestank, der von Minute zu Minute immer schlimmer wurde. Sie konnten jedoch nichts sehen. Das Land war mit einem dichten, gelben Rauch bedeckt, und der Geruch erinnerte stark an Eier, die drei Tage lang in der Sonne gelegen hatten.

Innerhalb von Stunden waren alle in der Kolonie von diesem Gestank todkrank. Mit Decken und Kleidungsstücken bewaffnet rannten sie zum Strand. Dankbar atmeten sie die frische Salzluft ein und fragten sich, ob sie jemals in ihre Häuser zurückkehren konnten.

Während sie dieses Problem diskutierten und ängstlich die gelbe Wolke am Horizont beobachteten, waren die Kolonisten äußerst überrascht, eine Armee kleiner brauner Kreaturen aus dem Rauch taumeln und vor ihre Füße fallen zu sehen.

Die hilfsbereiten Menschen von Solamnia kamen unverzüglich den armen Gnomen zu Hilfe, und so trafen die beiden Rassen, die in Sankrist leben, aufeinander.

Die Begegnung der Gnome und der Ritter stellte sich als eine friedliche heraus. Die solamnischen Menschen schätzten vier Dinge ganz besonders: die eigene Ehre, den Kodex, den Maßstab und Technik. Sie waren von den arbeitssparenden Geräten der Gnome höchst beeindruckt, die diese in jener Zeit schon erfunden hatten. Dazu zählten der Flaschenzug, der Bergwerksschacht, die Schraube und das Zahnrad.

Während dieses ersten Treffens erhielt auch der Berg Machtnichts seinen Namen.

Die Ritter entdeckten bald, daß die Ähnlichkeit der Gnome mit den Zwergen nur äußerlich war – beide Rassen sind klein und stämmig. Die Gnome waren ein mageres Volk mit brauner Haut und weißen Haaren, sehr nervös und von hitzigem Temperament. Sie sprachen so schnell, daß die Ritter anfangs dachten, es würde sich um eine fremde Sprache handeln. Aber es stellte sich heraus, daß es die Umgangssprache war, nur sehr schnell gesprochen. Einmal fragte ein Älterer die Gnome nach dem Namen ihres Berges.

Grob übersetzt ging die Antwort so: Ein Großer, Riesiger, Hoher Berg, Bestehend Aus Verschiedenen Unterschiedlichen Gesteinsschichten, Die Wir Als Granit, Obsidian, Quarz Identifiziert Haben, Mit Spuren Von Anderen Gesteinsarten, An Denen Wir Immer Noch Arbeiten, Der Sein Eigenes Inneres Wärmesystem Hat, Das Wir Immer Noch Studieren, Um Irgendwann Diese Wärme Zu Kopieren Zu Temperaturen, Die Es In Sowohl Flüssige Als Auch Gasförmige Zustände Umwandelt, Die Gelegentlich An Die Oberfläche Treten Und An Der Wand Des Großen, Riesigen, Hohen Bergs Fließen...

»Macht nichts«, sagte der Ältere hastig.

Machtnichts! Die Gnome waren beeindruckt. Der Gedanke, daß diese Menschen etwas so Gigantisches und Wunderbares auf etwas dermaßen Einfaches reduzieren konnten, war über jeden Glauben herrlich. Und so wurde der Berg von jenem Tag an Berg Machtnichts genannt – zur großen Erleichterung der gnomischen Kartenzeichnergilde.

Die Ritter von Sankrist und die Gnome lebten seitdem in Eintracht: Die Ritter trugen jegliche technische Fragen, die dringend gelöst werden mußten, an die Gnome heran, und die Gnome produzierten ständig neue Erfindungen.

Als die Kugel der Drachen auftauchte, mußten die Ritter wissen, wie sie funktioniert. Sie überließen den Gnomen die Kugel und schickten zwei junge Ritter als Wache mit. Der Gedanke, daß die Kugel magisch sein könnte, kam ihnen gar nicht.

Gnomschleudern

Eines sollte man nicht vergessen! Weder ein lebender noch ein toter Gnom hat in seinem ganzen Leben je einen Satz zu Ende gesprochen. Denn die einzige Möglichkeit, etwas in Erfahrung zu bringen, besteht darin, sie zu unterbrechen. Man sollte sich keine Sorgen machen, unhöflich zu wirken. Sie erwarten es!

Der alte Magier wurde selbst durch das Erscheinen eines in eine lange braune Robe gekleideten Gnomen unterbrochen, der auf sie zukam und sich respektvoll verbeugte.

Tolpan musterte den Gnom mit aufgeregter Neugierde – der

Kender hatte niemals zuvor einen Gnom gesehen, obwohl die alten Legenden über den Graustein von Gargat darauf verwiesen, daß die beiden Rassen entfernt miteinander verwandt waren. Sicherlich war etwas Kenderhaftes in dem jungen Gnom – seine schlanken Hände, sein eifriger Gesichtsausdruck und seine scharfen, hellen Augen, denen nichts entging. Aber hier endete auch die Ähnlichkeit. Der Gnom hatte nichts von der gelassenen Art der Kender. Er war nervös, ernsthaft und benahm sich sehr geschäftsmäßig.

»Tolpan Barfuß«, sagte der Kender höflich und streckte seine Hand aus. Der Gnom nahm Tolpans Hand, musterte sie aufmerksam, und als er nichts Interessantes entdecken konnte, schüttelte er sie müde. »Und das…«, wollte Tolpan Fizban vorstellen, stockte aber, als der Gnom die Hand ausstreckte und ruhig den Hupak des Kenders an sich nahm.

»Ah…«, sagte der Gnom, seine Augen glänzten, während er die Waffe ergriff. »RufeeinMitgliedderWaffengilde…«

Der Wachmann am Eingang zum großen Berg wartete nicht darauf, daß der Gnom seinen Satz beenden würde. Er zog an einem Hebel, und ein Kreischen ertönte. Tolpan wirbelte herum, um sich zu verteidigen.

»Pfeife«, sagte Fizban. »Gewöhn dich lieber daran.«

»Pfeife?« wiederholte Tolpan fasziniert. »So etwas habe ich noch nie gehört. Da kommt Rauch! Wie funk… He! Komm zurück! Gib mir meinen Hupak wieder!« schrie er, als sein Stab den Korridor davoneilte, getragen von drei eifrigen Gnomen.

»Imuntersuchungskammer«, sagte der Gnom, »beiSkimbosch…«

»Was?«

»Im Untersuchungskammer«, übersetzte Fizban. »Den Rest habe ich nicht verstanden. Du mußt wirklich langsamer sprechen«, sagte er und fuchtelte mit seinem Stab vor dem Gnom.

Der Gnom nickte, aber seine hellen Augen waren auf Fizbans Stab gerichtet. Als er jedoch sah, daß es sich um einfaches, leicht verbogenes Holz handelt, wandte er seine Aufmerksamkeit wieder dem Magier und dem Kender zu.

»Außenseiter«, sagte er. »Ichwerdeversuchenken... Ich werde versuchen, daran zu denken, mach dir also keine Sorgen«, sprach er nun langsam und deutlich, »deiner Waffe wird nichts geschehen, da wir nur eine Zeichnung anfertigen wollen...«

»Wirklich?« unterbrach Tolpan geschmeichelt. »Ich könnte dir auch ihre Wirkungsweise vorführen, wenn du möchtest.«

Die Augen des Gnomen erstrahlten. »Daswärewunder...«

»Und jetzt«, unterbrach der Kender wieder, erfreut zu lernen, wie man kommuniziert, »wie heißt du?«

Fizban machte schnell eine Handbewegung, aber zu spät.

»Gnoschoshallamarionininillisyylphanitdisdisslishxdie...«

Er hielt inne, um Atem zu holen.

»Das ist dein *Name?*« fragte Tolpan erstaunt.

Der Gnom atmete aus. »Ja«, schnappte er, ein wenig aus der Fassung gebracht. »Das ist mein Vorname, und jetzt laß mich fortfahren...«

»Warte!« schrie Fizban. »Wie nennen dich deine Freunde?«

Der Gnom atmete wieder ein. »Gnoschoshallamarioninillis...«

»Wie nennen dich die *Ritter?*«

»Oh«, der Gnom wirkte deprimiert, »Gnosch, wenn du...«

»Danke«, schnappte Fizban. »Nun, Gnosch, wir sind ziemlich in Eile. Es ist Krieg und so weiter. Wie Fürst Gunther in seiner Schrift mitgeteilt hat, müssen wir die Kugel der Drachen sehen.«

Gnoschs kleine dunkle Augen funkelten. Er spielte nervös mit seinen Händen. »Natürlich könnt ihr die Kugel der Drachen sehen, da Fürst Gunther dies gefordert hat, aber darf ich fragen, welches Interesse, außer normaler Neugierde, ihr an der Kugel der Drachen...?«

»Ich bin ein Magier...«, begann Fizban.

»Magier!« wiederholte der Gnom und in seiner Aufregung vergaß er, langsam zu sprechen. »Kommthierentlangsofortzum Untersuchungszimmer dadieKugelderDrachenvonMagierngemachtwurde...«

Tolpan und Fizban blinzelten verständnislos.

»Oh, kommt einfach...«, sagte der Gnom ungeduldig.

Bevor sie wußten, was geschah, drängte sie der Gnom – immer noch redend – in den Bergeingang, während er eine unendliche Anzahl von Glocken und Pfeifen in Betrieb setzte.

»Untersuchungszimmer?« fragte Tolpan leise Fizban, während sie hinter Gnosch herliefen. »Was bedeutet das? Sie haben mit ihm doch nichts angestellt, oder?«

»Ich glaube nicht«, murmelte Fizban. »Gunther hatte Ritter als Wache mitgeschickt, vergiß das nicht.«

»Warum machst *du* dir dann Sorgen?« fragte Tolpan.

»Die Kugeln der Drachen sind seltsame Gegenstände. Sehr mächtig. Meine Furcht ist«, sagte Fizban eher zu sich als zu Tolpan, »daß sie vielleicht versucht haben, sie zu *benutzen*!«

»Aber in dem Buch, das ich in Tarsis gelesen habe, steht, daß die Kugel Drachen kontrollieren kann!« flüsterte Tolpan. »Ist das nicht gut? Ich meine, die Kugeln sind nicht bösartig, oder?«

»Bösartig? O nein! Nicht bösartig.« Fizban schüttelte den Kopf. »Das ist eben die Gefahr. Sie sind weder gut noch böse. Sie sind *überhaupt nichts!* Oder vielleicht sollte ich sagen, sie sind *alles.*«

Tolpan erkannte, daß er von Fizban wahrscheinlich keine direkte Antworte erhalten würde, er war zu sehr mit anderen Dingen beschäftigt. Da er Unterhaltung brauchte, wandte sich der Kender seinem Gastgeber zu.

»Was bedeutet sein Name?« fragte Tolpan.

Gnosch lächelte glücklich. »Am Anfang Schufen Die Götter Die Gnome Und Einer Der Ersten, Den Sie Schufen, Wurde Gnosch Eins Genannt, Und Das Sind Die Bemerkenswerten Ereignisse In Seinem Leben: Er Heiratete Marioninillis...«

Tolpan überfiel ein Schwächegefühl. »Warte«, unterbrach er. »Wie lang ist dein Name?«

»Er füllt so ein dickes Buch«, antwortete Gnosch stolz und breitete seine Arme aus, »weil wir eine sehr alte Familie sind, wie du sehen wirst, wenn ich fortf...«

»Ist schon in Ordnung«, sagte Tolpan schnell. Da er nicht darauf geachtet hatte, wohin er ging, stolperte er über ein Seil. Gnosch half ihm auf die Füße. Als Tolpan hochsah, bemerkte er, daß das Seil in ein ganzes Nest von anderen Seilen führte, die miteinander verbunden waren und in alle Richtungen liefen. Er fragte sich, wohin sie wohl führen würden. Vielleicht in eine andere Zeit.

»Aber es gibt einige sehr gute Stellen«, sagte Gnosch, während sie auf eine riesige Stahltür zugingen, »und einige könnte ich überspringen, wenn du möchtest, beispielsweise die Stelle, als meine Großgroßgroßgroßgroßmutter Gnosch erfand, Wasser zu kochen...«

»Ich würde es sehr gern hören.« Tolpan schluckte. »Aber, die Zeit...«

»Ja, das glaube ich auch«, sagte Gnosch, »und außerdem sind wir jetzt am Eingang zur Hauptkasse, entschuldige mich also bitte...«

Immer noch sprechend griff er nach oben und zog an einer Schnur. Eine Pfeife ertönte. Zwei Glocken und ein Gong klingelten. Und dann begannen sich mit einem fürchterlichen Dampfstoß, der sie fast verbrühte, zwei riesige Stahltüren langsam zu öffnen. Kurz darauf blieben die Türen stehen, und innerhalb von Minuten war der Platz von Gnomen überfüllt, die schrien und zeigten und stritten, wessen Fehler das war.

Tolpan Barfuß hatte bereits im Hinterkopf, was er tun würde, wenn dieses Abenteuer beendet und alle Drachen erschlagen wären (der Kender versuchte positiv zu denken). Zunächst wollte er einige Monate bei seinem Freund Sestun, dem Gossenzwerg, in Pax Tarkas verbringen. Die Gossenzwerge führten ein interessantes Leben, und Tolpan wußte, daß er dort eine recht glückliche Zeit verbringen würde, solange er nicht ihre Gerichte essen müßte.

Aber in dem Moment, als Tolpan den Berg Machtnichts betrat, entschied er, daß er zuerst bei den Gnomen leben wollte. Der Kender hatte in seinem ganzen Leben noch nie so etwas Wundervolles gesehen. Er blieb wie angenagelt stehen.

Gnosch warf ihm einen Blick zu. »Beeindruckend, nicht wahr?« fragte er.

»Nicht ganz das Wort, das *ich verwenden würde*«, meldete sich Fizban murmelnd zu Wort.

Sie standen im Zentrum der Gnomenstadt. Sie war in den alten Schacht eines Vulkans hineingebaut und erstreckte sich über viele Meilen in die Höhe. Die Stadt war in mehreren Ebenen im Schacht rund errichtet worden. Tolpan starrte hoch... und hoch... und hoch...

»Wie viele Ebenen gibt es denn?« fragte der Kender.

»Fünfunddreißig und...«

»Fünfunddreißig!« wiederholte Tolpan ehrfürchtig. »Mir würde es gar nicht gefallen, auf der fünfunddreißigsten Ebene zu leben. Wie viele Treppen muß man denn da steigen?«

Gnosch rümpfte verächtlich die Nase. »Diese primitiven Geräte haben wir schon vor langer Zeit verbessert und jetzt«, erklärte er deutend, »sieh mal, einigederwunderbarenTechnologiendiewireinset...«

»Ich sehe«, sagte Tolpan und senkte seinen Blick wieder zur untersten Ebene. »Ihr müßt euch auf eine große Schlacht vorbereiten. Niemals zuvor habe ich so viele Katapulte gesehen...«

Die Stimme des Kenders erstarb. Während er beobachtete, ertönte eine Pfeife, ein Katapult ging mit einem Schwirren los, und ein Gnom segelte durch die Luft. Tolpan hatte keine Kriegsmaschinen betrachtet, sondern Geräte, die Treppen ersetzten!

Die untere Ebene der Kammer war mit Katapulten belegt, jede Art von Katapulten, die die Gnomen je entworfen hatten. Es gab Schleuderkatapulte, Querbogenkatapulte und dampfbetriebene Katapulte (noch in der Erprobungsphase – man arbeitete noch an der Anpassung der Wassertemperatur).

Um die Katapulte, über die Katapulte, unter den Katapulten und durch die Katapulte waren zig Seile gezogen, die eine wirre Ansammlung von Zahnrädern und Rädern und Flaschenzügen in Bewegung setzten; alles drehte und bewegte sich und quietschte. Aus dem Boden, aus den Maschinen und aus den Steinwänden ragten riesige Hebel, die Massen von Gnomen entweder schoben oder zogen oder manchmal beides zugleich.

»Ich glaube nicht«, sagte Fizban mit hoffnungsloser Stimme, »daß das Untersuchungszimmer hier auf der untersten Ebene ist.«

Gnosch schüttelte den Kopf. »Das Untersuchungszimmer ist auf Ebene fünfzehn...«

Der alte Magier seufzte tief und herzzerreißend.

Plötzlich hob ein entsetzliches, knirschendes Geräusch an, daß Tolpan seine Zähne zusammenbiß.

»Ah, sie sind für uns bereit. Kommt schon...«, sagte Gnosch.

Tolpan sprang ihm ausgelassen nach, als sich ihnen ein riesiger Katapult näherte. Ein Gnom winkte ihnen ärgerlich zu und zeigte auf eine lange Schlange von wartenden Gnomen. Tolpan sprang in den Sitz des Schleuderkatapults und starrte eifrig nach oben in den Schacht. Dort konnte er Gnomen sehen, die von verschiedenen Balkonen herabsahen, alle von riesigen Maschinen, Pfeifen, Seilen und gewaltigen unförmigen Dingern umgeben, die an den Wänden wie Fledermäuse herabhingen. Gnosch stellte sich neben ihn und schimpfte.

»Die Alten zuerst, junger Mann, also steig hiersofortausundlaß...«, und er schob Tolpan mit beachtlicher Stärke aus dem Sitz..., »derMagiergehtzuerst...«

»Oh, schon gut«, protestierte Fizban und stolperte nach hinten in eine Ansammlung von Seilen. »Ich... ich glaube, mich an einen Zauberspruch zu erinnern, der mich direkt nach oben befördert. Freies Schweben. Wie ging es d... denn noch mal? Laß mich einen Moment nachdenken.«

»*Du* warst in Eile...«, sagte Gnosch streng und starrte Fizban wütend an. Die in der Schlange wartenden Gnome begannen laut zu schreien und schoben und drängten und rempelten.

»Na gut«, knurrte der alte Magier und kletterte mit Gnoschs Hilfe in den Sitz. Der Gnom, der den Hebel für das Katapult bediente, schrie Gnosch etwas zu, was wie »WelEbene«? klang.

Gnosch zeigten nach oben und schrie zurück: *»Skimbosch!«*

Der Maschinist stellte sich vor den ersten von fünf Hebeln. Eine unendliche Anzahl von Seilen erstreckte sich nach oben. Fizban hockte verängstigt im Sitz des Katapults und versuchte immer noch verzweifelt, sich an seinen Zauberspruch zu erinnern.

»Jetzt«, schrie Gnosch und zog Tolpan enger heran, so daß er eine hervorragende Aussicht genießen konnte, »in genau diesem Moment wird der Maschinist den Befehl geben, ja – da ist er schon...«

Der Maschinist zog an einem der Seile.

»Was bewirkt das?« unterbrach Tolpan.

»Das Seil läßt eine Glocke bei *Skimbosch* klingeln – äh – Ebene fünfzehn, so wird ihnen Besuch angekündigt...«

»Und wenn die Glocke nicht klingelt?« fragte Fizban laut.

»Dann klingelt eine zweite Glocke, die ihnen mitteilt, daß die erste nicht...«

»Was geschieht unten, wenn die Glocke nicht klingelt?«

»Nichts. Das ist Skimboschs Problemnichtunser...«

»Ich kriege Probleme, wenn sie nicht wissen, daß ich komme!« schrie Fizban. »Oder falle ich einfach hinein und überrasche sie!«

»Ah«, sagte Gnosch stolz, »dusiehst...«

»Ich will raus...«, erklärte Fizban.

»Nein, warte«, sagte Gnosch und sprach in seiner Angst immer schneller, »siesindbereit...«

»Wer ist bereit?« fragte Fizban verärgert.

»Skimbosch! MitdemNetzumdichzufangen, siehstdu...«

»Netz!« Fizban wurde blaß. »Das war's!« Er schwang einen Fuß über den Rand des Sitzes.

Aber bevor er sich bewegen konnte, hatte der Maschinist den ersten Hebel betätigt. Das schleifende Geräusch begann wieder, als sich das Katapult in seiner Halterung drehte. Die plötzliche Bewegung warf Fizban zurück, schlug seinen Hut über seine Augen.

»Was geschieht jetzt?« schrie Tolpan.

»Sie bringen es in Stellung«, gellte Gnosch. »Längen- und

Breitengrad wurden vorberechnet, und das Katapult wird richtig ausgerichtet, um den Passagier...«

»Was ist mit dem Netz?« gellte Tolpan.

»Der Magier fliegt zu Skimbosch hoch – oh, ziemlich sicher, das versichere ich dir – wir haben Studien gemacht und festgestellt, daß Fliegen sicherer ist als Laufen – und gerade wenn er in der Höhe seines Zieles ist und anfängt ein bißchen zu fallen, wirft Skimbosch ein Netz unter ihm aus und fängt ihn wie...«, Gnosch demonstrierte es mit seiner Hand und machte eine grapschende Bewegung, als ob man eine Fliege fängt, »...und zieht ihn...«

»Der Zeitpunkt muß ja ganz genau berechnet sein!«

»Das ist er auch, und zwar in genialer Weise, da alles von einem gewissen Haken abhängt, den wir entwickelt haben, obwohl...«, Gnosch schürzte die Lippen, seine Augenbrauen zogen sich zusammen, »manchmal klappt es nicht so gut, aber dafür gibt es dann das Komitee...«

Der Gnom zog den Hebel herunter, und Fizban sauste mit einem Kreischen durch die Luft.

»O je«, sagte Gnosch, »es scheint...«

»Was? Was?« gellte Tolpan und versuchte, etwas zu erkennen.

»Das Netz öffnet sich mal wieder zu schnell.« Gnosch schüttelte den Kopf. »Und das ist heute das zweite Mal, nur bei Skimbosch, und daswirdjetztvordasnächsteTreffenderNetzgildegebracht...«

Tolpan starrte mit offenem Mund nach oben und sah Fizban durch die Luft schwirren, getrieben von der gewaltigen Kraft des Katapults, und plötzlich erkannte der Kender, worüber Gnosch geredet hatte. Das Netz auf Ebene fünfzehn – das sich öffnen sollte, *nachdem* der Magier vorbeigeflogen war, um ihn dann aufzufangen, wenn er zu fallen begann – öffnete sich, *bevor* der Magier Ebene fünfzehn erreichte. Fizban traf auf das Netz und wurde wie eine zerquetschte Spinne geplättet. Einen Moment hing er dort gefährlich – Arme und Beine in die Seite gestemmt – dann fiel er.

Sofort ertönten Glocken und Gongs.

»Jetzt erzähl mir nicht«, sagte Tolpan, dem elend zumute war, »daß das der Alarm dafür ist, wenn das Netz versagt hat.«

»Genau, aber sei unbesorgt, kleiner Scherz«, kicherte Gnosch, »weil der Alarm einen Mechanismus auslöst, das Netz auf Ebene dreizehn zu öffnen, rechtzeitig – huch, ein bißchen spät, nun, da ist ja immer noch Ebene zwölf...«

»Mach etwas!« kreischte Tolpan.

»Reg dich nicht so auf!« erwiderte Gnosch wütend. »Und ich will beenden, was ich sagen wollte über das letzte Notfallsicherungssystem und das ist – oh, da passiert es schon...«

Tolpan beobachtete erstaunt, wie sechs riesige Fässer, die an den Wänden auf Ebene drei hingen, Tausende von Schwämme auf den Boden mitten in der Kammer verschütteten. Dies geschah offensichtlich für den Fall, wenn auf jeder Ebene die Netze versagten. Glücklicherweise funktionierte das Netz auf Ebene neun und breitete sich rechtzeitig unter dem Magier aus. Dann schloß es sich um ihn und schleuderte ihn über den Balkon, wo die Gnomen, die den Magier fluchen hörten, ihn offensichtlich nur widerstrebend herausließen.

»So ist jetzt also alles in Ordnung, und du bist an der Reihe«, sagte Gnosch.

»Nur noch eine Frage!« schrie Tolpan, während er sich in dem Sitz niederließ. »Was passiert, falls das Notfallsicherungssystem mit den Schwämmen versagt?«

»Genial...«, antwortete Gnosch glücklich, »man kann sehen, ob die Schwämme etwas zu spät herunterkommen, dann ertönt der Alarm, und ein riesiges Faß mit Wasser leert sich aus, und da die Schwämme bereits da sind, ist es ein leichtes, die Schweinerei aufzuwischen...«

Der Maschinist zog den Hebel.

Tolpan hatte jede Menge faszinierender Dinge im Untersuchungszimmer erwartet, aber er fand es – zu seiner Überraschung – fast leer vor. Er wurde von Sonnenlicht erheilt, das durch ein Loch in der Bergwand hereinfiel. (Diese einfache, aber geniale Vorrichtung hatte den Gnomen ein vorbeireisender Zwerg empfohlen, der es ›Fenster‹ nannte; die Gnomen waren recht stolz darauf.) Es gab drei Tische, aber sonst kaum etwas. Auf dem mittleren Tisch, von Gnomen umgeben, lagen die Kugel der Drachen und Tolpans Hupak.

Die Kugel hatte wieder ihre ursprüngliche Größe erreicht, bemerkte Tolpan interessiert. Sie sah wie sonst aus – immer noch ein rundes Stück Kristall mit einer Art milchigem, buntem Nebel, der im Innern herumwirbelte. Ein junger Ritter von Solamnia stand mit einem außerordentlich gelangweilten Gesichtsausdruck neben der Kugel und bewachte sie. Seine gelangweilte Miene änderte sich unverzüglich beim Eintritt der Fremden.

»AllesinOrdnung«, beruhigte Gnosch den Ritter, »das sind die beiden, die Fürst Gunther geschickt hat...« Immer weiterredend, drängte Gnosch sie zum mittleren Tisch. Die Augen des Gnomen strahlten, als er die Kugel betrachtete. »Eine Kugel der Drachen«, murmelte er glücklich, »nach all den Jahren...«

»Was für Jahre?« schnappte Fizban und blieb in einiger Entfernung vom Tisch stehen.

»Verstehst du«, erklärte Gnosch, »jeder Gnom hat eine Lebensaufgabe, die ihm bei Geburt zugeteilt wird, und von da an liegt sein einziger Ehrgeiz darin, diese Lebensaufgabe zu erfüllen, und meine Lebensaufgabe war es, die Kugel der Drachen zu studieren, da...«

»Aber die Kugeln der Drachen waren viele Jahrhunderte in Vergessenheit geraten!« sagte Tolpan ungläubig. »Niemand wußte etwas über sie! Wie kann das denn dann deine Lebensaufgabe sein?«

»Oh, *wir* wußten von ihnen«, antwortete Gnosch, »weil es schon die Lebensaufgabe meines Großvaters und dann die meines Vaters war. Beide sind gestorben, ohne je eine Kugel der Drachen zu Gesicht bekommen zu haben. Ich habe befürchtet, mir würde das gleiche Schicksal drohen, aber jetzt endlich ist eine gekommen, und ich kann unseren Familienplatz im Leben nach dem Tod einrichten...«

»Du meinst, du kannst nicht zu dem – äh – Leben nach dem Tod kommen, bevor du nicht die Lebensaufgabe erfüllt hast?« fragte Tolpan. »Aber dein Großvater und dein Vater...«

»Haben es wahrscheinlich sehr ungemütlich«, sagte Gnosch traurig, »wo immer sie auch sind... Meine Güte!«

Eine bemerkenswerte Veränderung war mit der Kugel der Drachen vor sich gegangen. Sie begann in vielen verschiedenen Farben zu wirbeln und zu schimmern – als ob sie unruhig geworden wäre.

Fizban murmelte seltsame Worte und näherte sich der Kugel und legte seine Hand auf sie. Sofort färbte sie sich schwarz. Fizban warf einen Blick in den Raum, sein Gesichtsausdruck war so streng und beängstigend, daß selbst Tolpan vor ihm zurückwich. Der Ritter sprang vor.

»Verschwindet!« brüllte der Magier. »Alle!«

»Mir wurde befohlen, nicht zu gehen, und ich werde auch nicht...« Der Ritter griff nach seinem Schwert, aber Fizban flüsterte einige Worte, woraufhin er zu Boden fiel.

Die Gnomen verließen sofort den Raum, nur Gnosch blieb händeringend und mit schmerzvoll verzerrtem Gesicht im Raum.

»Komm schon, Gnosch!« drängte Tolpan. »So habe ich ihn noch nie erlebt. Wir tun lieber das, was er sagt. Wenn nicht, wird er uns höchstwahrscheinlich in Gossenzwerge verwandeln oder etwas Ähnliches!«

Wimmernd ließ sich Gnosch von Tolpan aus dem Zimmer führen. Als er auf die Kugel der Drachen zurückstarrte, fiel die Tür zu.

»Meine Lebensaufgabe...«, stöhnte der Gnom.

»Ich bin sicher, es wird alles gut«, sagte Tolpan, obwohl er sich nicht sicher war, nicht ganz zumindest. Ihm hatte Fizbans Blick nicht gefallen. In der Tat schien es überhaupt nicht Fizbans Gesicht gewesen zu sein – oder ein Gesicht, das Tolpan zu kennen schien!

Tolpan war eiskalt und hatte einen dicken Knoten in seinem Magen. Die Gnomen murrten untereinander und warfen ihm haßerfüllte Blicke zu. Tolpan schluckte, versuchte den bitteren Geschmack aus seinem Mund zu bekommen. Dann zog er Gnosch zur Seite.

»Gnosch, hast du etwas über die Kugel herausgefunden, als du sie studiert hast?« fragt Tolpan leise.

»Nun«, erwiderte Gnosch nachdenklich, »ich habe herausgefunden, daß im Innern – zumindest scheint es so – etwas ist, denn als ich auf sie starrte und starrte, sah ich die meiste Zeit nichts, und gerade als ich aufgeben wollte, sah ich Worte im Nebel wirbeln...«

»Worte?« unterbrach Tolpan interessiert. »Was für Worte?«

Gnosch schüttelte den Kopf. »Ich weiß es nicht«, sagte er ernst, »weil ich sie nicht lesen konnte; niemand könnte es, nicht einmal die Mitglieder der Fremdsprachengilde...«

»Wahrscheinlich Magie«, murmelte Tolpan.

»Ja«, sagte Gnosch eingeschüchtert, »das habe ich auch gedacht...«

Die Tür sprang auf, als ob etwas explodiert wäre.

Gnosch wirbelte verängstigt herum. Fizban stand in der Tür, hielt in einer Hand eine kleine schwarze Tasche und in der anderen seinen Stab und Tolpans Hupak. Gnosch sprang an ihm vorbei.

»Die Kugel!« kreischte er so aufgeregt, daß er tatsächlich einen Satz zu Ende brachte. »Du hast sie!«

»Ja, Gnosch«, antwortete Fizban.

Die Stimme des Magiers klang müde, und als Tolpan ihn näher musterte, sah er, daß er kurz vor einem Zusammenbruch war. Seine Haut war grau, seine Augen eingefallen. Er stützte sich schwer auf seinen Stab. »Komm mit mir, mein Junge«, sagte er zu dem Gnomen. »Und mach dir keine Sorgen. Deine Lebensaufgabe wird sich erfüllen. Aber jetzt muß die Kugel zum Treffen von Weißstein gebracht werden.«

»Mit dir kommen«, wiederholte Gnosch erstaunt, »zum Treffen«, er klatschte vor Aufregung in die Hände, »wo ich vielleicht gebeten werde, einen Vortrag zu halten, glaubst du...«

»Ich würde es zumindest annehmen«, antwortete Fizban.

»Sofort, gib mir nur etwas Zeit, meine Sachen zu packen, wo sind meine Unterlagen...«

Gnosch raste davon. Fizban wirbelte herum, um andere Gnomen zu stellen, die sich hinter ihn geschlichen hatten und eifrig nach seinen Stab griffen. Er knurrte sie dermaßen drohend an, daß sie im Untersuchungszimmer verschwanden.

»Was hast du herausgefunden?« fragte Tolpan und näherte sich Fizban zögernd. Der alte Magier schien von Dunkelheit umgeben. »Die Gnomen haben mit ihr nichts angestellt, oder?«

»Nein, nein.« Fizban seufzte. »Zum Glück für sie. Denn sie ist immer noch aktiv und mächtig. Viel wird von den Entscheidungen weniger abhängen – vielleicht das Schicksal der Welt.«

»Wie meinst du das? Wird auf dem Treffen keine Entscheidung gefällt werden?«

»Du verstehst nicht, mein Junge«, sagte Fizban sanft. »Sei einen Moment ruhig, ich muß mich ausruhen.« Der Magier setzte sich und lehnte sich gegen die Wand. Er schüttelte den Kopf, dann fuhr er fort: »Ich habe meinen Willen auf die Kugel konzentriert, Tolpan. Oh, nicht um Drachen zu kontrollieren«, fügte er hinzu, als er die aufgerissenen Augen des Kenders sah. »Ich habe in die Zukunft gesehen.«

»Was hast du gesehen?« fragte Tolpan zögernd, da er wegen der bedrückten Miene des Magiers nicht sicher war, ob er es wirklich wissen wollte.

»Ich sah zwei Straßen, die sich vor uns erstreckten. Wenn wir die einfache nehmen, erscheint sie zunächst als die beste, aber Dunkelheit wird am Ende auftreten, die niemals zu heben sein wird. Wenn wir die andere Straße nehmen, wird sie hart und schwierig zu begehen sein. Es wird das Leben einiger, die wir lieben, kosten, mein Junge. Schlimmer noch, es kann andere ihre Seele kosten. Aber nur durch diese großen Opfer werden wir Hoffnung finden.« Fizban schloß seine Augen.

»Und die Kugel hat damit zu tun?« fragte Tolpan zitternd.

»Ja.«

»Weißt du, was getan werden muß... die d...dunkle Straße nehmen?« Tolpan fürchtete sich vor der Antwort.

»Ja«, erwiderte Fizban leise. »Aber die Entscheidungen darüber liegen nicht in meinen Händen. Das werden andere tun.«

»Ich verstehe«, seufzte Tolpan. »Vermutlich wichtige Leute. Leute wie Könige und Elfenlords und Ritter.« Dann hallten Fizbans Worte in seinem Kopf wider: *Das Leben von einigen, die wir lieben...*

Plötzlich war Tolpans Kehle wie zugeschnürt. Er barg seinen Kopf in seinen Händen. Dieses Abenteuer stellte sich als ganz falsch heraus! Wo war Tanis? Und der liebe alte Caramon? Und die hübsche Tika? Er hatte versucht, nicht an sie zu denken, erst recht seit dem Traum nicht.

Und Flint – ich hätte nicht ohne ihn gehen dürfen, dachte Tolpan verloren. Er könnte sterben, er könnte gerade jetzt sterben! *Das Leben von einigen, die du liebst!* Ich habe nie daran gedacht, daß einer von uns sterben könnte – nicht wirklich! Aber jetzt sind wir alle irgendwo verstreut. Und die Dinge entwickeln sich sehr schlecht!

Tolpan spürte Fizbans Hand seinen Haarzopf streicheln, seine einzige große Eitelkeit. Und zum ersten Mal in seinem Leben fühlte sich der Kender einsam und allein und verängstigt. Der Griff des Magiers wurde auf liebevolle Weise fester. Er vergrub sein Gesicht in Fizbans Ärmel und begann zu weinen.

Fizban streichelte ihn sanft. »Ja«, wiederholte der Magier, »wichtige Leute«.

Das Treffen von Weißstein
Eine wichtige Person

Das Treffen von Weißstein fand am achtundzwanzigsten Dezember statt, an einem Tag, der in Solamnia als der Tag des Hungers bekannt war, in Erinnerung an die Leiden der Menschen im ersten Winter nach der Umwälzung. Fürst Gunther fand diesen Tag, der sich durch Fasten und Meditation auszeichnete, für dieses Treffen angebracht.

Es war nun schon einen Monat her, daß die Armee nach Palanthas aufgebrochen war. Die Nachrichten, die Gunther erhielt, waren nicht gut. Ein Bericht hatte ihn früh am Morgen des Achtundzwanzigsten erreicht. Nachdem er ihn zweimal gelesen hatte, seufzte er schwer und runzelte die Stirn, dann schob er den Brief in seinen Gürtel.

Das Treffen von Weißstein hatte erst kurz vorher begonnen, eine Versammlung, die durch die Ankunft der Flüchtlingselfen im südlichen Ergod und das Auftauchen der Drachenarmeen im nördlichen Solamnia noch dringlicher wurde. Da dieses Treffen schon einige Monate zuvor geplant worden war, waren alle Mitglieder, sowohl die stimmberechtigten als auch die beratenden, anwesend. Die stimmberechtigten Mitglieder waren die Ritter von Solamnia, die Gnomen, die Hügelzwerge, die dunkelhäutigen, seefahrenden Bewohner des nördlichen Ergods und ein Vertreter der im Exil lebenden solamnischen Bevölkerung von Sankrist. Beratende Mitglieder waren die Elfen, die Bergzwerge und die Kender. Diese Mitglieder durften zwar ihre Meinung äußern, aber nicht abstimmen.

Das erste Treffen war jedoch nicht gut verlaufen. Einige der alten Fehden und Feindlichkeiten zwischen den vertretenen Rassen waren aufgeflammt. Arman Kharas, Vertreter der Bergzwerge, und der Hügelzwerg Dunkan Hammerfels mußten an einem Punkt mit Gewalt zurückgehalten werden, oder es wäre wieder Blut geflossen. Alhana Sternenwind, Vertreterin der Silvanesti in Abwesenheit ihres Vaters, hatte sich geweigert, während der ganzen Sitzung auch nur ein Wort zu sagen. Alhana war nur wegen Porthios, von den Qualinesti, gekommen. Sie befürchtete eine Allianz zwischen den Qualinesti und den Menschen und war entschlossen, das zu verhindern.

Alhana brauchte sich aber keine Sorgen zu machen. So groß war das Mißtrauen zwischen Menschen und Elfen, daß sie nur aus Höflichkeit miteinander sprachen. Nicht einmal Fürst Gunthers leidenschaftliche Rede, in der er erklärte, »Unsere Einigkeit begründet den Frieden, unsere Spaltung beendet die Hoffnung!«, hinterließ einen Eindruck.

Porthios' Antwort darauf war, den Menschen die Schuld für das Wiederauftauchen der Drachen zu geben. Die Menschen sollten sich also selbst aus diesem Unglück befreien. Kurz nachdem Porthios seine Position klargemacht hatte, erhob sich Alhana hochmütig und verließ den Saal, hinterließ bei den anderen Versammelten keine Zweifel an der Position der Silvanesti.

Der Bergzwerg Arman Kharas hatte erklärt, daß sein Volk erst dann zur Hilfe bereit wäre, wenn der Streitkolben von Kharas gefunden worden sei, um die Bergzwerge zu vereinigen. (Niemand wußte zu der Zeit, daß die Gefährten den Streitkolben bald zurückbringen würden.) Gunther war also gezwungen, das Hilfsangebot der Zwerge mit Vorbehalt zu sehen. Die einzige Person, die wirklich Hilfe anbot, war Kronin Distelknot, der Führer der Kender. Da es das Letzte war, was irgendein zurechnungsfähiges Land wollte, nämlich die »Hilfe« einer Kenderarmee, wurde dieses Angebot mit einem höflichen Lächeln entgegengenommen, während man hinter Kronins Rükken entsetzte Blicke tauschte.

Das erste Treffen löste sich also auf, ohne daß viel erreicht wurde.

Gunther setzte in dieses zweite Treffen höhere Hoffnungen. Die Entdeckung der Kugel der Drachen stellte natürlich alles in ein helleres Licht. Vertreter beider Elfengruppen waren gekommen. Sogar die Stimme der Sonnen war dabei und hatte einen Menschen mitgebracht, der sich als Kleriker von Paladin bezeichnete. Gunther hatte von Sturm bereits eine Menge über ihn gehört und freute sich darauf, ihn kennenzulernen. Gunther war sich aber nicht sicher, wer die Silvanesti vertreten würde. Vermutlich der Fürst, der während des geheimnisvollen Verschwindens von Alhana Sternenwind zu ihrem Regenten ernannt worden war.

Die Elfen waren zwei Tage zuvor in Sankrist angekommen. Ihre Zelte standen draußen auf den Feldern, farbenfrohe Flaggen flatterten gegen den grauen, stürmischen Himmel. Weitere Rassen wurden nicht erwartet. Man hatte nicht die Zeit gehabt, eine Botschaft an die Bergzwerge zu senden, und von den Hügelzwergen hieß es, daß sie gegen die Drachenarmeen um ihr Leben kämpften; kein Bote konnte sie erreichen.

Gunther hoffte, daß dieses Treffen Menschen und Elfen im großen Kampf gegen die Drachenarmeen vereinigen würde.

Aber seine Hoffnungen wurden zerschlagen, noch bevor die Versammlung begann.

Nachdem er den Bericht über die Armee in Palanthas studiert hatte, verließ Gunther sein Zelt, um die Lichtung von Weißstein zum letzten Mal zu begutachten. Aber Wills, sein Gefolgsmann, kam ihm hinterhergerannt.

»Herr«, stieß der alte Mann hervor, »kehrt sofort um.«

»Was ist denn los?« fragte Gunther. Aber der alte Gefolgsmann war völlig außer Atem und konnte nicht antworten.

Seufzend ging der solamnische Fürst in sein Zelt zurück, wo er Fürst Michael in voller Rüstung nervös auf und ab schreitend vorfand.

»Was ist los?« fragte Gunther. Ihn verließ der Mut, als er die ernste Miene des jungen Fürsten sah.

Michael trat zu ihm und ergriff seinen Arm. »Mein Fürst, wir haben erfahren, daß die Elfen die Rückgabe der Kugel der Drachen verlangen. Falls wir sie nicht zurückgeben, werden sie gegen uns Krieg führen, um sie gewaltsam zu erobern!«

»Was?« fragte Gunther ungläubig. »Krieg! Gegen uns! Das ist lächerlich! Sie können doch nicht... Bist du dir sicher? Wie zuverlässig ist diese Information?«

»Sehr zuverlässig, leider, Fürst Gunther.«

»Mein Fürst, das ist Elistan, Kleriker von Paladin«, sagte Michael. »Bitte verzeiht mir, daß ich ihn nicht vorher vorgestellt habe, aber ich war so durcheinander, da er mir diese Nachricht überbracht hat.«

»Ich habe eine Menge über Euch gehört, mein Herr«, sagte Fürst Gunther und reichte dem Mann seine Hand.

Die Augen des Ritters musterten Elistan neugierig. Gunther wußte nicht, was er von einem angeblichen Kleriker Paladins eigentlich erwartet hatte, vielleicht einen kurzsichtigen, blassen, dürren Mann. Gunther war nicht auf diesen hochgewachsenen, gutgebauten Mann vorbereitet, der mit den besten Rittern in die Schlacht reiten könnte. Das uralte Symbol von Paladin – ein Platinmedaillon, auf dem ein Drache eingraviert war – hing um seinen Hals.

Gunther rief sich alles ins Gedächtnis, was er von Sturm über Elistan erfahren hatte, einschließlich der Absicht des Klerikers, zu versuchen, die Elfen vom Bündnis mit den Menschen zu überzeugen. Elistan lächelte müde, als ob er jeden Gedanken Gunthers lesen könnte. Auf Gunthers letzte Gedanken antwortete er.

»Ja, ich habe versagt. Ich konnte sie zwar überzeugen, am Treffen teilzunehmen, aber ich befürchte, sie sind nur hier, um Euch ein Ultimatum zu stellen: entweder freiwillige Rückgabe der Kugel an die Elfen oder Kampf, um sie zurückzuerobern.«

Gunther sank in einen Stuhl und winkte schwach mit einer Hand, damit auch die anderen Platz nahmen. Vor ihm auf einem Tisch lagen Karten von den Ländern Ansalons ausgebreitet, in denen das schleichende Vorrücken der Drachenarmeen markiert war. Gunthers Blick ruhte auf den Karten, dann wischte er sie plötzlich auf den Boden.

»Wir könnten genausogut jetzt aufgeben!« stieß Gunther hervor. »Und den Drachenfürsten eine Botschaft senden: ›Bemüht euch nicht zu kommen, um uns zu vernichten. Wir schaffen das ganz gut allein.‹«

Wütend warf er den Bericht auf den Tisch. »Hier! Aus Palanthas. Die Leute bestehen darauf, daß die Ritter die Stadt verlassen. Die Palanthianer verhandeln mit den Drachenfürsten, und die Gegenwart der Ritter ›beeinträchtigt ernsthaft ihre Posiotion‹. Sie weigern sich, uns jegliche Hilfe zu geben. Und so sitzt eine Armee von tausend Palanthianern untätig herum!«

»Und was macht Fürst Derek, Herr?« fragte Michael.

»Er und die Ritter und tausend Gefolgsleute, Flüchtlinge aus den besetzten Gebieten Trotyls, sichern den Turm des Oberklerikers südlich von Palanthas«, sagte Gunther müde. »Dieser Turm bewacht den einzigen Paß durch die Vingaard-Berge. Wir werden Palanthas eine Zeitlang beschützen, aber wenn die Drachenarmeen durchkommen...« Er stockte. »Verdammt«, flüsterte er und schlug seine Faust auf den Tisch. »Mit zweitausend Männern könnten wir diesen Paß halten! Diese Dummköpfe! Und jetzt das!« Er zeigte in Richtung der Elfenzelte.

Gunther seufzte und legte seinen Kopf in die Hände. »Nun, was rätst du uns, Kleriker?«

Elistan schwieg einen Moment, dann: »In den Scheiben von Mishakal steht geschrieben, daß das Böse, durch seine Natur bedingt, sich immer gegen sich selbst richten wird. Folglich wird es genau das Gegenteil bewirken.« Er legte seine Hand auf Gunthers Schulter. »Ich weiß nicht, was bei dem Treffen herauskommen wird. Meine Götter haben mir das vorenthalten. Vielleicht wissen sie es selbst nicht; daß die Zukunft der Welt im Gleichgewicht ist, und was wir hier entscheiden, wird maßgebend sein. Ich weiß nur dies: Geh nicht schon mit der Niederlage im Herzen in das Treffen, denn das wird der erste Sieg des Bösen sein.«

Dann erhob sich Elistan und verließ schnell das Zelt.

Gunther saß schweigend da, nachdem der Kleriker gegangen war. Ihm war, als ob die ganze Welt still war. Der Wind hatte sich gelegt. Die Gewitterwolken hingen schwer und tief und dämpften alles, so daß selbst der Trompetenruf, der die Morgendämmerung ankündigte, dünn wirkte. Ein Rascheln unterbrach seine Konzentration. Michael sammelte langsam die Karten auf.

Gunther hob seinen Kopf und rieb seine Augen.

»Was denkst du?«

»Worüber? Über die Elfen?«

»Über den Kleriker«, sagte Gunther und starrte aus der Zeltöffnung.

»Es ist sicher nicht das, was ich erwartet habe«, antwortete Michael, sein Blick folgte Gunthers. »Eher wie die Geschichten, die wir über die alten Kleriker gehört haben, jene, die die Ritter in den Tagen vor der Umwälzung geführt haben. Er ist diesen Scharlatanen, die wir jetzt haben, überhaupt nicht ähnlich. Elistan ist ein Mann, der neben dir auf dem Schlachtfeld stehen, mit einer Hand Paladins Segen herabflehen und mit der anderen seine Keule schwingen würde. Er trägt ein Medaillon, das man, seitdem die Götter uns verlassen haben, nicht mehr gesehen hat. Aber ist er wirklich ein Kleriker?« Michael zuckte die

Schulter. »Um mich zu überzeugen, ist mehr als ein Medaillon notwendig.«

»Ich stimme dir zu.« Gunther erhob sich und ging zur Zeltöffnung. »Nun, die Zeit ist fast gekommen. Bleib hier, Michael, falls noch mehr Berichte eintreffen.« Er wollte gerade gehen, als er im Zelteingang stehen blieb. »Es ist schon merkwürdig, Michael«, murmelte er, seine Augen folgten Elistan, der nun nur noch ein kleiner Schatten war. »Wir waren immer ein Volk gewesen, das hoffnungsvoll zu den Göttern geschaut hat, ein Volk des Glaubens, das der Magie mißtraute. Doch jetzt sehen wir hoffnungsvoll zur Magie, und wenn eine Möglichkeit auftaucht, unseren Glauben zu erneuern, bezweifeln wir sie.«

Fürst Michael antwortete nicht. Gunther schüttelte den Kopf und ging nachdenklich zur Lichtung von Weißstein.

Wie Gunther sagte, waren die solamnischen Menschen immer gläubige Anhänger der Götter gewesen. Vor langer Zeit, in den Tagen vor der Umwälzung, war die Lichtung von Weißstein eines der heiligen Zentren der Anbetung gewesen. Das Phänomen des weißen Steins hatte schon immer Neugierige angezogen. Istars Königspriester selbst hatte den riesigen weißen Stein gesegnet, der sich inmitten einer ewig grünen Lichtung erhob, ihn für heilig erklärt und allen Sterblichen verboten, ihn zu berühren.

Selbst nach der Umwälzung, als der Glaube an die alten Götter versiegte, blieb die Lichtung ein heiliger Ort. Vielleicht weil nicht einmal die Umwälzung ihn in Mitleidenschaft gezogen hatte. Es hieß, daß der Boden um den Weißstein einstürzte und auseinanderklaffte, der Weißstein aber unzerstört blieb, als das feurige Gebirge vom Himmel stürzte.

So ehrfurchteinflößend war der Anblick des weißen Steins, daß selbst jetzt niemand wagte, sich ihm zu nähern oder ihn zu berühren. Niemand konnte sagen, über welch seltsame Kräfte er verfügte. Man wußte nur, daß die Luft um den Weißstein immer frühlingshaft warm war. Egal, wie kalt der Winter war, das Gras der Weißsteinlichtung war immer grün.

Obwohl sein Herz schwer war, entspannte sich Gunther, als er die Lichtung erreichte und die warme süße Luft einatmete. Einen Moment lang spürte er noch einmal die Berührung von Elistans Hand auf seiner Schulter, die in ihm das Gefühl inneren Friedens geweckt hatte.

Er blickte sich schnell um und stellte fest, daß alles bereit war. Massive Holzstühle mit Schnitzereien an den Rückenlehnen waren aufgestellt. Für die stimmberechtigten Mitglieder des Treffens standen fünf an der linken Seite des Weißsteins, für die beratenden Mitglieder drei an der rechten. Polierte Bänke für die Zeugen, wie es der Maßstab verlangte, standen dem Weißstein und den Mitgliedern gegenüber.

Einige Zeugen waren bereits erschienen. Die meisten Elfen, die mit der Stimme und dem Silvanesti-Lord gereist waren, hatten ihre Plätze eingenommen. Die zwei einander entfremdeten Elfenrassen saßen dicht nebeneinander, weit von den Menschen entfernt, die nun auch die Reihen füllten. Alle saßen schweigend da, einige in Erinnerung an den Tag des Hungers; andere, wie die Gnomen, die diesen Feiertag nicht begingen, in Ehrfurcht vor diesem Platz. Die Sitze in der ersten Reihe waren für Ehrengäste oder jene reserviert, die vor der Versammlung reden sollten.

Gunther sah den ernstblickenden Sohn der Stimme, Porthios, mit einem Gefolge von Elfenkriegern eintreten. Sie nahmen ihre Sitze vorne ein. Gunther fragte sich, wo Elistan blieb. Er war von den Worten des Mannes (auch wenn es ein Scharlatan sein sollte) beeindruckt gewesen und hoffte, daß er sie wiederholen würde.

Als er vergeblich nach Elistan Ausschau hielt, bemerkte er drei seltsame Gestalten, die sich in der ersten Reihe niederließen: es waren der alte Magier mit seinem zerknitterten Hut, sein Kenderfreund und ein Gnom, den sie vom Berg Machtnichts mitgebracht hatten. Die drei waren erst die Nacht zuvor von ihrer Reise zurückgekehrt.

Gunther war gezwungen, seine Aufmerksamkeit wieder auf den Weißstein zu richten. Die beratenden Mitglieder traten ein.

Es waren nur zwei, Lord Quinath von den Silvanesti und die Stimme der Sonnen. Gunther musterte die Stimme neugierig, da er einer der wenigen auf Krynn war, die sich noch an das Entsetzen der Umwälzung erinnerten.

Die Stimme ging tief gebeugt. Sein Haar war grau, sein Gesicht hager. Aber als er Platz genommen hatte und seinen Blick auf die Zeugen richtete, sah Gunther, daß die Augen des Elfen lebhaft und fesselnd waren. Lord Quinath, der neben ihm saß, war Gunther bekannt. Er hielt ihn für arrogant und stolz wie Porthios von den Qualinesti, aber nicht so intelligent.

Bei Porthios dachte Gunther, daß er den ältesten Sohn der Stimme ganz sympathisch hätte finden können. Porthios verfügte über alle Merkmale, die die Ritter bewunderten, mit einer Ausnahme – sein hitziges Temperament.

Gunthers Beobachtungen wurden unterbrochen, denn nun war die Zeit für die stimmberechtigten Mitglieder gekommen, ihre Plätze einzunehmen, und dazu gehörte Gunther. Zuerst kam Mir Kar-Thon aus dem nördlichen Ergod, ein dunkelhäutiger Mann mit eisgrauem Haar und den Armen eines Riesen. Dann folgte Serdin Mar-Thasal, der die Exilanten von Sankrist vertrat und schließlich Fürst Gunther, Ritter von Solamnia.

Als Gunther saß, warf er einen letzten Blick in die Runde. Der riesige Weißstein glitzerte hinter ihm, warf seine eigenen seltsamen Strahlen, denn die Sonne würde heute nicht scheinen. An der anderen Seite des Weißsteins saßen die Stimme und Lord Quinath, ihnen gegenüber die Zeugen. Der Kender wirkte gedämpft, seine kurzen Beine baumelten von der hohen Bank. Der Gnom wühlte sich durch einen Berg Papiere; Gunther schauderte und hoffte, daß man um einen gerafften Bericht bitten konnte. Der alte Magier gähnte und kratzte sich am Kopf, während er sich geistesabwesend umschaute.

Alles war bereit. Auf Gunthers Zeichen hin erschienen zwei Ritter mit einem goldenen Gestell und einer Holzkiste. Ein fast tödliches Schweigen brach über die Menge, als sie das Erscheinen der Kugel der Drachen beobachtete.

Die Ritter blieben direkt vor dem Weißstein stehen. Einer

der Ritter stellte das Gestell auf den Boden. Der andere stellte die Kiste ab, schloß sie auf und holte vorsichtig die Kugel der Drachen hervor, die nun wieder ihre ursprüngliche Größe hatte.

Ein Murmeln ging durch die Menge. Die Stimme der Sonnen bewegte sich unruhig und warf finstere Blicke. Sein Sohn Porthios wandte sich um und flüsterte einem Elfenlord etwas zu. Alle Elfen waren bewaffnet, wie Gunther bemerkte. Kein gutes Zeichen, wenn man das Elfenprotokoll kennt.

Ihm blieb jedoch nichts anderes übrig, als fortzufahren. Fürst Gunther Uth Wistan rief das Treffen zur Ordnung, indem er verkündete: »Laßt uns das Treffen von Weißstein beginnen.«

Nach ungefähr zwei Minuten war es für Tolpan offensichtlich, daß sich die Dinge in einem wahren Durcheinander befanden. Noch bevor Fürst Gunther seine Willkommensrede beenden konnte, erhob sich die Stimme der Sonnen.

»Meine Ansprache wird kurz sein«, erklärte der Elfenführer mit einer Stimme, die den stahlgrauen Gewitterwolken gleichkam. »Die Silvanesti, die Qualinesti und die Kaganesti haben eine Konferenz einberufen, kurz nachdem die Kugel aus unserem Lager entfernt wurde. Es war das erste Mal seit den Sippenmord-Kriegen, daß sich die Mitglieder der drei Gemeinschaften getroffen haben.« Er machte eine Pause, um diesen letzten Worten besonderen Nachdruck zu verleihen. Dann fuhr er fort.

»Wir haben entschieden, unsere eigenen Differenzen außer acht zu lassen in Anbetracht unserer gemeinsamen Auffassung, daß die Kugel der Drachen in die Hände der Elfen gehört und nicht in die Hände der Menschen oder einer anderen Rasse auf Krynn. Folglich sind wir vor das Treffen von Weißstein getreten, um zu bitten, uns die Kugel der Drachen auszuhändigen. Als Entschädigung garantieren wir, daß wir sie in unser Land mitnehmen und dort sicher aufbewahren, solange es notwendig ist.«

Die Stimme setzte sich wieder, seine dunklen Augen fuhren über die Menge, das Schweigen wurde nun von einem Gemurmel durchbrochen. Die anderen Mitglieder, die neben Fürst Gunther saßen, schüttelten die Köpfe, ihre Gesichter waren grimmig. Der dunkelhäutige Führer des nördlichen Ergods flüsterte Fürst Gunther etwas zu, seine geballten Fäuste betonten seine Worte.

Fürst Gunther, der einige Minuten lang zugehört und genickt hatte, erhob sich, um zu antworten. Seine Rede war kühl, ruhig und höflich. Aber zwischen den Zeilen war herauszuhören, daß die Ritter die Elfen lieber im Abgrund sehen würden, als ihnen die Kugel der Drachen auszuhändigen.

Die Stimme, der die Botschaft eindeutig verstand, erhob sich. Er sprach nur einen Satz, aber er brachte die Zeugen auf die Beine.

»Dann, Fürst Gunther«, sagte die Stimme, »erklären die Elfen, daß wir uns von nun an im Krieg befinden!«

Menschen und Elfen rannten auf die Kugel der Drachen zu, die auf dem Ständer lag, ihr milchigweißes Inneres wirbelte sanft. Gunther rief immer wieder zur Ordnung auf und schlug mit dem Schwertknauf auf den Tisch. Die Stimme sprach einige Worte in der Elfensprache und starrte seinen Sohn Porthios streng an. Endlich kehrte wieder Ruhe ein.

Aber die Atmosphäre war angespannt wie vor einem Sturm. Gunther redete. Die Stimme antwortete. Die Stimme redete. Gunther antwortete. Der dunkelhäutige Seemann verlor die Geduld und machte einige schneidende Bemerkungen über Elfen. Der Lord der Silvanesti gab ihm sarkastische Erwiderungen zurück. Einige Ritter verschwanden, nur um bis an die Zähne bewaffnet wieder zu erscheinen. Sie stellten sich in der Nähe von Gunther auf, ihre Hände an den Waffen. Die Elfen, von Porthios geführt, erhoben sich und stellten sich um ihre Führer.

Gnosch, der sein Manuskript fest in der Hand hielt, erkannte, daß er wohl gar nicht um seinen Bericht gebeten werden würde.

Tolpan sah sich verzweifelt nach Elistan um. Er hoffte immer noch, daß der Kleriker kommen würde. Elistan konnte diese Leute beruhigen. Oder vielleicht Laurana. Wo war sie? Die Elfen hatten dem Kender kühl gesagt, daß man von seinen Freunden nichts gehört hätte. Sie und ihr Bruder waren offenbar in der Wildnis verschollen. Ich hätte sie nicht verlassen dürfen, dachte Tolpan. Ich sollte nicht hier sein. Warum, warum hat mich dieser verrückte alte Magier hierhergebracht? Ich bin so nutzlos! Vielleicht könnte Fizban etwas unternehmen! Tolpan sah den Magier hoffnungsvoll an, aber Fizban schlief fest!

»Bitte, wach auf!« bat Tolpan und schüttelte ihn. »Irgend jemand muß irgend etwas machen!«

In diesem Moment hörte er Fürst Gunther schreien: »Die Kugel der Drachen gehört rechtmäßig *nicht* Euch! Laurana und die anderen wollten sie *uns* bringen, aber sie erlitten Schiffbruch! Ihr habt versucht, sie mit Gewalt auf Ergod zu behalten, und Eure eigene Tochter...«

»Erwähnt nicht meine Tochter!« unterbrach die Stimme mit einer tiefen, barschen Stimme. »Ich habe keine Tochter mehr.«

Etwas brach in Tolpan zusammen. Verwirrte Erinnerungen an Laurana, die verzweifelt gegen den bösartigen Zauberer kämpfte, der die Kugel bewachte, Laurana, die gegen Drakonier kämpfte, Laurana, die ihren Bogen auf den weißen Drachen abgeschossen hatte, Laurana, die ihn so liebevoll gepflegt hatte, als er todkrank daniederlag. Von ihrem eigenen Volk verstoßen zu werden, während sie verzweifelt daran arbeitete, es zu retten, während sie soviel geopfert hatte...

»Seid still!« hörte Tolpan sich selbst schreien. »Seid sofort still, und hört mir zu!«

Zu seinem Erstaunen hörten alle auf zu reden und starrten ihn an.

Da er nun seine Zuhörerschaft hatte, wurde Tolpan klar, daß er überhaupt nicht wußte, was er diesen wichtigen Leuten sagen sollte. Aber er wußte, er mußte etwas sagen. Trotz allem, dachte er, es war mein Fehler – ich habe über diese verdammten Kugeln gelesen. Er schluckte, glitt von seiner Bank und ging auf den Weißstein und die zwei feindlichen Gruppen zu, die um ihn herum standen. Einen Moment lang hatte er den Eindruck, daß Fizban unter seinem Hut grinste.

»Ich... ich...«, stammelte der Kender und überlegte, was er nun sagen sollte. Aber eine plötzliche Inspiration rettete ihn.

»Ich verlange das Recht, mein Volk zu vertreten«, sagte Tolpan stolz, »und nehme meinen Platz bei den beratenden Mitgliedern ein.«

Er warf seinen langen Zopf über die Schulter und ging auf die Kugel der Drachen zu. Der Weißstein ragte hoch über ihm. Tolpan starrte auf den Stein, erbebte, dann richtete er seinen Blick auf Gunther und die Stimme der Sonnen.

Und dann wußte Tolpan, was er zu tun hatte. Er begann vor Angst zu zittern. Er – Tolpan Barfuß – der in seinem Leben nie Angst gehabt hatte! Er hatte Drachen ohne jedes Zittern gegenübergestanden, aber das Wissen, was er nun tun würde, erschreckte ihn. Seine Hände fühlten sich an, als ob er Schneebälle ohne Handschuhe formte. Seine Zunge war so lang, als ob sie nicht ihm gehörte. Aber Tolpan war entschlossen. Er mußte nur weiterreden, sie davon abhalten, seinen Plan zu erkennen.

»Ihr habt uns Kender nie sehr ernst genommen, nicht wahr«, begann Tolpan, seine Stimme kam ihm sehr laut und schrill vor. »Und ich kann euch keine Schuld dafür geben. Wir haben keinen ausgeprägten Sinn für Verantwortung, vermute ich, und wir sind vermutlich zu neugierig – aber, ich frage euch, wie soll man etwas herausfinden, wenn man nicht neugierig ist?«

Tolpan sah, wie das Gesicht der Stimme zu Stahl wurde, selbst Fürst Gunther blickte finster. Der Kender näherte sich der Kugel.

»Wir verursachen eine Menge Ärger, denke ich, ohne es zu beabsichtigen, und gelegentlich passiert es, daß einige von uns gewisse Dinge erwerben, die ihnen nicht gehören. Aber es gibt eine Sache, die Kender wissen, und...«

Tolpan fing an zu rennen. Schnell und behende wie eine Maus schlüpfte er durch die Hände, die versuchten, ihn zu fangen, und erreichte die Kugel der Drachen innerhalb von Sekunden. Gesichter tauchten verschwommen auf, Münder öffneten sich und schrien ihn an. Aber sie kamen zu spät.

Mit einer einzigen schnellen Bewegung schleuderte Tolpan

die Kugel der Drachen gegen den riesigen Weißstein.

Der runde, glänzende Kristall – sein Inneres wirbelte erregt – hing einige lange Sekunden in der Luft. Tolpan fragte sich, ob die Kugel die Macht hätte, den eigenen Flug aufzuhalten. Aber das schien nur sein Eindruck zu sein.

Die Kugel der Drachen schlug gegen den Stein und zerschmetterte, zerbrach in tausend funkelnde Stücke. Einen Moment lang hing eine milchigweiße Rauchkugel in der Luft, als ob sie verzweifelt versuchte, zusammenzubleiben. Dann wurde auch sie von der warmen Brise der Lichtung erfaßt und auseinandergerissen.

Es setzte ein gespanntes, schreckliches Schweigen ein.

Der Kender stand da und sah ruhig und gelassen auf die zerschmetterte Kugel der Drachen.

»Wir wissen«, sagte er mit leiser Stimme, die wie ein winziger Regentropfen in das fürchterliche Schweigen fiel, »daß wir nicht uns, sondern die Drachen bekämpfen sollen.«

Keiner rührte sich. Keiner sprach. Dann gab es einen Aufprall.

Gnosch war ohnmächtig geworden.

Das Schweigen brach – fast so zerschmetternd wie das Zerspringen der Kugel. Fürst Gunther und die Stimme stürzten gleichzeitig auf Tolpan zu. Einer hielt den Kender an der linken, der andere an der rechten Schulter fest.

»Was hast du getan?« Fürst Gunthers Gesicht war aschgrau, seine Augen wild, als er den Kender mit zitternden Händen ergriff.

»Du hast den Tod über uns gebracht!« Die Finger der Stimme gruben sich in Tolpans Fleisch wie die Klauen eines Raubvogels. »Du hast unsere einzige Hoffnung zerstört!«

»Und dafür wird er der erste sein, der stirbt!«

Porthios stand mit seinem glitzernden Schwert in der Hand über dem niedergekauerten Kender. Der Kender duckte sich zwischen dem Elfenkönig und dem Ritter, sein kleines Gesicht war blaß, seine Miene trotzig. Er hatte gewußt, daß für dieses Verbrechen der Tod die Strafe sein würde.

Tanis wird über mein Handeln unglücklich sein, dachte Tolpan traurig. Aber zumindest wird er erfahren, daß ich mutig gestorben bin.

»Nun, nun, nun...«, sagte eine verschlafene Stimme. »Niemand wird sterben! Zumindest nicht im Moment. Hör auf, mit dem Schwert herumzufuchteln, Porthios! Du könntest jemanden verletzen.«

Tolpan lugte zwischen den vielen Armen und den glänzenden Rüstungen hindurch und sah Fizban, der gähnend über den Körper des Gnomen stieg und auf sie zutrottete. Elfen und Menschen machten ihm den Weg frei, als ob eine unsichtbare Macht sie dazu zwingen würde.

Porthios wirbelte zu Fizban herum. Er war so wütend, daß ihm der Speichel über die Lippen lief und seine Worte kaum zu verstehen waren.

»Hüte dich, alter Mann, oder dir wird es genauso ergehen!«

»Ich sagte, hör auf, mit dem Schwert herumzufuchteln«, schnappte Fizban wütend und deutete auf die Waffe.

Porthios ließ die Waffe mit einem wilden Schrei fallen. Er umklammerte seine brennende Hand und starrte erstaunt auf das Schwert – aus dem Knauf waren Dornen gewachsen! Fizban stellte sich neben den Elfenlord und musterte ihn wütend.

»Du bist ein feiner junger Mann, aber man hätte dich ein wenig mehr Respekt vor Älteren lehren sollen. Ich habe dir gesagt, daß du das Schwert weglegen sollst, und das war mein Ernst! Vielleicht glaubst du mir beim nächsten Mal!« Fizbans unheilvoller Blick wanderte zu der Stimme. »Und du, Solostaran, warst vor ungefähr zweihundert Jahren ein guter Mann. Hast es geschafft, drei feine Kinder aufzuziehen – ich sagte, *drei* feine Kinder. Erzähl mir nicht so einen Unsinn, daß du keine Tochter hast. Du hast eine, und sie ist ein gutes Mädchen. Mehr Verstand als ihr Vater. Muß nach ihrer Mutter kommen. Wo war ich stehengeblieben? O ja. Und du hast auch Tanis, den Halb-Elfen, großgezogen. Du weißt, Solostaran, mit diesen vier jungen Leuten könnten wir diese Welt noch retten.

Jetzt sollen sich alle hinsetzen. Ja, du auch, Fürst Gunther.

Komm schon, Solostaran, ich helfe dir. Wir alten Männer sollten zusammenhalten. Zu schade, daß du so ein verdammter Narr bist.«

In seinen Bart murmelnd, führte Fizban den erstaunten Elfen zu seinem Platz. Porthios, dessen Gesicht vor Schmerzen verzogen war, taumelte mit Hilfe seiner Krieger zu seinem Sitz.

Langsam setzten sich die versammelten Elfen und Ritter hin und murmelten vor sich hin – alle warfen düstere Blicke auf die zerschmetterte Kugel der Drachen, die neben dem Weißstein lag.

Fizban half der Stimme auf seinen Stuhl, warf Lord Quinath einen finsteren Blick zu, der gedacht hatte, etwas sagen zu müssen, aber dann schnell entschied, den Mund zu halten. Zufrieden ging der alte Magier zum Weißstein zurück, wo Tolpan benommen und verwirrt stand.

»Du«, Fizban sah den Kender an, als ob er ihn noch nie gesehen hätte, »gehst zu dem armen Burschen.« Er zeigte mit einer Hand zum Gnomen, der immer noch ohnmächtig war.

Mit zitternden Knien ging Tolpan langsam zu Gnosch, kniete sich neben ihn, erfreut, etwas anderes als diese wütenden Gesichter zu sehen.

»Gnosch«, flüsterte er schwach und streichelte den Gnomen an der Wange, »es tut mir leid. Wirklich. Ich meine, wegen deiner Lebensaufgabe und der Seele deines Vaters und alles. Aber es schien nichts anderes möglich zu sein.«

Fizban drehte sich langsam um und musterte die versammelte Gruppe, während er seinen Hut nach hinten schob. »Ja, ich werde euch jetzt eine Lektion erteilen. Ihr habt es verdient, jeder einzelne von euch, also sitzt jetzt nicht herum mit selbstgerechten Blicken. Dieser Kender«, er zeigte auf Tolpan, der zusammenzuckte, »hat mehr Verstand unter diesem lächerlichen Zopf als ihr alle zusammen. Wißt ihr, was mit euch geschehen wäre, wenn der Kender nicht so viel Mut gehabt hätte, das zu tun, was er getan hat? Wißt ihr das? Nun, ich sage es euch. Ich will mich nur hinsetzen...« Fizban sah sich geistesabwesend um. »Ah ja, da...« Zufrieden nickend setzte sich der alte

Magier auf den Boden und lehnte seinen Rücken an den heiligen Weißstein!

Die versammelten Ritter keuchten erschrocken auf. Gunther sprang hoch, entsetzt über diese Entweihung.

»Kein Sterblicher darf den Weißstein berühren!« schrie er.

Fizban drehte langsam seinen Kopf, um den wütenden Ritter zu mustern. »Noch ein Wort«, verkündete der alte Magier feierlich, »und dein Schnurrbart fällt ab. Jetzt setz dich hin und halt den Mund!«

Eine Geste des alten Mannes brachte Gunther zum Schweigen. Der Ritter konnte nur noch zu seinem Platz zurückkehren.

»Wo war ich stehengeblieben, bevor ich unterbrochen wurde?« knurrte Fizban. Er blickte sich um, und sein Blick fiel auf die zerbrochenen Teile der Kugel. »O ja. Ich wollte euch eine Geschichte erzählen. Einer von euch hätte natürlich die Kugel gekriegt. Und ihr hättet sie genommen – entweder, um sie ›sicher‹ aufzubewahren oder um ›die Welt zu retten‹. Ja, es stimmt, sie ist in der Lage, die Welt zu retten, aber nur, wenn man sie zu gebrauchen versteht. Wer von euch verfügt über das Wissen? Wer hat die Kraft? Die Kugel wurde von den größten und mächtigsten Magiern geschaffen. Von *allen* mächtigsten – versteht ihr? Sie wurde von den Magiern mit den Weißen Roben und den Schwarzen Roben geschaffen. Sie birgt die Essenz des Bösen und des Guten. Die Roten Roben brachten beide Essenzen zusammen und banden sie mit ihrer Kraft. Nur wenige gibt es heutzutage, die die Macht und die Kraft haben, die Kugel zu verstehen, ihre Geheimnisse zu ergründen und die Herrschaft über sie zu gewinnen. Nur wenige in der Tat«, Fizbans Augen glänzten, »und keiner ist hier anwesend!«

Es herrschte völliges Schweigen, ein tiefes Schweigen, als sie dem alten Magier lauschten.

»Einer von euch hätte die Kugel genommen und sie benutzt, und ihr hättet herausgefunden, daß ihr ins Unglück geraten seid. Ihr wärt so zerbrochen, so wie der Kender die Kugel zerbrochen hat. Da die Hoffnung nun zerschlagen wurde, kann ich euch sagen, daß nun eine neue geboren ist...«

Ein plötzlicher Windstoß ergriff den Hut des alten Magiers und blies ihn von seinem Kopf. Wütend knurrend kroch Fizban nach vorn, um ihn aufzuheben.

Gerade als sich der Magier vorbeugte, brach die Sonne durch die Wolken. Silber blitzte auf, gefolgt von einem splitternden, ohrenbetäubenden Krachen, als ob sich das Land gespalten hätte.

Halb geblendet vom Licht blinzelten die Anwesenden und erstarrten in Angst und Ehrfurcht vor dem schrecklichen Anblick, der sich ihnen bot.

Der Weißstein war zerbrochen.

Der alte Magier lag vor ihm ausgestreckt, seinen Hut in seiner Hand, seinen anderen Arm über den Kopf gelegt. Über ihm ragte eine lange Waffe aus glänzendem Silber aus dem Stein. Sie war von dem silbernen Arm eines schwarzen Mannes geworfen worden, der hinüberging, um sich neben sie zu stellen. Er war von drei Leuten begleitet: einer in Lederrüstung gekleideten Elfenfrau, einem alten weißbärtigen Zwerg und Elistan.

Im gelähmten Schweigen der Menge zog der schwarze Mann die Waffe aus den gesplitterten Resten des Steins. Er hielt sie hoch über seinen Kopf, und die silberne Spitze funkelte hell in der Sonne.

»Ich bin Theros Eisenfeld«, rief der Mann mit dunkler Stimme, »und im letzten Monat habe ich dies geschmiedet!« Er schüttelte die Waffe in seiner Hand. »Ich habe geschmolzenes Silber aus einer Quelle entnommen, die tief verborgen ist im Herzen des Monuments des Silbernen Drachen. Mit dem silbernen Arm, den mir die Götter geschenkt haben, habe ich diese Waffe geschmiedet, so wie es vorausgesagt wurde. Und ich bringe sie euch – allen Völkern auf Krynn –, damit wir uns verbünden und das große Unheil bekämpfen, das uns für ewig in die Dunkelheit bringen will.

Ich bringe euch – die Drachenlanze!«

Damit schleuderte Theros die Waffe tief in den Boden. Aufrecht und glänzend blieb sie zwischen den Splittern der Kugel stecken.

Eine unerwartete Reise

Und jetzt ist meine Aufgabe vollbracht«, sagte Laurana, »ich kann hingehen, wohin ich möchte.«

»Ja«, sagte Elistan langsam, »und ich weiß, warum du gehen willst«. Laurana errötete. »Aber wohin willst du gehen?«

»Silvanesti«, erwiderte sie. »Der letzte Ort, an dem ich ihn sah.«

»Nur ein Traum...«

»Nein, das war mehr als ein Traum«, antwortete Laurana und erschauderte. »Es war Wirklichkeit. Er war dort. Er lebt, und ich muß ihn finden.«

»Meine Liebe, dann solltest du aber lieber hier bleiben«, schlug Elistan vor. »Du hast gesagt, in dem Traum hätte er eine Kugel der Drachen gefunden. Wenn das stimmt, wird er nach Sankrist kommen.«

Laurana antwortete nicht. Unglücklich und unentschlossen starrte sie aus dem Fenster von Fürst Gunthers Schloß, wo sie, Elistan, Flint und Tolpan als seine Gäste wohnten.

Sie hätte mit den Elfen gehen sollen. Bevor diese die Lichtung von Weißstein verlassen hatten, hatte ihr Vater ihr angeboten, mit ihnen zurück ins südliche Ergod zu kommen. Aber Laurana hatte abgelehnt. Obwohl sie es nicht aussprach, wußte sie, daß sie niemals mehr bei ihrem Volk leben würde.

Ihr Vater hatte sie nicht gedrängt, und in seinen Augen sah sie, daß er ihre unausgesprochenen Worte gehört hatte. Elfen werden um Jahre älter, nicht um Tage so wie die Menschen. Bei ihrem Vater schien es, als ob sich die Zeit beschleunigt hätte und er sich veränderte, während sie ihn beobachtete. Sie hatte das Gefühl, als ob sie ihn durch Raistlins Stundenglasaugen sehen würde, und der Gedanke ängstigte sie. Und die Neuigkeiten, die sie ihm mitteilte, vergrößerten nur seine Verbitterung.

Gilthanas war nicht zurückgekehrt. Laurana konnte ihrem Vater auch nicht sagen, wo sich sein geliebter Sohn aufhielt, denn die Reise, die er und Silvara unternahmen, war dunkel und gefahrvoll. Laurana sagte ihrem Vater nur, daß Gilthanas nicht tot war.

»Du weißt, wo er ist?« fragte die Stimme nach einer Pause.

»Ja«, antwortete Laurana, »oder besser – ich weiß, wo er hingegangen ist.«

»Und du kannst darüber nicht sprechen, nicht einmal zu mir – seinem Vater?«

Laurana schüttelte entschlossen den Kopf. »Nein, Stimme, ich kann nicht. Vergib mir, aber wir haben uns geeinigt, als wir uns zu dieser verzweifelten Aktion entschlossen hatten, daß jene von uns, die darüber Bescheid wissen, keinem anderen davon sagen würden. Keinem«, wiederholte sie.

»Du vertraust mir also nicht…«

Laurana seufzte. Ihre Augen wanderten zu dem zersprungenen Weißstein. »Vater«, sagte sie, »du wärst beinahe in den Krieg gezogen... gegen das einzige Volk, das uns helfen könnte...«

Ihr Vater antwortete nicht, aber mit seinem kühlen Abschied und mit der Art, wie er am Arm seines ältesten Kindes lehnte, machte er Laurana klar, daß er nur noch *ein* Kind hatte.

Theros ging mit den Elfen. Nach seiner dramatischen Vorführung der Drachenlanze wurde auf dem Treffen von Weißstein einstimmig entschieden, mehr von diesen Waffen herzustellen und alle Rassen zum Kampf gegen die Drachenarmeen zu verbünden.

»Zur Zeit«, verkündete Theros, »haben wir nur diese wenigen Lanzen, die ich in einem Monat schmieden konnte, und ich bringe mehrere uralte Lanzen, die die Silberdrachen in jener Zeit, als die Drachen von der Welt verbannt worden waren, versteckt haben. Aber wir brauchen mehr – viel mehr. Ich brauche Männer, die mir helfen!«

Die Elfen willigten ein, Männer zur Verfügung zu stellen, um Drachenlanzen herzustellen, gleichgültig, ob sie sich am Kampf beteiligen würden oder nicht.

»Diese Angelegenheit muß noch diskutiert werden«, sagte die Stimme.

»Diskutiert nicht zu lange«, schnappte Flint Feuerschmied, »oder ihr findet euch in der Diskussion mit einem Drachenfürsten wieder.«

»Die Elfen behalten ihre Meinung für sich und bitten nicht um den Rat von Zwergen«, erwiderte die Stimme kühl. »Außerdem wissen wir nicht einmal, ob diese Lanzen funktionieren! In der Legende heißt es, daß sie von Demjenigen mit dem Silberarm geschmiedet werden müssen, das steht fest. Aber es heißt auch, daß der Streitkolben von Kharas zum Schmieden benötigt wird. Wo ist der Streitkolben jetzt?« fragte er Theros.

»Der Streitkolben konnte nicht rechtzeitig geholt werden. Er wurde in alten Zeiten benötigt, weil die Geschicklichkeit der Menschen nicht ausreichte, um diese Lanzen herzustellen.

Meine ist ausreichend«, fügte dieser stolz hinzu. »Du hast gesehen, was die Lanze mit dem Stein gemacht hat.«

»Wir werden sehen, was sie gegen Drachen ausrichtet«, entgegnete die Stimme, und das zweite Treffen von Weißstein näherte sich seinem Ende. Gunther schlug zum Schluß vor, die Lanzen, die Theros mitgebracht hatte, den Rittern nach Palanthas zu schicken.

Diese Gedanken gingen Laurana durch den Kopf, während sie auf die trostlose winterliche Landschaft starrte. Bald würde es schneien, hatte Fürst Gunther gesagt.

Ich kann hier nicht bleiben, dachte Laurana und drückte ihr Gesicht gegen das eiskalte Fenster. Ich werde verrückt.

»Ich habe Gunthers Karten studiert«, murmelte sie eher zu sich, »und ich habe die Stellungen der Drachenarmeen gesehen. Tanis wird niemals Sankrist erreichen. Und falls er die Kugel hat, ist er sich wohl gar nicht der Gefahr bewußt. Ich muß ihn warnen.«

»Meine Liebe, du redest unvernünftig«, sagte Elistan sanft. »Wenn Tanis Sankrist nicht sicher erreichen kann, wie willst du ihn dann erreichen? Denk logisch, Laurana...«

»Ich will aber nicht logisch denken!« schrie Laurana, stampfte mit ihrem Fuß auf und starrte den Kleriker wütend an. »Ich bin es leid, vernünftig zu sein! Ich habe diesen ganzen Krieg satt. Ich habe meinen Teil erfüllt – mehr als meinen Teil. Ich will einfach nur Tanis finden!«

Als Laurana Elistans mitfühlendes Gesicht sah, seufzte sie. »Es tut mir leid, mein teurer Freund. Ich weiß, du sagst die Wahrheit«, sagte sie beschämt. »Aber ich kann hier nicht bleiben und untätig herumsitzen!«

Obwohl Laurana es nicht erwähnte, hatte sie noch eine andere Sorge. Diese menschliche Frau, diese Kitiara. Wo war sie? Waren sie zusammen, wie sie es im Traum gesehen hatte? Laurana wurde sich plötzlich bewußt, daß sie das Bild, Kitiara mit Tanis, der seinen Arm um sie gelegt hatte, beunruhigender fand als das Bild ihres eigenen Todes.

In diesem Moment betrat Fürst Gunther den Raum.

»Oh!« sagte er überrascht, als er Elistan und Laurana sah. »Tut mir leid, ich störe hoffentlich nicht...«

»Nein, komm bitte herein«, sagte Laurana schnell.

»Danke«, sagte Gunther, trat ein und schloß sorgfältig die Tür – nachdem er vorher im Korridor nachgesehen hatte, ob niemand in der Nähe war. Er trat zu ihnen ans Fenster. »In der Tat muß ich mit euch beiden reden. Ich habe Wills nach euch geschickt. Das war, glaube ich, am besten. Keiner weiß, daß wir uns unterhalten.«

Noch mehr Intrigen, dachte Laurana müde. Auf ihrer ganzen Reise zu Gunthers Schloß hatte sie nichts anderes als von den politischen Machtkämpfen gehört, die die Ritterschaft zerstörten.

Schockiert und außer sich vor Wut über Gunthers Geschichte von Sturms Verhandlung, war Laurana vor das Kapitel der Ritter getreten, um zu Sturms Verteidigung zu sprechen. Obwohl vor einer Ritterversammlung noch nie eine Frau erschienen war, waren die Ritter von der wortgewandten Rede der kraftvollen, wunderschönen jungen Frau zugunsten Sturms beeindruckt gewesen. Die Tatsache, daß Laurana ein Mitglied der königlichen Elfenfamilie war und daß sie die Drachenlanzen mitgebracht hatte, sprach nur noch mehr für sie.

Selbst Dereks Anhänger, diejenigen, die nicht nach Palanthas gereist waren, hatten nichts an ihr auszusetzen. Aber die Ritter waren unfähig gewesen, eine Entscheidung zu fällen. Der Mann, der Fürst Alfred in seiner Abwesenheit vertrat, stand eher auf Dereks Seite, und Fürst Michael war so wankelmütig, daß Gunther gezwungen war, die Angelegenheit über eine offene Abstimmung entscheiden zu lassen. Die Ritter verlangten Zeit zum Überlegen, und die Versammlung wurde vertagt. Sie hatten sich an diesem Nachmittag wieder versammelt. Offenbar kam Gunther gerade von dort.

Laurana erkannte an Gunthers Blick, daß die Dinge günstig verlaufen waren. Aber wenn das so war, warum dieses Manöver?

»Sturm wurde begnadigt?« fragte sie.

Gunther grinste und rieb sich die Hände. »Nicht begnadigt, meine Liebe. Das hätte seine Schuld impliziert. Nein. Er wurde völlig entlastet! Das habe ich durchgesetzt. Begnadigung wäre für uns alle nicht günstig gewesen. Ihm wurde die Ritterschaft gewährt. Sein Kommando wurde offiziell bestätigt. Und Derek ist in ernsthaften Schwierigkeiten!«

»Das freut mich für Sturm«, sagte Laurana kühl und warf Elistan einen besorgten Blick zu. Obwohl ihr gefiel, was sie von Füst Gunther gesehen hatte, war sie selbst in einem königlichen Haushalt aufgewachsen und wußte, daß Sturm zu einer Spielkarte gemacht wurde.

Gunther bemerkte das Eis in ihrer Stimme, und sein Gesicht wurde ernst. »Laurana«, sagte er mit betrübter Stimme. »Ich weiß, was du denkst – daß ich Sturm an Fäden ziehe. Laß uns offen und brutal reden. Die Ritter sind gespalten, geteilt in zwei Lager – Dereks und meins. Und wir beide wissen, was mit einem gespaltenen Baum geschieht: beide Teile welken und sterben. Diese Schlacht zwischen uns muß enden, oder es wird tragisch enden. Nun, Laurana und Elistan, ich habe gelernt, euch zu trauen und mich auf euer Urteil zu verlassen, und so frage ich euch: Ihr habt mich kennengelernt, und ihr habt Fürst Derek Kronenhüter kennengelernt. Wen würdet ihr zum Führer der Ritter wählen?«

»Dich natürlich, Fürst Gunther«, sagte Elistan aufrichtig.

Laurana nickte. »Ich stimme dem zu. Diese Fehde ist für die Ritterschaft zerstörerisch. Das habe ich bei dem Rittertreffen gesehen. Und – was ich von den Berichten aus Palanthas gehört habe – schadet es auch unserer Sache. Meine erste Sorge gilt jedoch meinem Freund.«

»Ich verstehe, und ich bin froh, dich so reden zu hören«, sagte Gunther, »denn dadurch fällt es mir leichter, dich um einen sehr großen Gefallen zu bitten.« Gunther nahm Lauranas Arm. »Ich möchte, daß du nach Palanthas gehst.«

»Was? Warum? Ich verstehe nicht!«

»Natürlich nicht. Laß mich erklären. Setz dich bitte. Du auch, Elistan. Ich gieße uns Wein ein…«

»Für mich nicht«, sagte Laurana und setzte sich ans Fenster.

»Nun gut.« Gunthers Gesicht wurde wieder ernst. Er legte seine Hand auf Lauranas. »Wir kennen uns mit Politik aus, du und ich. Ich werde all meine Karten vor dir offenlegen. Zum Schein wirst du nach Palanthas reisen, um den Rittern den Gebrauch der Drachenlanzen beizubringen. Das ist ein legitimer Grund. Ohne Theros seid ihr, du und der Zwerg, die einzigen, die etwas davon verstehen. Und – laß uns ehrlich sein – der Zwerg ist zu klein, um mit einer Lanze umzugehen.«

Gunther räusperte sich. »Du wirst also die Lanzen nach Palanthas bringen. Aber was wichtiger ist, du wirst ein Entlastungsschreiben des Kapitels mitnehmen, das Sturms Ehre völlig wiederherstellt. Das wird Derek den Todesstoß versetzen. In dem Moment, in dem Sturm seine Rüstung anlegt, werden alle wissen, daß das Kapitel voll hinter mir steht. Es würde mich nicht wundern, wenn *Derek* nach seiner Rückkehr ein Prozeß erwartet.«

»Aber warum ich?« fragte Laurana barsch. »Ich könnte beispielsweise Fürst Michael den Gebrauch der Drachenlanze beibringen. Er kann sie nach Palanthas bringen, mit dem Schreiben für Sturm...«

»Laurana...«, Fürst Gunther ergriff ihre Hand, zog sie näher und sprach flüsternd weiter, »... du verstehst immer noch nicht! Ich kann Fürst Michael nicht trauen! Ich kann nicht – ich wage nicht, überhaupt einem Ritter zu vertrauen! Derek ist von seinem hohen Roß gestoßen worden – um es so auszudrücken –, aber er hat das Turnier noch nicht verloren. Ich brauche jemanden, dem ich völlig vertrauen kann! Jemand, der Derek durchschaut, und der Sturms beste Interessen im Herzen hat!«

»Ich *habe* Sturms Interessen im Herzen«, sagte Laurana kühl. »Ich stelle sie über die Interessen der Ritterschaft.«

»Aber vergiß nicht, Laurana«, sagte Gunther, während er sich erhob und sich niederbeugte, um ihre Hand zu küssen. »Sturms *einziges* Interesse ist die Ritterschaft. Was meinst du wohl, was mit ihm passieren würde, wenn die Ritterschaft fällt? Was würde mit ihm passieren, wenn Derek die Macht ergreift?«

Am Ende willigte Laurana schließlich ein, nach Palanthas zu gehen, wie Gunther es gewußt hatte. Als die Zeit ihrer Abreise heranrückte, begann sie fast jede Nacht von Tanis zu träumen, daß er ankommen würde, nachdem sie gerade einige Stunden zuvor gefahren wäre. Mehr als einmal war sie an dem Punkt, doch noch abzulehnen, aber dann dachte sie an Tanis, daran, daß sie ihm womöglich einmal gegenüberstehen würde und ihm sagen müßte, daß sie sich geweigert hätte, zu Sturm zu gehen, um ihn vor dieser Gefahr zu warnen. Dieser Gedanke hielt sie davon ab, ihre Meinung zu ändern. Dies – und ihre Achtung vor Sturm.

In diesen einsamen Nächten sehnten sich ihr Herz und ihre Arme nach Tanis, und sie hatte Visionen von ihm, wie er diese menschliche Frau mit dem dunklen lockigen Haar, funkelnden braunen Augen und dem merkwürdigen, bezaubernden Lächeln hielt, so daß ihre Seele schmerzliche Qualen litt.

Ihre Freunde konnten ihr nur wenig Trost geben. Einer von ihnen, Elistan, verließ das Schloß, als ein Bote der Elfen erschien, die den Kleriker zu sich baten, und um einen Abgesandten der Ritter als seine Begleitung nachfragten. Es blieb wenig Zeit für den Abschied. Noch am Tag der Ankunft des Elfenboten machten sich Elistan und Fürst Alfreds Sohn, ein ernster junger Mann namens Douglas, auf ihre Reise ins südliche Ergod. Laurana hatte sich noch nie so einsam gefühlt, als sie sich von ihrem Lehrmeister verabschiedete.

Auch Tolpan stand vor einem traurigen Abschied.

Bei all der Aufregung wegen der Drachenlanze hatten alle Gnosch und seine Lebensaufgabe vergessen, die in tausend funkelnden Stücken auf dem Gras lag. Alle, außer Fizban. Der alte Magier erhob sich vom Boden, wo er zusammengekauert vor dem gespaltenen Weißstein gelegen hatte, und ging zu dem schwergeprüften Gnomen, der jammervoll auf die zerstörte Kugel der Drachen starrte.

»Nun, nun, mein Junge«, sagte Fizban, »das ist nicht das Ende von allem!«

»Nein?« fragte Gnosch, dem so elend zumute war, daß er einen Satz zu Ende sprach.

»Nein, natürlich nicht! Du mußt das aus der richtigen Perspektive sehen. Nun, jetzt hast du die Chance, die Kugel der Drachen von innen nach außen zu untersuchen!«

Gnoschs Augen strahlten auf. »Du hast recht«, sagte er nach einer kurzen Pause, »und ich wette, ich könnte sie zusammenkleben...«

»Ja, ja«, sagte Fizban schnell, aber Gnosch stürzte nach vorn, und sein Redestrom wurde immer schneller.

»Wir können die Teile markieren, verstehstdu, unddann-zeichnenwireinDiagramm, wojedesTeilaufdemBodengelegenhat, was...«

»Recht, recht«, murmelte Fizban.

»Tretet zur Seite, tretet zur Seite«, sagte Gnosch wichtigtuerisch und schob die Leute von der Kugel weg. »Paßt auf, wohin Ihr geht, Fürst Gunther, und ja, wir werden sie nun von innen nach außen studieren, und in einigen Wochen werde ich meinen Bericht fertiggestellt haben.«

Gnosch und Fizban riegelten den Platz ab und machten sich an die Arbeit. Für die nächsten zwei Tage stand Fizban am zerbrochenen Weißstein und fertigte Zeichnungen an, in denen er angeblich den genauen Standort jedes einzelnen Teils markierte, bevor es eingesammelt wurde. (Eine von Fizbans Zeichnungen landete zufällig im Beutel des Kenders. Tolpan entdeckte später, daß es in Wirklichkeit ein Spiel war, das der Magier gegen sich selbst gespielt und – offenbar – verloren hatte.)

Gnosch kroch derweil glücklich im Gras herum und steckte kleine Pergamentfetzen mit Nummern an Glasteile, die kleiner waren als die Pergamentfetzen. Er und Fizban sammelten schließlich 2687 Stücke der Kugel der Drachen in einen Korb und transportierten sie zurück zum Berg Machtnichts.

Tolpan stand vor der Wahl, bei Fizban zu bleiben oder mit Laurana und Flint nach Palanthas zu reisen. Die Entscheidung war einfach. Der Kender wußte, daß solch unschuldige Wesen wie das Elfenmädchen und der Zwerg ohne ihn nicht überleben konnten. Aber es war hart, seinen alten Freund zu verlassen. Zwei Tage, bevor das Schiff in See stechen sollte, stattete er den Gnomen und Fizban einen letzten Besuch ab.

Nach einer erheiternden Fahrt mit dem Katapult fand er Gnosch im Untersuchungszimmer. Die Teile der zerbrochenen Kugel der Drachen lagen mit Zetteln und Nummern versehen auf zwei Tischen ausgebreitet.

»Absolutfaszinierend«, Gnosch sprach so schnell, daß er stotterte, »weil wirddasGlasanalysierthaben, merkwürdiges-Material, soetwashabenwirnochniegesehen, diegrößteEntdek-kung, indiesemJahrhundert...«

»Dann ist deine Lebensaufgabe erfüllt?« unterbrach Tolpan. »Und die Seele deines Vaters...«

»Ruhtgemütlich!« Gnosch strahlte, dann wandte er sich wieder seiner Arbeit zu. »Undsoglücklichdaßduvorbeikommen-konntest, undwenndujeinderNachbarschaftbistkommvorbei-undbesuchmich...«

»Das werde ich«, sagte Tolpan lächelnd.

Tolpan fand Fizban zwei Ebenen tiefer. (Eine faszinierende Reise – er schrie einfach nur den Namen seiner Ebene, dann sprang er ins Nichts. Netze flatterten hervor, Glocken und Gongs ertönten und Pfeifen bliesen. Tolpan wurde schließlich eine Ebene über dem Boden festgehalten, gerade als der ganze Platz mit Schwämmen überflutet wurde.)

Fizban war in der Waffenentwicklung, umgeben von Gnomen, die ihn mit unverhohlener Bewunderung anstarrten.

»Ah, mein Junge!« sagte er und beäugte Tolpan geistesabwesend. »Du kommst gerade recht, um beim Testen unserer neuen Waffe zuzusehen. Revolutioniert die Kriegsführung. Macht die Drachenlanze altmodisch.«

»Wirklich?« fragte Tolpan aufgeregt.

»Tatsache!« bestätigte Fizban. »Nun, stell dich dort drüben hin...« Er winkte einem Gnomen zu, der zu der Stelle sprang, auf die Fizban gezeigt hatte.

Fizban hob etwas auf, was für den verwirrten Kender wie eine Armbrust aussah, an der sich ein wütender Fischer zu schaffen gemacht hatte. Es war wirklich eine Armbrust. Aber statt eines Pfeils hing ein riesiges Netz am Haken. Fizban befahl den Gnomen, sich hinter ihn zu stellen und Platz zu machen.

»Nun, du bist der Feind«, sagte Fizban zum Gnomen mitten im Zimmer. Der Gnom setzte sofort eine wilde, kriegerische Miene auf. Die anderen Gnomen nickten zustimmend.

Fizban zielte, dann ließ er los. Das Netz segelte durch die Luft, verhedderte sich am Haken der Armbrust und schnappte zurück wie ein einfallendes Segel, um sich um den Magier zu schlingen.

»Verdammter Haken!« murrte Fizban.

Die Gnomen und Tolpan befreiten ihn aus dem Netz.

»Ich glaube, es heißt Abschied nehmen«, sagte Tolpan und streckte langsam seine kleine Hand aus.

»Wirklich?« Fizban sah verwirrt aus. »Soll ich irgendwo hingehen? Niemand hat mir Bescheid gesagt! Ich habe noch nicht gepackt...«

»*Ich* gehe weg«, sagte Tolpan geduldig, »mit Laurana. Wir nehmen die Lanzen und... oh, ich glaube, ich darf das niemandem sagen«, fügte er verlegen hinzu.

»Mach dir keine Sorgen. Kein Wort darüber«, wisperte Fizban heiser, was deutlich im überfüllten Raum zu hören war. »Du wirst Palanthas lieben. Wunderschöne Stadt. Grüß Sturm von mir. Oh, und Tolpan«, der alte Magier sah ihn scharf an, »du hast das Richtige getan, mein Junge!«

»Ja?« fragte Tolpan erleichtert. »Da bin ich aber froh.« Er zögerte. »Ich frage mich... was du mir gesagt hast... der dunkle Weg. Habe ich...«

Fizbans Gesicht wurde ernst, als er Tolpan fest an die Schulter griff. »Ich befürchte ja. Aber du hast den Mut, ihn zu begehen.«

»Hoffentlich«, sagte Tolpan mit einem kleinen Seufzer. »Nun, leb wohl. Ich komme zurück. Sobald der Krieg vorbei ist.«

»Oh, dann bin ich wahrscheinlich nicht mehr hier«, sagte Fizban und schüttelte dabei so heftig den Kopf, daß sein Hut herunterfiel. »Sobald die neue Waffe fertig ist, werde ich nach...«, er hielt inne. »Wohin sollte ich gehen? Ich kann mich nicht mehr erinnern. Aber mach dir keine Sorgen. Wir werden uns wiedersehen. Zumindest läßt du mich nicht vergraben unter einem Haufen von Hühnerfedern zurück!« murmelte er und suchte nach seinem Hut.

Tolpan hob ihn auf und gab ihn Fizban.

»Auf Wiedersehen«, sagte der Kender mit einem Würgen in der Stimme.

»Auf Wiedersehen, auf Wiedersehen!« Fizban winkte fröhlich. Dann, nachdem er den Gnomen einen gehetzten Blick zugeworfen hatte, zog er Tolpan zu sich. »Ah, ich habe etwas vergessen. Wie war noch einmal mein Name?«

Noch eine andere Person verabschiedete sich von dem alten Magier, aber unter anderen Umständen.

Elistan lief zum Strand von Sankrist, um auf das Boot zu warten, das ihn zurück ins südliche Ergod bringen würde. Der junge Mann, Douglas, ging neben ihm. Die zwei waren in eine Unterhaltung vertieft. Elistan erklärte einem hingerissenen und aufmerksamen Zuhörer die Wege der uralten Götter.

Plötzlich sah Elistan hoch und erkannte den alten verwirrten Magier, den er auf dem Treffen von Weißstein gesehen hatte. Elistan hatte tagelang versucht, den alten Magier zu treffen, aber Fizban war ihm immer aus dem Weg gegangen. Darum war er sehr erstaunt, den alten Mann auf sich zukommen zu sehen. Sein Kopf war gebeugt, und er murmelte etwas vor sich hin. Einen Moment lang dachte Elistan, daß er vorbeigehen würde, ohne sie zu bemerken, als der alte Magier plötzlich den Kopf hob.

»Oh! Sind wir uns nicht schon einmal begegnet?« fragte er blinzelnd.

Einen Moment lang konnte Elistan nicht sprechen. Das Gesicht des Klerikers wurde leichenblaß unter seiner gebräunten Haut. Als er schließlich dem alten Magier antworten konnte, war seine Stimme heiser. »Das sind wir, in der Tat. Mir ist das erst jetzt bewußt geworden. Und obwohl wir erst kürzlich miteinander bekannt gemacht wurden, habe ich das Gefühl, daß ich dich seit sehr langer Zeit kenne.«

»Wirklich?« Der alte Mann blickte argwöhnisch. »Du willst doch wohl nichts über mein Alter sagen, oder?«

»Nein, sicherlich nicht!« Elistan lächelte.

Das Gesicht des alten Mannes hellte sich auf.

»Nun, eine angenehme Reise. Und eine sichere. Leb wohl.«

Auf einen alten, verbeulten Stab gestützt, wackelte der alte Mann an ihnen vorbei. Plötzlich hielt er inne und drehte sich um. »Oh, nebenbei bemerkt, Fizban heiße ich.«

»Das werde ich mir merken«, sagte Elistan ernst und verbeugte sich. »Fizban.«

Erfreut nickte der alte Magier und ging weiter am Strand entlang, während Elistan, plötzlich nachdenklich und still, seinen Weg mit einem Seufzen wieder aufnahm.

Die Perechon
Alte Erinnerungen

»Das ist Wahnsinn, hoffentlich ist dir das klar!« zischte Caramon.

»Wenn wir nicht verrückt wären, würden wir nicht hier sein, oder?« entgegnete Tanis mit zusammengebissenen Zähnen.

»Nein«, murmelte Caramon. »Da hast du wohl recht.«

Die beiden Männer standen im Schatten in einer dunklen Gasse einer Stadt, in der man in solchen Gassen normalerweise nur Ratten, Betrunkene und Leichen fand.

Der Name dieser erbärmlichen Stadt war Treibgut, und sie trug den Namen zu Recht, denn sie lag an den Gestaden des

Blutmeers von Istar wie das Wrack eines zerbrochenen Schiffes, das über die Felsen geworfen worden war. Bevölkert vom Abschaum aller Rassen Krynns war Treibgut außerdem eine besetzte Stadt, überrannt von Drakoniern, Goblins und Söldnern aller Rassen, angelockt von den hohen Löhnen der Fürsten und den Kriegsplündereien.

Und so trieben die Gefährten wie der andere Abschaum, wie Raistlin bemerkte, in den Strömen des Krieges und waren in Treibgut angeschwemmt worden. Hier hofften sie, ein Schiff zu finden, das sie auf der langen, tückischen Reise um den nördlichen Teil von Ansalan nach Sankrist – oder wohin auch immer – bringen sollte.

Das Ziel ihrer Reise war lange Zeit ein Streitpunkt gewesen, seitdem sich Raistlin von seiner Krankheit erholt hatte. Die Gefährten beobachteten ihn ängstlich nach seinem Experiment mit der Kugel der Drachen, aber ihre Sorge galt nicht nur seiner Gesundheit. Was war geschehen, als er die Kugel angewendet hatte? Welchen Schaden konnte er über sie gebracht haben?

»Ihr braucht euch nicht zu fürchten«, erklärte Raistlin ihnen flüsternd. »Ich bin nicht so schwach und dumm wie dieser Elfenkönig. Ich habe die Kontrolle über die Kugel gewonnen, und nicht umgekehrt.«

»Was macht sie denn? Wie können wir sie verwenden?« fragte Tanis, beunruhigt über die eisige Miene des Magiers.

»Ich mußte meine ganze Kraft aufbieten, um die Kontrolle über die Kugel zu gewinnen«, erwiderte Raistlin, seine Augen waren zur Decke über seinem Bett gerichtet. »Es wird noch mehr Zeit in Anspruch nehmen, bevor ich lernen kann, mit ihr umzugehen.«

»Zeit...«, wiederholte Tanis. »Lernen, mit ihr umzugehen?«

Raistlin warf ihm einen kurzen Blick zu, dann starrte er wieder zur Decke. »Nein«, antwortete er. »Ich muß Bücher von den alten Magiern, die sie geschaffen haben, studieren. Wir müssen nach Palanthas zur Bibliothek des Astinus.«

Tanis schwieg einen Moment. Er hörte den rasselnden Atem des Magiers. Was hält ihn am Leben? fragte sich Tanis.

Am Morgen hatte es geschneit, aber inzwischen hatte sich der Schnee in Regen verwandelt. Tanis hörte den Regen auf das Holzdach des Wagens trommeln. Schwere Wolken trieben am Himmel. Vielleicht lag es auch an dem düsteren Tag; als er Raistlin ansah, kroch durch seinen Körper eine Eiseskälte, bis sein Herz eingefroren schien.

»Meintest du das, als du von uralten Zaubersprüchen geredet hast?« fragte Tanis.

»Natürlich. Was denn sonst?« Raistlin hustete, dann fragte er: »Wann habe ich über... uralte Zaubersprüche geredet?«

»Als wir dich fanden«, antwortete Tanis und beobachtete den Magier eingehend. Er bemerkte eine Falte auf Raistlins Stirn, und seine Stimme klang angespannt.

»Was habe ich gesagt?«

»Nicht viel«, erwiderte Tanis vorsichtig. »Nur etwas über uralte Zaubersprüche, Zaubersprüche, die bald dir gehören würden.«

»Das war alles?«

Tanis antwortete nicht sofort. Raistlins seltsame Stundenglasaugen ruhten kalt auf ihm. Der Halb-Elf schauderte und nickte. Raistlin drehte seinen Kopf zur Seite. Er schloß seine Augen. »Ich werde jetzt schlafen«, sagte er leise. »Vergiß es nicht, Tanis. Palanthas.«

Tanis mußte zugeben, daß er aus rein egoistischen Gründen nach Sankrist wollte. Er hoffte, trotz aller Hoffnungslosigkeit, dort Laurana und Sturm und die anderen zu finden. Außerdem hatte er versprochen, die Kugel der Drachen nach Sankrist zu bringen. Aber andererseits mußte er Raistlins hartnäckigen Wunsch bedenken, die Bibliothek von diesem Astinus aufzusuchen, um herauszufinden, wie die Kugel genutzt werden konnte.

Er war sich immer noch unschlüssig, als sie Treibgut erreichten, und entschied schließlich, erst einmal eine Schiffsfahrt in Richtung Norden zu buchen. Dann könnte man immer noch überlegen, wo man aussteigt.

Aber als sie Treibgut erreichten, waren sie bestürzt. In dieser

Stadt gab es mehr Drakonier, als sie auf der ganzen Reise von der Hafenstadt Balifor bis hierher gesehen hatten. Die Straßen wimmelten von schwerbewaffneten Spähtrupps, die insbesondere nach Fremden Ausschau hielten. Glücklicherweise hatten die Gefährten ihren Wagen vor Betreten der Stadt verkauft, so daß sie sich unter die Menge in den Straßen mischen konnten. Aber sie waren nicht einmal fünf Minuten in der Stadt, als sie einen Drakoniertrupp einen Menschen zum ›Verhör‹ holen sahen.

Dieser Vorfall beunruhigte sie, und sie quartierten sich im nächstbesten Wirtshaus ein – einer heruntergekommenen Herberge am Stadtrand.

»Wie sollen wir überhaupt zum Hafen gelangen, geschweige denn eine Überfahrt aushandeln?« fragte Caramon in ihrem schäbigen Zimmer. »Wie soll es weitergehen?«

»Der Wirt sagt, daß sich in der Stadt ein Drachenfürst aufhält. Die Drakonier suchen Kundschafter oder so etwas«, murmelte Tanis unruhig. Die Gefährten tauschten Blicke.

»Vielleicht suchen sie *uns*«, sagte Caramon.

»Das ist lächerlich!« antwortete Tanis schnell – zu schnell. »Wie sollte jemand wissen, daß wir hier sind? Oder wissen, was wir bei uns haben?«

»Ich frage mich...«, begann Flußwind grimmig und warf Raistlin einen düsteren Blick zu.

Der Magier erwiderte den Blick kühl, ließ sich aber nicht zu einer Antwort herab. »Heißes Wasser für meinen Tee«, befahl er Caramon.

»Mir fällt nur eine Möglichkeit ein«, sagte Tanis, nachdem Caramon seinem Bruder das Wasser gebracht hatte. »Caramon und ich werden uns heute nacht hinausschleichen und zwei Soldaten der Drachenarmee auflauern. Wir stehlen ihre Uniformen. Nicht von den Drakoniern...«, fügte er hastig hinzu, als er sah, wie sich Caramons Augenbrauen vor Abscheu zusammenzogen. »Von menschlichen Söldnern. Dann können wir uns frei in Treibgut bewegen.«

Nach langer Diskussion kamen alle überein, daß nur dieser

Plan funktionieren könnte. Die Gefährten aßen ohne viel Appetit in ihren Zimmern, es war ihnen zu riskant, sich im Gastraum zu zeigen.

»Geht es dir gut?« fragte Caramon Raistlin besorgt, als die beiden allein in ihrem Zimmer waren.

»Ich bin in der Lage, auf mich aufzupassen«, erwiderte Raistlin. Er erhob sich mit seinem Zauberbuch in der Hand, als ihn ein Hustenanfall überwältigte.

Caramon streckte seine Hand aus, aber Raistlin schreckte zurück.

»Verschwinde!« keuchte der Magier. »Laß mich allein!«

Caramon zögerte, dann seufzte er. »Sicher, Raist«, sagte er und verließ den Raum.

Raistlin stand einen Moment da und versuchte durchzuatmen. Dann ging er langsam durch das Zimmer, legte das Zauberbuch hin. Mit zitternder Hand hob er einen der vielen Beutel auf, die Caramon auf den Tisch neben seinem Bett gelegt hatte. Er öffnete ihn und holte vorsichtig die Kugel der Drachen hervor.

Tanis und Caramon liefen durch die Straßen von Treibgut und hielten nach zwei Soldaten Ausschau, deren Uniform ihnen passen könnte. Für Tanis würde es relativ leicht sein, aber einen Soldaten zu finden, der genauso groß wie Caramon war, das war schon schwieriger.

Beide wußten, sie mußten schnell etwas finden. Mehr als einmal wurden sie argwöhnisch von Drakoniern gemustert. Zwei Drakonier hielten sie sogar an und fragten äußerst unhöflich, was sie hier zu suchen hätten. Caramon erwiderte im groben Söldnerdialekt, daß sie Beschäftigung in der Armee des Drachenfürsten suchten, und die Drakonier ließen sie frei. Aber beide wußten, es konnte nur eine Frage der Zeit sein, bis ein Trupp sie festnehmen würde.

»Was ist hier bloß los?« murmelte Tanis besorgt.

»Vielleicht spitzt sich der Krieg für die Fürsten zu«, begann Caramon. »Schau mal, Tanis. Was da in die Bar geht...«

»Ja, der hat ungefähr deine Größe. Komm, wir verstecken uns hier in der Gasse. Wir warten, bis sie herauskommen, dann...« Der Halb-Elf machte eine würgende Bewegung. Caramon nickte. Die zwei schlichen durch die schmutzigen Straßen und verschwanden in der Gasse, wo sie nicht gesehen werden und gleichzeitig die Eingangstür der Bar im Auge behalten konnten.

Es war fast Mitternacht. Die Monde waren heute nicht aufgegangen. Der Regen hatte aufgehört, aber Wolken verdunkelten immer noch den Himmel. Die zwei Männer in der Gasse zitterten bald trotz ihrer schweren Umhänge. Ratten flitzten zu ihren Füßen vorbei und ließen sie in der Dunkelheit zusammenzukken. Ein betrunkener Hobgoblin machte eine ungeschickte Bewegung, stolperte, fiel kopfüber in einen Abfallhaufen und blieb darin liegen. Tanis und Caramon wurde übel von dem Gestank, aber sie wagten nicht, ihr Versteck zu verlassen.

Dann hörten sie Gelächter von Betrunkenen und menschliche Stimmen in der Umgangssprache sprechen. Die zwei Soldaten, auf die sie warteten, torkelten aus der Bar und stolperten auf sie zu.

Eine riesige Kohlentonne war zur Nachtbeleuchtung auf dem Gehweg aufgestellt. Die Söldner torkelten auf das Licht zu, und Tanis konnte sie besser sehen. Es waren Offiziere der Drachenarmee. Er vermutete, daß sie gerade befördert worden waren und dies gefeiert hatten. Ihre Rüstungen glänzten neu und waren relativ sauber und unverbeult. Es waren gute Rüstungen, erkannte Tanis zufrieden. Aus blauem Stahl hergestellt, im Stil der Drachenschuppenrüstung der Fürsten.

»Bereit?« flüsterte Caramon. Tanis nickte.

Caramon zog sein Schwert. »Elfenabschaum!« brüllte er. »Ich habe dich entlarvt, und jetzt kommst du mit zum Drachenfürsten, du Spion!«

»Lebend bekommst du mich nicht!« Tanis zog sein Schwert.

Bei diesem Geschrei blieben die zwei Offiziere taumelnd stehen und starrten mit trüben Augen in die dunkle Gasse.

Die Offiziere beobachteten mit wachsendem Interesse den

Kampf zwischen Caramon und Tanis. Als Caramon mit dem Rücken zu den Offizieren stand, machte der Halb-Elf eine plötzliche Bewegung. Er entwaffnete Caramon und ließ das Schwert des Kriegers auf den Boden fallen.

»Schnell! Helft mir, ihn festzunehmen!« bellte Caramon. »Auf ihn ist eine Belohnung ausgesetzt – tot oder lebendig!«

Die Offiziere zauderten nicht. Betrunken, wie sie waren, suchten sie nach ihren Waffen und steuerten auf Tanis zu, ihre Gesichter in grausamem Vergnügen verzerrt.

»Macht schon! Haltet ihn auf!« drängte Caramon und wartete, bis sie an ihm vorbei waren. Dann – gerade als sie ihre Schwerter erhoben – griffen Caramons riesige Hände um ihre Hälse. Er schlug ihre Köpfe zusammen, und die Körper sackten auf den Boden.

»Beeil dich!« knurrte Tanis. Er zog einen Körper an den Füßen ins Dunkle. Caramon folgte mit dem anderen. Schnell zogen sie den beiden die Rüstungen aus.

»Puh! Das muß ein Halbtroll gewesen sein«, sagte Caramon und wedelte mit einer Hand in der Luft, um den faulen Gestank zu vertreiben.

»Hör auf, dich zu beschweren!« schimpfte Tanis und versuchte herauszufinden, wie das komplizierte System von Schnallen und Gurten funktionierte. »Du bist wenigstens daran gewöhnt, dieses Zeug zu tragen. Hilfst du mir?«

»Sicher.« Caramon grinste. »Ein Elf im Plattenpanzer. Was ist nur aus dieser Welt geworden?«

»Traurige Zeiten«, murrte Tanis. »Wann können wir dieses Schiff erwarten, von dem Kapitän William dir erzählt hat?«

»Er sagte, wir könnten sie bei Tagesanbruch an Bord finden.«

»Ich heiße Maquesta Kar-Thon«, sagte die Frau, ihr Gesichtsausdruck war kühl und geschäftsmäßig. »Und – laßt mich raten – ihr seid *keine* Offiziere der Drachenarmee. Oder sie heuern jetzt sogar schon Elfen an.«

Tanis errötete, als er langsam sein Visier hochschob. »Ist das so offensichtlich?«

Die Frau zuckte die Schultern. »Nicht unbedingt. Der Bart ist sehr gut – ich sollte wohl Halb-Elf sagen. Und der Helm verbirgt deine Ohren. Aber solange du keine Maske aufsetzt, werden dich deine hübschen Mandelaugen verraten. Aber andererseits werden nicht viele Drakonier in deine hübschen Augen sehen, oder?« Sie lehnte sich in ihrem Stuhl zurück, legte einen bestiefelten Fuß auf den Tisch und musterte ihn kühl.

Tanis hörte Caramon kichern.

Sie waren an Bord der *Perechon* und saßen in der Kapitänskabine dem Kapitän gegenüber. Maquesta Kar-Thon gehörte zu der dunkelhäutigen Rasse, die im nördlichen Ergod lebte. Ihr Volk war seit Jahrhunderten ein Seevolk, und im Volksmund hieß es, daß sie die Sprache der Seevögel und der Delphine beherrschten. Tanis dachte an Theros Eisenfeld, als er Maquesta ansah. Die Haut der Frau glänzte schwarz, ihr lockiges Haar wurde mit einem goldenen Stirnband zusammengehalten. Ihre braunen Augen glänzten wie ihre Haut. Aber an ihrem Gürtel glänzte der Stahl eines Dolches, und derselbe Glanz von Stahl lag in ihren Augen.

»Wir sind hier, um über Geschäftliches zu sprechen, Kapitän Maque...«, Tanis stolperte über den fremden Namen.

»Sicher«, sagte die Frau. »Und nennt mich Maque. Das ist einfacher für uns alle. Es ist gut, daß ihr einen Brief von William Schweinsgesicht habt, sonst würde ich überhaupt nicht mit euch reden. Aber er schreibt, daß ihr anständig seid, und euer Geld gut ist, darum höre ich euch zu. Nun, wohin wollt ihr?«

Tanis wechselte mit Caramon einen Blick. Das war die Frage. Außerdem wußte er nicht, ob er ihr Ziel überhaupt bekanntgeben wollte. Palanthas war die Hauptstadt von Solamnia, während Sankrist ein bekannter Hafen der Ritter war.

»Oh, um der Liebe...«, schnappte Maque, als sie die beiden zögern sah. Ihre Augen funkelten. Sie nahm ihren Fuß vom Tisch und starrte sie grimmig an. »Entweder ihr vertraut mir oder nicht!«

»Sollten wir?« fragte Tanis direkt.

Maque hob ihre Augenbrauen. »Wieviel Geld habt ihr?«

»Genug«, antwortete Tanis. »Laß uns nur soviel sagen, daß wir in den Norden wollen, um das Nordmeerkap herum. Wenn wir bis dahin deine Gesellschaft angenehm finden, können wir weiterreisen. Ansonsten zahlen wir dich aus, und du läßt uns an einem sicheren Hafen raus.«

»Kalaman«, sagte Maque und machte es sich bequem. Sie wirkte amüsiert. »Das ist ein sicherer Hafen. So sicher wie jeder andere in dieser Zeit. Die Hälfte des Geldes jetzt. Die andere Hälfte in Kalaman. Dann können wir weiter verhandeln.«

»*Sichere* Fahrt nach Kalaman«, fügte Tanis hinzu.

»Wer kann das sagen?« Maque zuckte die Schultern. »Die Jahreszeit ist rauh für eine Schiffahrt.« Sie erhob sich träge und streckte sich wie eine Katze. Caramon starrte sie bewundernd an.

»Abgemacht«, sagte sie. »Kommt. Ich zeige euch das Schiff.«

Maque führte sie auf das Deck. Das Schiff schien seefest und ordentlich zu sein, soweit Tanis, der von Schiffen überhaupt keine Ahnung hatte, das beurteilen konnte. Ihre Stimme und ihr Verhalten waren beim ersten Gespräch kalt gewesen, aber als sie die beiden auf ihrem Schiff herumführte, taute sie auf.

Das Schiff war ruhig und leer. Die Mannschaft war mit ihrem Schiffsoffizier auf Landgang, erklärte Maque. Die einzige Person, die Tanis an Bord sah, war ein Mann, der ein Segel flickte. Der Mann sah auf, als sie vorbeigingen, und er riß seine Augen vor Beunruhigung beim Anblick der Drachenrüstung auf.

»*Nocesta,* Berem«, beruhigte Maque ihn. Sie machte eine Handbewegung und zeigte auf Tanis und Caramon. »*Nocesta.* Kunden. Geld.«

Der Mann nickte und fuhr mit seiner Arbeit fort.

»Wer ist das?« fragte Tanis leise, als sie auf Maques Kabine zugingen, um den Handel abzuschließen.

»Wer? Berem?« fragte sie und blickte sich um. »Er ist der Steuermann. Ich weiß nicht viel über ihn. Er kam vor einigen Monaten und hat Arbeit gesucht. Nahm ihn als Mädchen für alles. Dann wurde mein Steuermann getötet, bei einer kleinen Auseinandersetzung mit – nun, egal. Aber dieser Bursche stellte sich als verdammt gut am Steuer heraus, besser als sein Vorgänger. Er ist jedoch komisch. Ein Stummer. Spricht nie. Geht nie ans Land. Schrieb seinen Namen in mein Schiffsbuch, sonst hätte ich nicht einmal das gewußt. Warum?« fragte sie, da sie bemerkte, daß Tanis den Mann aufmerksam musterte.

Berem war hochgewachsen und gut gebaut, ein Mann in mittleren Jahren. Sein Haar war grau, sein Gesicht rasiert, braungebrannt und wettergegerbt von den Monaten auf dem Schiff. Aber seine Augen wirkten jugendlich, hell und klar. Die Hände, die die Nadel hielten, waren glatt und stark, die Hände eines jungen Mannes. Vielleicht Elfenblut, dachte Tanis, aber andererseits deutete nichts anderes darauf hin.

»Ich habe ihn schon einmal gesehen«, murmelte Tanis. »Was meinst du, Caramon? Erinnerst du dich?«

»Ach, komm«, sagte der Krieger. »Im letzten Monat haben wir Hunderte von Leuten gesehen, Tanis. Wahrscheinlich war er einmal in unserer Vorstellung.«

»Nein.« Tanis schüttelte den Kopf. »Ich habe an Pax Tarkas und Sturm gedacht...«

»He, ich habe noch eine Menge Arbeit vor mir, Halb-Elf«, sagte Maquesta. »Entweder kommst du jetzt, oder du kannst weiter einen Burschen anglotzen, der ein Segel flickt.«

Sie kletterte nach unten. Caramon folgte unbeholfen, sein Schwert und seine Rüstung klirrten. Widerstrebend ging Tanis hinterher. Aber als er sich zum letzten Mal nach dem Mann umschaute, musterte der ihn seinerseits mit einem seltsam durchdringenden Blick.

»In Ordnung, du gehst zu den anderen ins Wirtshaus zurück. Ich kaufe Vorräte. Wir werden ablegen, sobald das Schiff startklar ist. Maquesta sagt, in ungefähr vier Tagen.«

»Früher wäre mir lieber«, murrte Caramon.

»Mir auch«, sagte Tanis grimmig. »Es laufen hier verdammt viele Drakonier herum. Aber wir müssen auf die Flut oder so etwas warten. Geh zurück und paß auf, daß alle dort bleiben. Sag deinem Bruder, er soll sich einen Vorrat von diesen Kräutern anlegen – wir werden lange Zeit auf See sein. Ich bin in einigen Stunden zurück, wenn ich alles erledigt habe.«

Tanis ging durch die überfüllten Straßen von Treibgut. In seiner Drachenrüstung konnte er sich unbehelligt bewegen. Er hätte sie gern abgelegt. Sie war heiß, schwer und kratzte. Und er hatte Schwierigkeiten, die Grüße der Drakonier und Goblins zu erwidern. Ihm wurde allmählich klar, daß die Menschen, von denen sie die Uniformen gestohlen hatten, einen hohen Rang innegehabt haben mußten. Der Gedanke war nicht tröstlich. Jeden Moment konnte jemand die Rüstung wiedererkennen.

Aber andererseits kam er ohne Rüstung auch nicht weiter. Heute waren noch mehr Drakonier als sonst auf den Straßen. Über Treibgut lag eine gespannte Atmosphäre. Die meisten Stadtbewohner blieben in ihren Häusern, und die meisten Geschäfte waren geschlossen – mit Ausnahme der Tavernen. Als er von einem geschlossenen Geschäft zum nächsten ging, begann Tanis sich Sorgen zu machen, wo er die Vorräte für die lange Seereise kaufen sollte.

Während Tanis über dieses Problem nachdachte und dabei in das Fenster eines geschlossenen Ladens starrte, klammerte sich plötzlich eine Hand um seinen Stiefel und riß ihn zu Boden.

Der Halb-Elf schlug mit dem Kopf schwer auf die Pflastersteine auf und war einen Moment vor Schmerzen benommen. Instinktiv trat er nach dem, was an seinen Füßen war, aber die Hände, die ihn immer noch fest im Griff hatten, waren zu stark. Er wurde in eine dunkle Gasse gezerrt.

Er schüttelte den Kopf, um wieder klar zu werden, und erblickte seinen Angreifer. Es war ein Elf! Seine Kleider waren schmutzig und zerrissen, sein Gesicht von Trauer und Haß verzerrt. Der Elf stand über ihm mit einem Speer in der Hand.

»Drachenmann!« knurrte der Elf in der Umgangssprache. »Deine dreckige Rasse hat meine Familie abgeschlachtet – meine Frau und meine Kinder! Ermordet in ihren Betten, ihr Flehen um Gnade wurde ignoriert. Dafür wirst du bezahlen!« Der Elf hob seinen Speer.

»*Shak! It mo Dracosali!*« schrie Tanis verzweifelt in der Elfensprache und versuchte sein Visier wegzuschieben. Aber der Elf, vor Trauer wahnsinnig, war nicht in der Lage, zu hören oder zu verstehen. Sein Speer ging nach unten. Plötzlich riß der Elf seine Augen weit auf. Der Speer fiel aus seinen Fingern, als ein Schwert ihn von hinten durchbohrte. Der sterbende Elf fiel mit einem Kreischen auf den Pflasterstein.

Tanis sah erstaunt zu seinem Retter hoch. Ein Drachenfürst stand neben dem Körper des Elfen.

»Ich habe Schreie gehört und sah, daß einer meiner Offiziere in Schwierigkeiten ist. Ich dachte, du könntest Hilfe gebrauchen«, sagte der Fürst und streckte eine behandschuhte Hand aus, um Tanis hochzuhelfen.

Verwirrt, vom Schmerz benommen und in dem Wissen, daß er sich nicht verraten durfte, ergriff Tanis die Hand des Fürsten und kämpfte sich auf die Füße. Er hielt seinen Kopf gesenkt, dankbar, daß die Gasse dunkel war, und murmelte mit barscher Stimme Dankesworte. Dann sah er die Augen des Fürsten hinter der Maske groß werden.

»Tanis?«

Der Halb-Elf spürte einen Schauer durch seinen Körper rinnen, einen Schmerz, so scharf und so schnell wie der Elfenspeer. Er konnte nicht sprechen, konnte nur starren, als der Fürst schnell seine blaugoldene Drachenmaske abnahm.

»Tanis! Du *bist* es!« schrie der Fürst und ergriff seine Arme.

Tanis erblickte hellbraune Augen, ...dieses Lächeln...

»Kitiara...«

Tanis gefangen

O Tanis! Ein Offizier, und unter meinem Kommando! Ich sollte meine Soldaten häufiger überprüfen!« Kitiara lachte und schob ihren Arm unter seinen. »Du zitterst ja. Dein Sturz war auch schrecklich. Komm. Meine Räume sind nicht weit entfernt. Wir werden etwas trinken, deine Wunde verbinden, dann… reden.«

Benommen, aber nicht von der Kopfverletzung, ließ sich Tanis von Kitiara aus der Gasse führen. Zu viel passierte zu schnell. Eine Minute vorher hatte er noch Vorräte einkaufen wollen, und jetzt ging er Arm in Arm mit einer Drachenfürstin, die ihm gerade das Leben gerettet hatte, und auch noch die Frau war, die er so viele Jahre lang geliebt hatte. Er konnte sie nur anstarren, und Kitiara, die sich dessen bewußt war, erwiderte seinen Blick unter ihren langen schwarzen Wimpern.

Die glänzende nachtblaue Drachenschuppenrüstung der Fürsten stand ihr gut, dachte Tanis. Sie lag eng an und betonte ihre langen Beine.

Drakonier waren um sie herum, ein kurzes Nicken der Fürstin erhoffend. Aber Kitiara ignorierte sie und plauderte mit Tanis, als ob sie nur einen Nachmittag getrennt gewesen wären und nicht fünf Jahre. Er konnte ihre Worte nicht aufnehmen, sein Gehirn versuchte noch, sich aus seiner Verwirrung zu lösen, während sein Körper wieder einmal auf ihre Nähe reagierte.

Von der Maske war ihr Haar etwas feucht, die Locken hingen ihr ins Gesicht. Gelegentlich fuhr sie mit einer behandschuhten Hand durch das Haar. Es war eine alte Angewohnheit von ihr, und diese kleine Geste brachte alte Erinnerungen zurück...

Tanis schüttelte den Kopf, kämpfte verzweifelt, seine auseinandergefallene Welt wieder zusammenzufügen und ihren Worten zu lauschen. Das Leben seiner Freunde hing davon ab, was er nun tat.

»Unter dem Drachenhelm ist es heiß!« sagte sie. »Ich brauche dieses fürchterliche Ding nicht, um meine Männer bei der Stange zu halten, oder?« fragte sie.

»N...nein«, stammelte Tanis und errötete.

»Immer noch der alte Tanis«, murmelte sie und drückte ihren Körper an seinen. »Du wirst immer noch rot wie ein Schuljunge. Aber du warst nie so wie die anderen, nie...«, fügte sie sanft hinzu. Sie zog ihn dicht an sich heran und legte ihre Arme um ihn. Ihre feuchten Lippen berührten seine...

»Kit...«, sagte Tanis mit erstickter Stimme und taumelte zurück. »Nicht hier! Nicht auf der Straße«, fügte er hinzu.

Einen Moment lang sah Kitiara ihn wütend an, dann zuckte sie die Achseln und ließ ihre Arme sinken, um wieder seinen Arm zu ergreifen. Zusammen gingen sie weiter.

»Der alte Tanis«, sagte sie wieder, aber dieses Mal mit einem kleinen, atemlosen Seufzen. »Ich weiß auch nicht, warum ich mir das gefallen lasse. Jeder andere Mann, der mich so ablehnt, würde auf der Stelle durch mein Schwert sterben. Ah, wir sind da.«

Sie betraten das beste Wirtshaus von Treibgut, das Wirtshaus zur Salzigen Brise. Es war hoch an ein Felskap gebaut, und von hier aus konnte man das Blutmeer von Istar überblicken, dessen Wellen sich an den Steinen brachen. Der Wirt eilte heran.

»Ist mein Zimmer fertig?« fragte Kitiara kühl.

»Ja, Fürstin«, sagte der Wirt und verbeugte sich mehrmals. Als sie die Stufen hochgingen, huschte der Wirt an ihnen vorbei, um noch einmal zu überprüfen, daß wirklich alles in Ordnung war.

Kit sah sich um. Zufrieden warf sie den Drachenhelm auf den Tisch und zog ihre Handschuhe aus. Sie setzte sich auf einen Stuhl und hob ein Bein mit einer sinnlichen und vorbedachten Hemmungslosigkeit an.

»Meine Stiefel«, sagte sie lächelnd zu Tanis.

Er schluckte und lächelte schwach zurück. Tanis nahm ihr Bein mit beiden Händen. Das war auch ein altes Spiel von ihr – daß er ihr die Stiefel auszog. Es führte immer zu... Tanis versuchte nicht daran zu denken!

»Bring uns eine Flasche von deinem besten Wein«, befahl Kitiara dem Wirt, der immer noch im Zimmer stand, »und zwei Gläser.« Sie hob das andere Bein, ihre braunen Augen waren auf Tanis gerichtet. »Dann laß uns allein.«

»Aber, meine Lady...«, sagte der Wirt zögernd. »Es sind Botschaften von Drachenfürst Ariakus gekommen...«

»Wenn du dein Gesicht in diesem Zimmer zeigst – *nachdem* du den Wein gebracht hast – werde ich dir die Ohren abschneiden«, sagte Kitiara freundlich. Aber während sie sprach, zog sie einen glänzenden Dolch aus ihrem Gürtel.

Der Wirt wurde blaß, nickte und verließ eilig das Zimmer.

Kit lachte. »Nun!« sagte sie. »Jetzt werde ich deine Stiefel ausziehen...«

»Ich... ich muß wirklich gehen«, sagte Tanis, der unter seiner Rüstung zu schwitzen begann. »Mein K...ompaniebefehlshaber wird mich vermissen...«

»Aber *ich* bin der Befehlshaber deiner Kompanie!« sagte Kit fröhlich. »Und morgen bist *du* der Befehlshaber deiner Kompanie! Oder noch etwas Höheres, wenn du möchtest. Setz dich jetzt.«

Tanis blieb nichts anderes übrig, aber er wußte, in seinem Herzen *wollte* er nichts anderes als gehorchen.

»Es ist gut, dich zu sehen«, sagt Kit, die sich vor ihn kniete und an seinem Stiefel zog. »Leider konnte ich zu dem Treffen in Solace nicht kommen. Wie geht es den anderen? Wie geht es Sturm? Wahrscheinlich kämpft er mit den Rittern. Es wundert mich nicht, daß ihr euch getrennt habt. Diese Freundschaft habe ich nie verstehen können...«

Kitiara redete weiter, aber Tanis hörte ihr nicht zu. Er konnte sie nur ansehen. Er hatte vergessen, wie lieblich sie war, wie sinnlich, wie einladend. Verzweifelt versuchte er, sich auf seine gefährliche Situation zu konzentrieren. Aber er konnte nur an die glücklichen Nächte mit Kitiara denken.

In diesem Moment sah Kit in seine Augen. Gebannt von der Leidenschaft, die sie in ihnen sah, ließ sie seinen Stiefel aus den Händen gleiten. Unfreiwillig zog Tanis sie an sich. Kitiara legte ihre Arme um seinen Hals und drückte ihre Lippen auf seine.

Bei ihrer Berührung wallten alle Wünsche und Sehnsüchte, die Tanis seit fünf Jahren gepeinigt hatten, in seinem Körper auf. Ihr warmer, weiblicher Duft vermischte sich mit dem Geruch von Leder und Stahl. Ihr Kuß war wie eine Flamme. Der Schmerz war unerträglich. Tanis kannte nur einen Weg, um ihn zu beenden.

Als der Wirt an die Tür klopfte, erhielt er keine Antwort. Er schüttelte bewundernd den Kopf – der dritte Mann in drei Tagen –, stellte den Wein vor der Tür ab und ging.

»Und jetzt«, murmelte Kitiara schläfrig in Tanis' Armen, »erzähl mir von meinen kleinen Brüdern. Sind sie mit dir zusammen hier? Ich habe sie das letzte Mal in Tarsis gesehen, als ihr mit dieser Elfenfrau auf der Flucht wart.«

»Das warst du!« sagte Tanis und erinnerte sich an die blauen Drachen.

»Natürlich!« Kit kuschelte sich an ihn. »Mir gefällt der Bart«, sagte sie. »Es versteckt diese schwächlichen Elfenmerkmale. Wie bist du in die Armee gekommen?«

Wie eigentlich? fragte sich Tanis verzweifelt.

»Wir... wurden in Silvanesti gefangengenommen. Einer der Offiziere überzeugte mich davon, daß ich ein Narr sei, gegen die D...unkle Königin zu kämpfen.«

»Und meine kleinen Brüder?«

»Wir... wir wurden getrennt«, sagte Tanis schwach.

»Wie schade«, sagte Kit seufzend. »Ich würde sie gern wiedersehen. Caramon muß jetzt ein Riese sein. Und Raistlin... ich habe gehört, er ist ein recht geschickter Magier. Trägt immer noch die Rote Robe?«

»Ich... ich vermute es«, stotterte Tanis. »Ich habe ihn schon läng...«

»Das wird nicht lange dauern«, sagte Kit selbstgefällig. »Er ist mir sehr ähnlich. Raist sehnt sich ständig nach Macht...«

»Was ist mit dir?« unterbrach Tanis schnell. »Was machst du hier, so weit vom eigentlichen Schauplatz entfernt? Im Norden wird gekämpft...«

»Nun, aus dem gleichen Grund wie du«, antwortete Kit und riß ihre Augen auf. »Ich bin natürlich auf der Suche nach dem Hüter des grünen Juwels.«

»Das ist es, von daher kenne ich ihn!« sagte Tanis. Erinnerungen kamen ihm. Der Mann auf der *Perechon!* Der Mann in Pax Tarkas, der mit dem armen Eben entkommen war. Der Mann mit dem grünen Edelstein mitten auf seiner Brust.

»Du hast ihn gefunden!« rief Kitiara und setzte sich interessiert auf. »Wo, Tanis? Wo?« Ihre braunen Augen funkelten.

»Ich bin mir nicht sicher«, sagte Tanis zögernd. »Ich bin mir nicht sicher, ob er es war. Ich... uns wurde nur eine grobe Beschreibung gegeben...«

»Er sieht ungefähr wie fünfzig aus«, sagte Kit aufgeregt, »aber er hat seltsame junge Augen, und seine Hände wirken jugendlich. Und auf seiner Brust ist ein grüner Edelstein. Wir haben Berichte erhalten, daß er in Treibgut gesichtet wurde. Darum hat mich die Dunkle Königin hierher geschickt. Er ist der *Schlüssel,* Tanis! Wenn wir ihn finden, kann uns keine Macht mehr auf Krynn aufhalten!«

»Warum?« Tanis versuchte, ruhig zu wirken. »Was ist denn an ihm so Wichtiges dran, damit ... äh ... unsere Seite den Krieg gewinnt?«

»Wer weiß?« Kit zuckte die Achseln und schmiegte sich wieder in Tanis' Arme. »Du zitterst ja. Hier, das wird dich aufwärmen.« Sie küßte seinen Hals und fuhr mit ihren Händen über seinen Körper. »Uns wurde nur gesagt, daß es das wichtigste wäre, diesen Mann zu finden, um diesen Krieg schnell und mühelos zu gewinnen.«

Tanis schluckte, spürte, wie ihn bei ihrer Berührung die Wärme durchflutete.

»Denk doch nur«, flüsterte Kitiara in sein Ohr, ihr Atem war heiß und feucht an seiner Haut, »wenn wir ihn finden – du und ich – würde uns ganz Krynn zu Füßen liegen! Die Dunkle Königin würde uns mit allem belohnen, wovon wir nie zu träumen gewagt haben! Du und ich, für immer vereint, Tanis.«

Ihre Worte hallten in seinem Gehirn wider. Sie beide, zusammen, für immer. Den Krieg beenden. Krynn beherrschen. Nein, dachte er, seine Kehle zog sich zusammen. Das ist Wahnsinn! Verrückt! Mein Volk, meine Freunde ... Dennoch, habe ich nicht schon genug getan? Was schulde ich ihnen, Menschen und Elfen? Nichts! Sie sind diejenigen, die mich verletzt haben, mich verspottet haben! All diese Jahre – ein Ausgestoßener! Warum über sie nachdenken? *Ich!* Es wird Zeit, daß ich an mich denke! Da ist die Frau, von der ich seit langem träume. Und sie kann mir gehören! Kitiara ... so schön, so begehrenswert ...

»Nein!« sagte Tanis barsch, dann wiederholte er sanfter: »Nein.« Er ergriff ihre Hand und zog sie an sich. »Morgen reicht auch. Wenn er es war, kann er sowieso nirgendwo hingehen. Ich weiß…«

Kitiara lächelte und legte sich seufzend zurück. Tanis beugte sich über sie und küßte sie leidenschaftlich. Weit entfernt konnte er die Wellen des Blutmeers von Istar gegen den Strand schlagen hören.

Der Turm des Oberklerikers
Der Ritterschlag

Gegen Morgen verebbte der Sturm über Solamnia. Die Sonne ging auf – eine blaßgoldene Scheibe, die nichts wärmte. Die Ritter, die auf den Zinnen des Turms des Oberklerikers Wache gestanden hatten, suchten dankbar ihre Schlafstätten auf und unterhielten sich über diese Sensation, denn solch einen Sturm hatte es seit den Tagen nach der Umwälzung in Solamnia nicht mehr gegeben. Die anderen Ritter, die zur Wachablösung erschienen, waren genauso müde; niemand hatte geschlafen.

Jetzt sahen sie auf eine mit Schnee und Eis bedeckte Ebene.

Hier und dort flackerten Flammen auf, wo Bäume, von Blitzen getroffen, brannten. Aber es waren nicht diese seltsamen Flammen, auf die die Augen der Ritter gerichtet waren, als sie auf die Zinnen stiegen. Es waren die Flammen am Horizont – Hunderte und Hunderte von Flammen, die die klare, kalte Luft mit einem widerlichen Rauch erfüllten.

Die Lagerfeuer des Krieges. Die Lagerfeuer der Drachenarmee.

Ein »Ding« stand zwischen dem Drachenfürsten und dem Sieg in Solamnia. Dieses Ding (so nannte es der Fürst meistens) war der Turm des Oberklerikers.

Vor langer Zeit von Vinas Solamnus, dem Begründer des Rittertums, am einzigen Paß durch die schneebedeckten, wolkenumhangenen Vingaard-Berge errichtet, beschützte der Turm Palanthas, die Hauptstadt von Solamnia, und den Hafen, bekannt als die Tore von Paladin. Wenn der Turm fiel, würde Palanthas den Drachenarmeen gehören. Es war eine leicht einzunehmende Stadt – eine reiche und schöne Stadt, die sich von der Welt abgewendet hatte, um mit bewundernden Augen in den eigenen Spiegel zu sehen.

Wenn Palanthas in seine Hände und der Hafen unter seiner Kontrolle fiel, konnte der Fürst mühelos das restliche Solamnia bis zur Unterwerfung aushungern lassen und die lästigen Ritter ausmerzen.

Die Drachenfürstin, von ihren Soldaten Finstere Herrin gerufen, war heute nicht im Lager. Sie befand sich wegen geheimer Geschäfte im Osten. Aber sie hatte loyale und fähige Befehlshaber zurückgelassen, Befehlshaber, die alles tun würden, um ihre Gunst zu gewinnen.

Von allen Drachenfürsten stand die Finstere Herrin in der Wertschätzung der Dunklen Königin am höchsten. Und so saßen die Drakonier, Goblins, Hobgoblins, Oger und Menschen an ihren Lagerfeuern und starrten mit hungrigen Augen auf den Turm, sehnten sich danach, anzugreifen und ihr Lob zu ernten.

Der Turm wurde von einer großen Garnison von Rittern von Solamnia verteidigt, die nur wenige Wochen zuvor aus Palanthas anmarschiert war. In der Legende hieß es, daß der Turm niemals fallen würde, solange Männer mit Glauben ihn halten würden, da er dem Oberkleriker gewidmet war – eine Position, die nach dem Großmeister die begehrteste in der Ritterschaft war.

Die Kleriker von Paladin hatten im Zeitalter der Träume im Turm des Oberklerikers gelebt. Hierher kamen die jungen Ritter für ihre religiöse Ausbildung und Lehre. Immer noch gab es viele Spuren, die die Kleriker zurückgelassen hatten.

Es war nicht nur die Furcht vor dieser Legende, die die Drachenarmee zwang, untätig herumzusitzen. Man brauchte keine Legende, um den Befehlshabern klarzumachen, daß das Einnehmen des Turms sehr große Opfer verlangen würde.

»Die Zeit arbeitet für uns«, hatte die Finstere Herrin vor ihrer Abreise erklärt. »Unsere Kundschafter berichten, daß die Ritter wenig Hilfe von Palanthas erhalten haben. Wir schneiden die Versorgung von der Vingaard-Burg zum Osten ab. Laß sie in ihren Turm sitzen und verhungern. Früher oder später werden sie aus Ungeduld und durch ihren Hunger Fehler machen. Dann werden wir bereit sein.«

»Wir könnten den Turm mit einer Drachenschar einnehmen«, murrte ein junger Befehlshaber. Sein Name war Bakaris, und wegen seines Mutes in der Schlacht und seines gutaussehenden Gesichtes war er in der Gunst der Finsteren Herrin gestiegen. Sie sah ihn jedoch grüblerisch an, als sie gerade ihren blauen Drachen, Skie, besteigen wollte.

»Vielleicht nicht«, erwiderte sie kühl. »Du hast die Berichte über das Wiederauffinden dieser uralten Waffe – der Drachenlanze – gehört?«

»Pah! Kindergeschichten!« Der junge Befehlshaber lachte, während er ihr auf Skies Rücken half. Der blaue Drache funkelte den gutaussehenden Befehlshaber mit wilden, feurigen Augen an.

»Lasse niemals Kindergeschichten unberücksichtigt«, sagte die Finstere Herrin, »denn es sind die gleichen Geschichten wie die über Drachen.« Sie zuckte die Schultern. »Mach dir keine

Sorgen, mein Schätzchen. Wenn meine Mission, den Hüter des grünen Juwels zu fangen, beendet ist, brauchen wir den Turm nicht anzugreifen, denn dann ist seine Zerstörung gewährleistet. Wenn nicht, dann bringe ich dir vielleicht eine Drachenschar mit.«

Damit spreizte der riesige blaue Drache seine Flügel und flog gen Osten auf eine kleine und erbärmliche Stadt zu, Treibgut am Blutmeer von Istar.

Und so wartete die Drachenarmee warm und behaglich an ihren Lagerfeuern, während – wie die Finstere Herrin es vorausgesagt hatte – die Ritter in ihrem Turm hungerten. Aber schlimmer noch als der Mangel an Nahrungsmitteln war die bittere Uneinigkeit in ihren eigenen Reihen.

Die jungen Ritter unter Sturm Feuerklinges Kommando hatten allmählich ihren in Ungnade gefallenen Führer in den harten Monaten nach ihrer Abreise von Sankrist schätzen gelernt. Obwohl melancholisch und häufig distanziert, gewannen Sturms Ehrlichkeit und Rechtschaffenheit doch den Respekt und die Bewunderung seiner Männer. Es war ein hart erkämpfter Sieg, denn Sturm hatte stark unter Derek zu leiden. Ein weniger ehrenhafter Mann hätte gegenüber Dereks politischen Machenschaften ein Auge zugedrückt oder zumindest seinen Mund gehalten (so wie Fürst Alfred), aber Sturm trat ständig gegen Derek auf – obwohl er wußte, daß das seine Position noch mehr erschwerte.

Es war Derek gewesen, der die Bevölkerung von Palanthas gegen die Ritter aufgebracht hatte. Bereits mißtrauisch, mit alten Haßgefühlen und Bitterkeit erfüllt, waren die Bewohner der schönen ruhigen Stadt beunruhigt über Dereks Drohungen, als sie den Rittern die Erlaubnis verweigerten, die Stadt zu besetzen. Nur durch Sturms geduldige Verhandlungen erhielten die Ritter überhaupt Vorräte.

Die Situation verbesserte sich nicht, als die Ritter den Turm des Oberklerikers erreichten. Die Zerrissenheit der Ritter untergrub die Moral der Gefolgsleute, die sowieso schon durch den ständigen Hunger gelitten hatten. Sturms Ritter, die auch auf Fürst Gunthers Seite standen, widersetzten sich immer mehr der Mehrheit der Ritter unter Derek. Nur durch den strikten Gehorsam brachen keine Kämpfe im Turm aus. Aber der demoralisierende Anblick der Drachenarmee, die in der Nähe ihr Lager aufgeschlagen hatte, und der Hunger führten zu einer gereizten und angespannten Atmosphäre.

Zu spät erkannte Fürst Alfred die Gefahr. Er bedauerte bitter seine eigene Dummheit, Derek unterstützt zu haben, denn jetzt konnte er deutlich erkennen, daß Derek Kronenhüter wahnsinnig wurde.

Der Wahnsinn nahm täglich zu; Dereks Machthunger verzehrte ihn und ließ ihn nicht mehr vernünftig denken. Aber Fürst Alfred war machtlos, etwas zu unternehmen. Die Ritter waren in ihrer rigiden Struktur so gefangen, daß es – gemäß dem Maßstab – nur über monatelange Ritterverhandlungen möglich wäre, Derek seinen Rang zu nehmen.

Die Nachricht von Sturms Entlastung durch Laurana schlug in diesen trockenen und zerbröckelnden Wald wie ein Blitz ein. Wie Gunther vorausgesehen hatte, wurden Dereks Hoffnungen damit völlig zerschlagen. Was Gunther jedoch nicht vorausgesehen hatte, war, daß der dünne Faden, an dem Dereks geistige Gesundheit hing, reißen würde.

Am Morgen nach dem Sturm wandten sich die Augen der Wachen einen Moment von der Drachenarmee ab, um nach unten in den Hof des Turms des Oberklerikers zu schauen. Die Sonne füllte den grauen Himmel mit einem eisigen, blassen Licht, das sich in den kaltglänzenden Rüstungen der Ritter von Solamnia widerspiegelte, die sich zu der feierlichen Zeremonie des Ritterschlags versammelt hatten.

Über ihnen schienen die Flaggen mit dem Ritterwappen an den Zinnen festgefroren zu sein, da sie leblos in der stillen kalten Luft hingen. Dann durchbrach der Klang einer Trompete die Luft. Bei dem Trompetenruf hoben die Ritter stolz ihre Häupter und schritten in den Hof.

Fürst Alfred stand in der Mitte des Kreises, den die Ritter gebildet hatten. Er war in seine Kampfrüstung gekleidet, sein roter Umhang flatterte um seine Schultern, und er hielt ein uraltes Schwert in einer alten zerbeulten Scheide. Der Eisvogel, die Rose und die Krone – die uralten Symbole der Ritterschaft – waren um die Scheide geflochten. Der Fürst warf einen schnellen hoffnungsvollen Blick auf die Versammlung, dann senkte er seinen Blick und schüttelte den Kopf.

Fürst Alfreds schlimmste Befürchtungen hatten sich bestätigt. Er hatte vage gehofft, daß diese Zeremonie die Ritter wieder vereinen würde. Aber das Gegenteil war der Fall. In dem Heiligen Kreis gab es große Lücken, Lücken, auf die die anwesenden Ritter unbehaglich starrten. Derek und seine gesamten Leute fehlten.

Der Trompetenruf ertönte noch zweimal, dann legte sich Schweigen über die versammelten Ritter. Sturm Feuerklinge, in lange weiße Gewänder gekleidet, trat aus der Kapelle des Oberklerikers, in der er die Nacht mit Gebeten und Meditation, wie es der Maßstab vorschrieb, verbracht hatte. Begleitet wurde er von einer ungewöhnlichen Ehrenwache.

Neben Sturm schritt eine Elfenfrau, ihre Schönheit strahlte in der Düsterheit des Tages wie der Sonnenaufgang im Frühling. Hinter ihr ging ein alter Zwerg, dessen weißes Haar und Bart in der Sonne glänzten. Der Zwerg hatte einen Kender, in hellblaue Hosen gekleidet, an seiner Seite.

Der Kreis der Ritter öffnete sich, um Sturm und seine Eskorte einzulassen. Sie blieben vor Fürst Alfred stehen. Laurana, die Sturms Helm in ihren Händen trug, stand zu seiner Rechten. Flint, der sein Schild trug, stand zu seiner Linken, und – nach einem Rippenstoß vom Zwerg – eilte Tolpan mit den Sporen des Ritters nach vorn.

Sturm beugte seinen Kopf. Sein langes Haar, das bereits graue Strähnen aufwies, obwohl er erst Anfang dreißig war, fiel über seine Schultern. Er blieb einen Moment in stummer Andacht stehen, dann fiel er auf ein Zeichen von Fürst Alfred ehrfürchtig auf die Knie.

»Sturm Feuerklinge«, verkündete Fürst Alfred feierlich und

entfaltete ein Schreiben, »das Kapitel der Ritter hat dich nach Anhörung der Zeugenaussage von Lauralanthalasa aus der königlichen Familie der Qualinesti sowie der Zeugenaussage von Flint Feuerschmied, Hügelzwerg von Solace, von der gegen dich erhobenen Anklagen entlastet. In Anerkennung deiner mutigen Taten, die von diesen Zeugen bestätigt wurden, wirst du hiermit zum Ritter von Solamnia geschlagen.« Fürst Alfreds Stimme wurde weicher, als er auf den Ritter sah. Sturm hatte die Tränen nicht mehr zurückhalten können, die nun über seine eingefallenen Wangen liefen. »Du hast die Nacht im Gebet verbracht, Sturm Feuerklinge«, sagte Alfred ruhig. »Betrachtest du dich selbst dieser großen Ehre würdig?«

»Nein, mein Fürst«, antwortete Sturm gemäß dem uralten Ritual, »aber ich akzeptiere sie demütig und schwöre, daß ich mein Leben opfern würde, um mich ihrer würdig zu erweisen.« Der Ritter hob seine Augen zum Himmel. »Mit Paladins Hilfe«, sagte er leise, »wird es mir gelingen.«

Fürst Alfred hatte viele solcher Zeremonien durchgeführt, aber er konnte sich nicht erinnern, solch eine leidenschaftliche Hingabe im Gesicht eines Mannes gesehen zu haben.

»Ich wünschte, Tanis wäre hier«, murmelte Flint schroff zu Laurana, die nur kurz nickte.

Sie stand majestätisch und aufrecht in ihrer Rüstung, die man extra für ihre Fahrt nach Palanthas auf Fürst Gunthers Befehl angefertigt hatte. Ihr honigfarbenes Haar floß aus ihrem silbernen Helm hervor. Goldene Verzierungen glitzerten auf dem Brustpanzer, ihr weicher schwarzer Lederrock – der an einer Seite aufgeschlitzt war, damit sie bequemer gehen konnte – berührte die Spitzen ihrer Stiefel. Ihr Gesicht war blaß und grimmig, denn die Situation in Palanthas und im Turm selbst war dunkel und schien hoffnungslos.

Sie könnte nach Sankrist zurückkehren. In der Tat war sie dazu aufgefordert worden. Fürst Gunther hatte eine geheime Nachricht von Fürst Alfred erhalten, die Aufschluß über die ausweglose Situation der Ritter gab, und er hatte Laurana den Befehl übermittelt, ihren Aufenthalt zu verkürzen.

Aber sie hatte sich entschieden, zumindest eine Zeitlang zu bleiben. Die Bewohner von Palanthas hatten sie höflich empfangen – sie war immerhin von königlichem Blut, und sie waren von ihrer Schönheit verzaubert. Sie waren auch an der Drachenlanze interessiert und baten, eine in ihrem Museum ausstellen zu dürfen. Als Laurana jedoch die Drachenarmee erwähnte, hatten sie nur mit den Schultern gezuckt und gelächelt.

Dann erfuhr Laurana von einem Boten, was im Turm des Oberklerikers vor sich ging. Die Ritter wurden belagert. Eine Drachenarmee mit Tausenden von Soldaten wartete auf dem Feld. Die Ritter benötigten die Drachenlanzen, entschied Laurana, und sie war die einzige, die ihnen die Waffen bringen und den Gebrauch erklären konnte. Sie ignorierte Fürst Gunthers Befehl, nach Sankrist zurückzukehren.

Die Reise von Palanthas zum Turm war ein einziger Alptraum gewesen. Laurana hatte die Reise in Begleitung von zwei Wagen begonnen, die mit dürftigen Vorräten und den wertvollen Drachenlanzen bepackt waren. Der erste Wagen blieb nur wenige Meilen außerhalb der Stadt im Schnee stecken. Sein Inhalt wurde auf die wenigen Ritter, die mitritten, Laurana, ihre Freunde und den zweiten Wagen verteilt. Auch der zweite Wagen blieb stecken. Immer wieder mußten sie ihn im Schneetreiben freischaufeln, bis er schließlich endgültig festsaß. Nachdem sie die Vorräte und die Lanzen auf die Pferde geladen hatten, gingen die Ritter und Laurana, Flint und Tolpan den restlichen Weg zu Fuß. Sie waren die letzte Gruppe, die durchkam. Nach dem Sturm in der Nacht zuvor – das war Laurana klar, wie allen anderen im Turm – würden keine Vorräte mehr kommen. Die Straße nach Palanthas war nun unpassierbar.

Selbst bei strengster Rationierung blieben den Rittern nur noch für einige wenige Tage Lebensmittel. Die Drachenarmee dagegen schien für den Rest des Winters vorgesorgt zu haben.

Die Drachenlanzen wurden von den erschöpften Pferden abgeladen und auf Dereks Befehl im Hof gestapelt. Einige wenige Ritter musterten sie neugierig, dann ignorierten sie sie. Die Lanzen schienen unhandliche, sperrige Waffen zu sein.

Als Laurana den Rittern schüchtern anbot, sie im Gebrauch der Lanzen zu unterweisen, schnaubte Derek verächtlich. Fürst Alfred starrte aus dem Fenster auf die am Horizont brennenden Lagerfeuer. Laurana wandte sich an Sturm, um ihre Befürchtungen bestätigt zu sehen.

»Laurana«, sagte er leise und nahm ihre kalten Hände, »ich glaube nicht, daß der Fürst sich die Mühe macht, Drachen zu schicken. Wenn wir die Vorratslinien nicht wieder öffnen können, wird der Turm fallen, weil nur noch die Toten übrigbleiben, um ihn zu verteidigen.«

Also würden die Drachenlanzen im Hof ungebraucht, vergessen liegen, ihr strahlendes Silber unter dem Schnee vergraben.

Die Neugierde eines Kenders
Die Ritter reiten in die Schlacht

Sturm und Flint machten einen Spaziergang auf den Zinnen, an dem Abend, als Sturm zum Ritter geschlagen wurde, und tauschten ihre Erlebnisse aus.

»Ein Brunnen aus reinem Silber – wie ein Juwel glänzend – im Herzen des Drachenberges«, erzählte Flint ehrfürchtig. »Und aus diesem Silber hat Theros die Drachenlanzen geschmiedet.«

»Von allen Dingen hätte ich am liebsten Humas Grabmal gesehen«, sagte Sturm ruhig. Er hielt an, seine Hand ruhte auf der uralten Steinmauer. Fackellicht schien von einem Fenster aus auf sein schmales Gesicht.

»Das wirst du«, sagte der Zwerg. »Wenn die Sache hier erledigt ist, gehen wir zurück. Tolpan hat eine Karte gezeichnet – natürlich ist es keine gute Karte...«

Während er weiter über Tolpan murrte, musterte Flint seinen anderen alten Freund mit Sorge. Das Gesicht des Ritters war ernst und melancholisch – für Sturm nicht ungewöhnlich. Aber es lag etwas Neues darin, eine Ruhe, die nicht aus dem Ernst rührte, sondern aus Verzweiflung.

»Wir werden dort zusammen hingehen«, fuhr er fort und versuchte, seinen Hunger zu vergessen. »Du und Tanis und ich. Und der Kender natürlich. Vermutlich auch Caramon und Raistlin. Ich habe es nie für möglich gehalten, daß ich diesen mageren Magier vermissen würde, aber ein Magier könnte jetzt ganz nützlich sein. Aber es ist auch ganz gut, daß Caramon nicht hier ist. Kannst du dir sein Gejammer vorstellen, wenn er ein paar Mahlzeiten ausfallen lassen müßte?«

Sturm lächelte geistesabwesend, seine Gedanken waren weit weg. Als er sprach, war es offensichtlich, daß er kein Wort des Zwerges wirklich gehört hatte.

»Flint«, begann er, seine Stimme war leise und gedämpft, »wir brauchen nur einen warmen Tag, damit die Straße wieder passierbar ist. Wenn dieser Tag kommt, nimm Laurana und Tolpan und bring sie weg. Versprich mir das.«

»Wir sollten hier alle verschwinden, wenn du mich fragst!« schnappte der Zwerg. »Zieh die Ritter nach Palanthas zurück. Die Stadt können wir selbst gegen Drachen verteidigen. Ihre Gebäude sind aus solidem Stein. Nicht wie hier!« Der Zwerg blickte verächtlich zu dem von Menschen gebauten Turm. »Palanthas könnte verteidigt werden.«

Sturm schüttelte den Kopf. »Die Bewohner lassen es nicht zu. Sie interessieren sich nur für ihre wunderschöne Stadt. Solange sie denken, daß man sie verschont, werden sie nicht kämpfen. Nein, wir müssen hierbleiben.«

»Du hast aber keine Chance«, argumentierte Flint.

»Doch, haben wir«, erwiderte Sturm, »wenn wir aushalten können, bis die Versorgungslinien wieder eingerichtet sind.

Wir haben hier genügend Männer. Darum hat die Drachenarmee noch nicht angegriffen...«

»Es gibt noch einen anderen Weg«, ertönte eine Stimme.

Sturm und Flint drehten sich um. Das Fackellicht fiel auf ein ausgemergeltes Gesicht, und Sturms Miene verhärtete sich.

»Welchen Weg meinst du, Fürst Derek?« fragte Sturm mit bewußter Höflichkeit.

»Du und Gunther glaubt, mich besiegt zu haben«, sagte Derek, die Frage ignorierend. Seine Stimme war leise und bebte vor Haß, als er Sturm musterte. »Aber das habt ihr nicht! Durch eine heldenhafte Tat werde ich die Ritter in meiner Hand haben« – Derek streckte seine gepanzerte Hand aus – »und dann seid ihr beide erledigt!« Langsam ballte er sie zur Faust.

»Mir will scheinen, daß unser Krieg hier angesichts der Drachenarmee beendet ist«, sagte Sturm.

»Komm mir nicht mit diesem selbstgerechten Gequatsche!« knurrte Derek. »Genieße deine Ritterschaft, Feuerklinge. Du hast genug dafür bezahlt. Was hast du der Elfenfrau für ihre Lügen versprochen? Heirat? Eine ehrenwerte Frau aus ihr zu machen?«

»Ich darf gemäß des Maßstabs nicht gegen dich kämpfen, aber ich brauche nicht anzuhören, wie du eine Frau beleidigst, die sowohl gut als auch mutig ist«, sagte Sturm und drehte sich auf dem Absatz um, um zu gehen.

»Läufst du immer vor mir weg!« schrie Derek. Er sprang nach vorn und faßte nach Sturms Schulter. Sturm wirbelte wütend herum, seine Hand lag an seinem Schwert. Derek griff nach seiner Waffe, und einen Moment lang sah es aus, als wäre der Maßstab vergessen. Aber Flint legte seine Hand auf die seines Freundes, um ihn zurückzuhalten. Sturm holte tief Atem und nahm sie vom Schwertknauf.

»Sag, was du zu sagen hast, Derek!« Sturms Stimme bebte.

»Du bist erledigt, Feuerklinge. Morgen führe ich die Ritter in die Schlacht. Kein Herumschleichen mehr in diesem elenden Steingefängnis. Morgen abend wird mein Name zur Legende werden!«

Flint sah beunruhigt zu Sturm hoch. Aus dem Gesicht des Ritters war alles Blut gewichen. »Derek«, sagte Sturm leise, »du bist verrückt! Sie sind Tausende! Sie werden euch in Streifen schneiden!«

»Ja, das möchtest du wohl gern sehen, nicht wahr?« knurrte Derek. »Sei morgen bereit, Feuerklinge.«

In dieser Nacht entschied der frierende, hungrige und gelangweilte Tolpan, daß die beste Ablenkung vom Hunger die Erforschung der Umgebung sei. Hier gibt es viele Möglichkeiten, um Dinge zu verstecken, dachte Tolpan. Das ist eines der seltsamsten Gebäude, die ich je gesehen habe.

Der Turm des Oberklerikers erhob sich solide gegen die westliche Seite des Westtor-Passes, dem einzigen Gebirgspaß durch das Habbakuk-Gebirge, der das östliche Solamnia von Palanthas trennte. Wie die Drachenfürstin wußte, mußte jemand, der Palanthas nicht über diese Straße zu erreichen versuchte, entweder Hunderte von Meilen um das Gebirge herum, oder durch die Wüste oder auf dem Seeweg anreisen. Und Schiffe, die in Paladins Tore fuhren, waren ein leichtes Ziel für die ›feuerwerfenden‹ Katapulte der Gnomen.

Der Turm des Oberklerikers war im Zeitalter der Allmacht gebaut worden. Flint wußte eine Menge über die Architektur jener Zeit – die Zwerge hatten bei den Entwürfen und dem Bau der meisten Gebäude mitgewirkt. Aber sie hatten diesen Turm weder gebaut noch entworfen. Flint fragte sich, wer ihn wirklich gebaut hatte – für ihn mußte die Person entweder betrunken oder verrückt gewesen sein.

Eine äußere Steinmauer, als Achteck geformt, bildete die Grundlage des Turms. Jeder Punkt der achteckigen Mauer wurde von einem Geschützturm gekrönt. Auf der Mauer zwischen den Geschütztürmen verliefen Zinnen. Eine innere, achteckige Mauer bildete die Grundlage einer Reihe von Türmen und Stützpfeilern, die anmutig nach oben zum zentralen Turm ragten.

Dies war ein ziemlich normaler Entwurf, aber was den Zwerg

verwirrte, war das Fehlen von inneren Verteidigungspunkten. Drei große Stahltüren befanden sich in der äußeren Mauer, statt einer Tür, was vernünftiger wäre, da drei Türen eine unglaubliche Anzahl von Männern zur Verteidigung erforderlich machten. Jede Tür führte in einen engen Hof, an dessen anderem Ende sich ein kleines Fallgatter befand, wovon es direkt zu einem riesigen Korridor ging. Alle drei Korridore führten ins Innere des Turms.

»Man könnte genausogut den Feind zum Tee einladen!« hatte der Zwerg gemurrt. »So eine dumm gebaute Festung habe ich noch nie gesehen.«

Niemand betrat den Turm. Für die Ritter war er tabu. Der einzige, der den Turm betreten durfte, war der Oberkleriker, und da es keinen Oberkleriker gab, würden die Ritter die Turmmauern mit ihrem Leben verteidigen, aber keiner von ihnen durfte seinen Fuß in seine heiligen Hallen setzen.

Ursprünglich hatte der Turm lediglich den Paß bewacht und ihn nicht blockiert. Aber die Palanthianer hatten später am Hauptgebäude noch angebaut, so daß der Paß abgeriegelt war. In diesem Anbau lebten nun die Ritter und die Gefolgsleute. Niemand dachte daran, den Turm zu betreten.

Niemand außer Tolpan.

Angetrieben von seiner unersättlichen Neugier und seinem nagenden Hunger nahm der Kender seinen Weg auf der äußeren Mauer. Die Wachen beäugten ihn vorsichtig, hielten mit der einen Hand ihre Schwerter und mit der anderen ihre Geldbeutel. Aber sie entspannten sich, sobald er vorbeigegangen war, und Tolpan konnte die Stufen hinuntergleiten und in den zentralen Hof gehen.

Hier gab es nur Schatten. Es brannten keine Fackeln, keine Wache war aufgestellt. Breite Stufen führten nach oben zu den Stahlgittern. Tolpan wanderte auf den Stufen auf den großen, offenen Torbogen zu und spähte neugierig durch die Gitter. Nichts. Er seufzte. Es war so dunkel, als würde er in den Abgrund selbst starren.

Enttäuscht versuchte er, das Gitter nach oben zu schieben –

mehr aus Gewohnheit als aus Hoffnung, denn nur Caramon oder zehn Ritter hätten die Kraft, es zu heben.

Zum Erstaunen des Kenders begann sich das Gitter mit einem fürchterlichen Quietschen zu bewegen! Tolpan brachte es zum Halten. Der Kender sah ängstlich nach oben zu den Zinnen, erwartete die gesamte Garnison auf ihn losdonnern zu sehen, um ihn festzunehmen. Aber offenbar lauschten die Ritter nur dem Knurren ihrer leeren Mägen.

Tolpan wandte sich wieder dem Gitter zu. Zwischen den scharfen Eisenspitzen und den Steinen war ein kleiner Freiraum – groß genug für einen Kender. Tolpan verschwendete keine Zeit, um sich über die Konsequenzen Gedanken zu machen. Er schlängelte sich unter den Eisenspitzen durch.

Dann fand er sich in einem riesigen Korridor wieder. Er konnte jedoch nicht viel erkennen. Aber an den Mauern waren alte Fackeln. Nach einigen Sprüngen bekam Tolpan eine zu fassen und zündete sie mit Flints Zunderbüchse an, die er zufällig in seinem Beutel gefunden hatte.

Jetzt konnte Tolpan den Korridor deutlich sehen. Er verlief direkt in das Herz des Turms. Seltsame Säulen reihten sich an allen Seiten wie ungleichmäßige Zähne. Hinter einer Säule sah er nur eine Nische.

Der Korridor selbst war leer. Enttäuscht ging Tolpan weiter in der Hoffnung, etwas Interessantes zu finden. Er kam zu einem zweiten Gitter, das zum Verdruß des Kenders bereits geöffnet war. »Alles Einfache bedeutet mehr Ärger, als es wert ist«, hieß ein altes Kendersprichwort. Tolpan trat durch dieses Gitter in einen zweiten Korridor, der enger als der erste war, aber mit den gleichen seltsamen zahnähnlichen Säulen an beiden Seiten.

Warum einen Turm bauen, den man so einfach betreten kann? fragte sich Tolpan. Die äußere Mauer war gewaltig, aber erst einmal passiert, könnten fünf betrunkene Zwerge diesen Platz einnehmen. Tolpan spähte nach oben. Und warum so hoch? Der Hauptkorridor war viele Meter hoch!

Vielleicht waren die Ritter früher Riesen gewesen, spekulierte der Kender interessiert, während er weiterschlich und in jede Tür spähte und in jeder Ecke stöberte.

Am Ende des zweiten Korridors stieß er auf ein drittes Gitter. Dieses unterschied sich jedoch von den anderen beiden und war so seltsam wie der ganze übrige Turm. Es bestand aus zwei Hälften, die zusammenglitten, um sich in der Mitte zu treffen. Am merkwürdigsten war, daß ein großes Loch direkt in der Mitte eingeschnitten war!

Tolpan kroch durch dieses Loch und betrat einen kleineren Raum. Ihm gegenüber waren zwei große Stahltüren. Er wollte sie öffnen und war erstaunt, sie verschlossen zu finden. Keines der Gitter war verschlossen gewesen. Es gab nichts zu beschützen.

Nun, zumindest gab es etwas, was ihn beschäftigt hielt und von seinem leeren Magen ablenkte. Er kletterte auf eine Steinbank und steckte die Fackel in eine Wandhalterung, dann begann er seine Beutel zu durchsuchen. Schließlich fand er den Satz mit Dietrichen, der das Geburtsrecht eines jeden Kenders ist. »Warum den Zweck der Tür beleidigen, indem man sie verschließt?« war ein Lieblingsspruch der Kender.

Schnell wählte Tolpan den richtigen Dietrich aus und machte sich an die Arbeit. Das Schloß war einfach. Es machte *klick,* und Tolpan verstaute zufrieden sein Werkzeug, als die Tür sich nach innen öffnete. Der Kender stand einen Moment da, horchte aufmerksam. Er konnte nichts hören. Er sah auch nichts, als er nach innen spähte. Er kletterte auf die Steinbank, holte seine Fackel und schlich vorsichtig durch die Stahltür.

Er hielt seine Fackel hoch und erkannte, daß er sich in einem großen, kreisrunden Raum befand. Tolpan seufzte. Der große Raum war leer außer einem verstaubten Gegenstand mitten im Raum, der einem alten Springbrunnen glich. Zudem fand seine Reise hier ihr Ende, denn obwohl es noch zwei weitere Türen gab, die aus dem Raum führten, war es dem Kender klar, daß sie zu den beiden anderen Korridoren zurückführten. Das war das Herz des Turms. Dies war der heilige Ort. Dafür dieses ganze Theater.

Nichts.

Tolpan ging durch den Raum und leuchtete mit seiner Fackel hier und dort. Schließlich ging der verstimmte Kender zum Brunnen, um ihn zu untersuchen, bevor er den Raum wieder verlassen wollte.

Als Tolpan sich näherte, sah er, daß es sich überhaupt nicht um einen Brunnen handelte, aber der Staub war so dick, daß er nichts richtig erkennen konnte. Der Gegenstand war so hoch wie der Kender. Die runde Oberfläche wurde von einem schlanken dreibeinigen Gestell getragen.

Tolpan untersuchte alles aufmerksam, dann holte er tief Luft und blies so fest, wie er konnte. Der Staub flog in seine Nase, und er mußte kräftig niesen und ließ dabei fast die Fackel fallen. Einen Moment lang konnte er überhaupt nichts sehen. Dann setzte sich der Staub, und er sah, was da vor ihm stand. Sein Herz sprang in seine Kehle.

»O nein!« stöhnte Tolpan. Er wühlte in einem Beutel, zog ein Taschentuch hervor und rieb an dem Gegenstand. Der Staub fiel leicht ab, und er wußte jetzt, was es war. »Verdammt!« sagte er verzweifelt. »Ich hatte recht. Was soll ich jetzt nur machen?«

Am nächsten Morgen ging die Sonne rot auf und schimmerte durch einen Rauchnebel, der sich über der Drachenarmee erhob. Im Hof des Turms des Oberklerikers hatten sich die Schatten der Nacht noch nicht gelüftet, als hundert Ritter ihre Pferde bestiegen, ihre Gurte anzogen, nach ihren Schildern riefen oder ihre Rüstungen anschnallten, während tausend Fußleute umhereilten und ihren angemessenen Platz in der Linie suchten.

Sturm, Laurana und Füst Alfred standen in einem dunklen Türeingang und beobachteten schweigend, wie Fürst Derek, der seine Männer anlachte und ihnen Witze erzählte, in den Hof ritt. Der Ritter sah in seiner Rüstung prächtig aus. Seine Männer hatten gute Laune, der Gedanke an die Schlacht ließ sie ihren Hunger vergessen.

»Du mußt sie aufhalten, mein Fürst«, sagte Sturm ruhig.

»Das kann ich nicht!« antwortete Fürst Alfred und zog seine Handschuhe an. Sein Gesicht wirkte im Morgenlicht verhärmt. Er hatte die ganze Nacht nicht geschlafen. »Der Maßstab gibt ihm das Recht, diese Entscheidung zu treffen.«

Vergeblich hatte Alfred mit Derek gestritten, versucht, ihn zu überzeugen, noch einige Tage zu warten! Der Wind begann sich bereits zu drehen und brachte warme Luft aus dem Norden.

Aber Derek hatte nicht nachgegeben. Er würde hinausreiten und die Drachenarmee auf dem Schlachtfeld herausfordern. Daß die Drakonier in der Überzahl waren, darüber lachte er nur verächtlich. Seit wann kämpfen Goblins wie die Ritter von Solamnia? Die Ritter waren in den Goblin- und Ogerkriegen an der Vingaard-Burg vor hundert Jahren zahlenmäßig fünfzig zu eins unterlegen gewesen.

»Aber du kämpfst auch gegen Drakonier«, warnte Sturm. »Sie sind nicht wie die Goblins. Sie sind intelligent und erfahren. In ihren Reihen sind Magier, und ihre Waffen sind die besten auf Krynn. Selbst wenn sie tot sind, haben sie die Macht zu töten...«

»Ich denke, ich werde mit ihnen fertig, Feuerklinge«, unterbrach Derek ihn barsch. »Und jetzt schlage ich vor, daß du deine Männer weckst und ihnen sagst, daß sie sich bereitmachen sollen.«

»Das werde ich nicht tun«, antwortete Sturm entschlossen. »Und ich werde meinen Männern auch nicht befehlen, zu gehen.«

Derek erblaßte vor Wut. Einen Moment lang konnte er nicht sprechen. Selbst Fürst Alfred wirkte schockiert.

»Sturm«, begann Alfred langsam, »weißt du, was du tust?«

»Ja, mein Fürst«, antwortete Sturm. »Wir sind die einzigen zwischen der Drachenarmee und Palanthas. Wir wagen nicht, diese Garnison unbemannt zu lassen. Ich behalte mein Kommando hier.«

»Einen direkten Befehl mißachten«, sagte Derek schweratmend. »Du bist Zeuge, Fürst Alfred. Dieses Mal *gehört* mir sein

Kopf!« Er stolzierte weg. Fürst Alfred folgte ihm mit grimmigem Gesicht und ließ Sturm zurück.

Am Ende überließ Sturm seinen Männern die Entscheidung. Entweder konnten sie bei ihm bleiben, ohne selbst ein Risiko zu tragen – denn sie gehorchten nur dem Befehl ihres Offiziers – oder sie konnten Derek begleiten. Es war die gleiche Möglichkeit, erwähnte er, die auch Vinas Solamnus seinen Männern vor langer Zeit eingeräumt hatte, als die Ritter gegen den korrupten Kaiser von Ergod rebelliert hatten. Die Männer brauchten nicht an diese Legende erinnert zu werden. Sie sahen es als ein Zeichen, und wie auch bei Solamnus entschieden die meisten, bei ihrem Hauptmann zu bleiben, den sie bewunderten und respektierten.

Jetzt sahen sie mit grimmigen Gesichtern zu, wie ihre Freunde sich auf den Ritt vorbereiteten. Es war der erste offene Bruch in der langen Geschichte der Ritterschaft, und der Moment war schmerzlich.

»Bedenke es noch einmal, Sturm«, sagte Fürst Alfred, als der Ritter ihm auf sein Pferd half. »Fürst Derek hat recht. Die Drakonier sind nicht so gut ausgebildet wie die Ritter. Die Wahrscheinlichkeit ist sehr hoch, daß wir erfolgreich sind.«

»Ich bete, daß das stimmt, mein Herr«, sagte Sturm standhaft.

Alfred musterte ihn traurig. »*Wenn* es stimmt, Feuerklinge, wird Derek dafür sorgen, daß du für diese Sache angeklagt und hingerichtet wirst. Und Gunther wird ihn nicht aufhalten können.«

»Diesen Tod würde ich gern auf mich nehmen, mein Fürst, wenn ich dadurch aufhalten kann, was, wie ich befürchte, eintreten wird«, erwiderte Sturm.

»Verdammt, Mann!« explodierte Fürst Alfred. »Wenn wir besiegt *werden*, was willst du dann durch dein Hierbleiben erreichen? Du könntest nicht einmal eine Armee von Gossenzwergen mit deinen wenigen Männern aufhalten! Angenommen, die Straßen werden frei! Du wirst nicht in der Lage sein, den Turm zu halten, bis aus Palanthas Verstärkung kommt.«

»Zumindest können wir für Palanthas Zeit für die Evakuierung der Bürger herausschinden, wenn...«

Fürst Derek Kronenhüter drängte sein Pferd zwischen die seiner Männer. Er starrte auf Sturm herab, seine Augen glitzerten aus den Schlitzen seines Helms, dann hob er seine Hand um Ruhe.

»Gemäß dem Maßstab, Sturm Feuerklinge«, begann Derek, »beschuldige ich dich hiermit der Verschwörung und...«

»Zum Abgrund mit dem Maßstab!« knurrte Sturm, der seine Geduld verlor. »Wohin hat uns denn der Maßstab gebracht? Zersplittert, eifersüchtig, verrückt! Selbst unsere eigenen Leute ziehen es vor, mit den Armeen unseres Feindes zu verhandeln! Der Maßstab hat versagt!«

Ein tödliches Schweigen fiel über die Ritter im Hof, das nur von dem ruhelosen Tänzeln eines Pferdes oder dem Klirren einer Rüstung unterbrochen wurde.

»Bete um meinen Tod, Sturm Feuerklinge«, sagte Derek leise, »oder ich werde deine Kehle bei der Hinrichtung persönlich aufschlitzen!« Ohne ein weiteres Wort spornte er sein Pferd an und trabte zur Spitze der Kolonne.

»Öffnet die Tore!« rief er.

Die Morgensonne kletterte über den Rauch und stieg am blauen Himmel hoch. Der Wind blies aus dem Norden und ließ die Flagge an der Turmspitze flattern. Rüstungen blitzten auf. Schwerter schlugen gegen Schilde und Trompeten ertönten, als die Männer durch die offenen Tore stürmten.

Derek hob sein Schwert hoch in die Luft. Nach seinem Schlachtton galoppierte er vorwärts. Die Ritter hinter ihm wiederholten die Herausforderung und ritten auf das Schlachtfeld, wo vor langer Zeit Huma in seinen glorreichen Sieg geritten war. Die Gefolgsleute marschierten, ihre Schritte stapften laut auf den Pflastersteinen. Einen Moment lang schien es, daß Fürst Alfred Sturm und den jungen Rittern etwas sagen wollte. Aber er schüttelte nur den Kopf und ritt fort.

Die Tore schlossen sich hinter ihm. Die schwere Eisenstange wurde vorgeschoben. Sturms Männer rannten zu den Zinnen.

Sturm stand mitten im Hof, sein ausgemergeltes Gesicht war ohne jeden Ausdruck.

Der junge und gutaussehende Kommandant der Drachenarmee in der Abwesenheit der Finsteren Herrin war gerade erwacht, um sein Frühstück einzunehmen und einen weiteren langweiligen Tag zu beginnen, als ein Kundschafter in das Lager galoppierte.

Kommandant Bakaris starrte voller Abscheu auf den Kundschafter. Der Mann ritt wild durch das Lager, sein Pferd warf Kochtöpfe und Goblins um. Drakonierwachen sprangen auf die Füße, schüttelten die Fäuste und fluchten. Aber der Kundschafter ignorierte sie.

»Die Fürstin!« schrie er und glitt vor dem Zelt vom Pferd. »Ich muß die Fürstin sehen.«

»Die Fürstin ist nicht da«, sagte der Helfer des Kommandanten.

»Ich vertrete sie«, schnarrte Bakaris. »Was ist los?«

Der Kundschafter sah sich schnell um, da er keinen Fehler begehen wollte. Aber es gab weder von der fürchterlichen Finsteren Herrin noch von ihrem blauen Drachen ein Zeichen.

»Die Ritter reiten auf das Feld zu!«

»Was?« Der Kiefer des Kommandanten sackte herunter. »Bist du sicher?«

»Ja!« Der Kundschafter sprach unzusammenhängend. »Habe sie gesehen! Hunderte auf Pferden! Wurfspieße und Schwerter. Tausend zu Fuß.«

»Sie hatte recht!« sagte Bakaris leise voller Bewunderung. »Jetzt haben die Dummköpfe den Fehler begangen!«

Er rief nach seinen Dienern und eilte zu seinem Zelt zurück. »Blast zum Alarm«, befahl er und rasselte seine Befehle herunter. »Laßt die Hauptmänner in fünf Minuten zum letzten Befehlsempfang antreten.« Seine Hände zitterten vor Aufregung, als er seine Rüstung anlegte. »Und schickt den Flugdrachen nach Treibgut mit einer Nachricht für die Fürstin.«

Goblindiener rannten in alle Richtungen, und bald ertönten

die Hörner, die im ganzen Lager widerhallten. Der Kommandant warf einen letzten schnellen Blick auf die Karte, dann ging er zum Treffen mit seinen Offizieren.

Zu schade, dachte er kühl beim Gehen. Der Kampf wird vermutlich vorüber sein, wenn sie die Nachricht erhält. Wie schade. Sie wollte doch so gern bei dem Fall des Turms des Oberklerikers dabei sein. Aber, überlegte er weiter, vielleicht werden wir morgen die Nacht gemeinsam in Palanthas verbringen – sie und ich.

Tod auf dem Schlachtfeld
Tolpans Entdeckung

Die Sonne stieg hoch an den Himmel. Die Ritter standen auf den Zinnen des Turms und starrten auf die Ebene, bis ihre Augen schmerzten. Jedoch konnten sie nur eine riesige schwarze Woge erkennen, kriechende Gestalten, die über das Feld schwärmten, bereit, die mutig voranschreitenden, schlanken silberglänzenden Speere zu verschlingen.

Die Armeen trafen aufeinander. Die Ritter strengten ihre Augen an, aber ein nebliger Grauschleier kroch über das Land. Die Luft wurde von einem widerlichen Geruch erfüllt. Der Nebel wurde immer dichter und verdunkelte fast die Sonne.

Jetzt konnten sie nichts mehr erkennen. Der Turm schien in einem Nebel zu schweben, der sogar die Geräusche dämpfte. Anfangs hatten sie das Zusammenschlagen der Waffen und die Schreie der Sterbenden gehört. Aber selbst das verblaßte, und dann war alles ganz ruhig.

Der Tag schleppte sich weiter. Laurana schritt in ihrer nur von Kerzen beleuchteten Kammer auf und ab. Der Kender war bei ihr. Als Laurana aus dem Turmfenster sah, konnte sie Sturm und Flint erkennen, die auf den Zinnen unter ihr standen.

Ein Diener brachte ihr ein Stück hartes Brot und Trockenfleisch, ihre Tagesration. Demnach durfte es erst Nachmittag sein. Dann wurde sie von einer Bewegung auf den Zinnen abgelenkt. Sie sah einen Mann in schlammbespritzten Lederkleidern auf Sturm zugehen. Ein Bote, dachte sie. Eilig zog sie ihre Rüstung an.

»Kommst du?« fragte sie Tolpan. Plötzlich fiel ihr auf, daß der Kender merkwürdig ruhig war. »Ein Bote aus Palanthas ist gekommen!«

»Vermutlich«, sagte Tolpan ohne Interesse.

Laurana runzelte die Stirn, hoffte, daß er wegen der kargen Mahlzeiten nicht krank würde. Aber Tolpan schüttelte den Kopf.

»Mir geht es gut«, murmelte er. »Es ist nur diese dumme graue Luft.«

Laurana vergaß ihn wieder, als sie die Stufen hinuntereilte.

»Neuigkeiten?« fragte sie Sturm, der vergeblich über die Mauer auf das Schlachtfeld spähte. »Ich habe einen Boten gesehen...«

»O ja.« Er lächelte müde. »Gute Nachrichten, glaube ich. Die Straße nach Palanthas ist frei. Der Schnee ist soweit geschmolzen, daß man durchkommt. Ich habe einen Reiter, der eine Botschaft nach Palanthas bringen kann, falls wir...« Er hielt abrupt inne, dann holte er tief Luft. »Ich möchte, daß du dich bereithältst und mit ihm nach Palanthas reitest.«

Laurana hatte einen derartigen Vorschlag erwartet und ihre Antwort vorbereitet. Aber jetzt, da die Zeit gekommen war, konnte sie nicht reden. Die bittere Luft trocknete ihren Mund aus, ihre Zunge schien geschwollen. Nein, das war es nicht, sagte sie sich. Sie hatte Angst. Gib es zu. Sie *wollte* nach Palanthas zurück! Sie wollte von diesem düsteren Ort weg, wo der Tod in den Schatten lauerte. Sie ballte ihre Fäuste und schlug nervös mit ihrer behandschuhten Hand auf den Stein, um sich zu fassen.

»Ich bleibe hier, Sturm«, sagte sie. Als sie nach einer Pause ihre Stimme unter Kontrolle hatte, fuhr sie fort: »Ich weiß, was du mir nun sagen willst, aber hör mir bitte erst zu. Du wirst alle erfahrenen Krieger benötigen. Und du weißt, daß ich Erfahrung habe.«

Sturm nickte. Sie hatte recht. Unter seinem Kommando waren wenige, die so gut mit einem Bogen umgehen konnten. Sie war eine trainierte Schwertkämpferin. Sie war kampferfahren – etwas, was er von den meisten der jungen Ritter nicht sagen konnte. Er nickte zustimmend. Trotzdem wollte er sie irgendwie wegschicken.

»Ich bin die einzige, die die Drachenlanze anwenden kann…«

»Flint kann das auch«, unterbrach Sturm ruhig.

Laurana fixierte den Zwerg mit einem durchdringenden Blick. Flint fühlte sich in der Klemme zwischen zwei Leuten, die er liebte und bewunderte; er errötete und räusperte sich. »Das stimmt«, sagte er heiser, »aber ich… uh… muß zugeben, äh, Sturm, daß ich ein wenig klein *bin.*«

»Aber wir haben keine Anzeichen von Drachen gesehen«, sagte Sturm, als Laurana ihm einen triumphierenden Blick zuwarf. »Aus den Berichten geht hervor, daß sie sich weiter südlich befinden und um die Kontrolle über Thelgaard kämpfen.«

»Aber du glaubst doch, daß die Drachen unterwegs sind, oder?« gab Laurana zurück.

Sturm wirkte unruhig. »Vielleicht«, murmelte er.

»Du kannst nicht lügen, Sturm, also fang erst gar nicht damit an. Ich bleibe. Tanis würde genauso handeln…«

»Verdammt, Laurana!« sagte Sturm, sein Gesicht lief rot an.

»Lebe dein eigenes Leben! *Du* kannst nicht Tanis sein! *Ich* kann nicht Tanis sein! Er ist nicht hier! Wir müssen dieser Tatsache ins Gesicht sehen!« Der Ritter drehte sich plötzlich um. »Er ist nicht hier«, wiederholte er barsch.

Flint seufzte und blickte traurig zu Laurana. Niemand nahm von Tolpan Notiz, der zusammengekauert in einer Ecke hockte.

Laurana legte ihren Arm um Sturm. »Ich weiß, daß ich nicht der Freund bin, der Tanis für dich ist, Sturm. Diesen Platz kann ich niemals einnehmen. Aber ich tue mein Bestes, um dir zu helfen. Das meinte ich gerade damit. Du brauchst mich nicht anders als deine Ritter zu behandeln...«

»Ich weiß, Laurana«, sagte Sturm. Er legte seinen Arm um sie und drückte sie eng an sich. »Es tut mir leid, daß ich dich angeschrien habe.« Sturm seufzte. »Und du weißt, warum ich dich wegschicken muß. Tanis würde es mir nie verzeihen, wenn dir etwas zustieße.«

»Doch, das würde er«, antwortete Laurana leise. »Er würde es verstehen. Er sagte mir einst, daß eine Zeit kommt, wo du dein Leben für eine Sache riskierst, die dir mehr bedeutet als das Leben. Verstehst du nicht, Sturm? Wenn ich mich in Sicherheit begebe, meine Freunde zurücklasse, würde er sagen, daß er das versteht. Aber tief innen würde er es nicht verstehen. Weil es so weit von dem entfernt ist, was er selber tun würde. Außerdem«, sie lächelte, »selbst wenn es keinen Tanis in dieser Welt gäbe, könnte ich meine Freunde nicht im Stich lassen.«

Sturm sah in ihre Augen und erkannte, daß er sie nicht überreden konnte. Schweigend hielt er sie fest. Sein anderer Arm ging zu Flints Schulter und zog den Zwerg näher.

Tolpan, der plötzlich in Tränen ausbrach, stand auf und schlang sich um sie und schluchzte wild. Sie starrten ihn erstaunt an.

»Tolpan, was ist los?« fragte Laurana beunruhigt.

»Es ist alles meine Schuld! Eine habe ich schon zerbrochen! Bin ich denn verdammt, in der Welt herumzulaufen und diese Dinge zu zerbrechen?« wimmerte Tolpan wirr.

»Beruhige dich«, sagte Sturm streng. Er schüttelte den Kender. »Wovon redest du überhaupt?«

»Ich habe noch eine gefunden«, blubberte Tolpan. »Ganz unten in einer großen, leeren Kammer.«

»Noch eine was, du Dummkopf?« fragte Flint wütend.

»Noch eine Kugel der Drachen!« plärrte Tolpan.

Die Nacht legte sich wie ein dichter, schwerer Nebel über den Turm. Die Ritter hielten schweigsam Wache auf den Zinnen, strengten sich an, etwas zu hören oder zu sehen – irgend etwas...

Dann, es war schon fast Mitternacht, zuckten sie zusammen, als sie etwas hörten, nicht die siegreichen Rufe ihrer Kameraden oder die flachen, gellenden Hörner des Feindes, sondern das Klingeln von Pferdegeschirr, das leise Wiehern von Pferden, die sich der Festung näherten.

Die Ritter eilten zum Rand der Zinnen und hielten die Fakkeln nach unten in den Nebel. Langsam kamen die Hufschläge zum Halten.

Sturm stand innen am Tor. »Wer reitet zum Turm des Oberklerikers?« rief er.

Eine einzige Fackel flackerte auf. Laurana, die in die neblige Dunkelheit starrte, fühlte ihre Knie schwach werden und klammerte sich an die Steinwand. Die Ritter schrien entsetzt auf.

Der Reiter, der die Fackel hielt, war in die glänzende Rüstung eines Offiziers der Drachenarmee gekleidet. Er war blond, seine Gesichtszüge waren gutaussehend, kalt und grausam. Er führte ein zweites Pferd mit sich, über das zwei Körper geworfen waren – einer von ihnen war ohne Kopf, der andere blutig und entstellt.

»Ich habe deine Offiziere zurückgebracht«, sagte der Mann, seine Stimme klang barsch und schmetternd. »Einer ist tot, wie du sehen kannst. Aber der andere lebt wohl noch. Oder lebte jedenfalls, bevor ich losritt. Ich hoffe, er lebt noch, damit er dir erzählen kann, was sich heute auf dem Schlachtfeld zugetragen hat, wenn man es überhaupt als Schlacht bezeichnen kann.«

Im Licht seiner Fackel stieg der Offizier vom Pferd. Er begann, die Körper abzubinden. Dann blickte er hoch.

»Ja, ihr könntet mich jetzt töten. Ich stelle ein gutes Ziel dar, selbst im Nebel. Aber das werdet ihr nicht. Ihr seid Ritter von Solamnia«, sein Sarkasmus war beißend. »Die Ehre ist euer Leben. Ihr würdet nicht auf einen unbewaffneten Mann schießen, der die Körper eurer Führer zurückbringt.« Er zerrte an den Seilen. Der Körper ohne Kopf glitt zu Boden. Der Offizier zog den anderen Körper aus dem Sattel. Er warf die Fackel in den Schnee neben die Körper. Sie zischte und erlosch, und die Dunkelheit verschluckte den Mann.

»Draußen auf dem Feld habt ihr ein Übermaß an Ehre«, rief er. Die Ritter konnten das Leder knirschen und seine Rüstung klimpern hören, als er sein Pferd bestieg. »Ich gebe euch bis morgen Zeit, um euch zu ergeben. Wenn die Sonne aufgeht, holt eure Flagge ein. Die Drachenfürstin wird gnädig mit euch verhandeln...«

Plötzlich spannte sich ein Bogen, ein Pfeil surrte durch die Luft und traf auf Fleisch. Von unten hörte man ein erschrockenes Fluchen. Die Ritter drehten sich um und starrten erstaunt auf eine einsame Gestalt an der Mauer mit einem Bogen in der Hand.

»Ich bin kein Ritter«, rief Laurana und senkte ihren Bogen. »Ich bin Lauralanthalasa, Tochter der Qualinesti. Wir Elfen haben unseren eigenen Ehrenkodex, und du weißt sicherlich, daß ich dich ganz gut in der Dunkelheit erkennen kann. Ich hätte dich töten können. So wie es aussieht, wirst du wohl lange Zeit deinen Arm nur wenig benutzen können. In der Tat wirst du niemals wieder ein Schwert halten können.«

»Das ist unsere Antwort an deine Fürstin«, sagte Sturm barsch. »Eher werden wir tot in der Kälte liegen, als unsere Flagge einzuholen!«

»Das werdet ihr in der Tat!« sagte der Offizier mit zusammengepreßten Zähnen. Die galoppierenden Hufe verloren sich in der Dunkelheit.

»Holt sie herein«, befahl Sturm.

Vorsichtig öffneten die Ritter die Tore. Einige eilten hervor, um die anderen zu decken, die behutsam die Körper anhoben und sie hineintrugen. Dann zog sich die Wache in die Festung zurück und verschloß die Tore hinter sich.

Sturm kniete im Schnee neben dem Körper des geköpften Ritters. Er hob den Arm des Mannes und zog einen Ring von den steifen kalten Fingern ab. Die Rüstung des Ritters war zerbeult und schwarz von Blut. Er ließ die leblose Hand wieder in den Schnee fallen und senkte seinen Kopf: »Fürst Alfred«, sagte er tonlos.

»Herr«, sagte einer der jungen Ritter, »der andere ist Fürst Derek. Der dreckige Drachenoffizier hatte recht – er lebt noch.«

Sturm erhob sich und ging zu Derek, der auf den kalten Steinen lag. Das Gesicht des Fürsten war weiß, seine Augen weit aufgerissen und fiebrig glänzend. Blut klebte an seinen Lippen, seine Haut war feuchtkalt. Einer der jungen Ritter stützte ihn und hielt einen Becher Wasser an seine Lippen, aber Derek konnte nicht trinken.

Sturm wurde übel vor Entsetzen, als er sah, daß Derek seine Hand auf seinen Bauch gedrückt hielt, aus dem das Blut quoll, aber nicht schnell genug, um seine Todesqualen zu beenden. Derek warf Sturm ein grausiges Lächeln zu und umklammerte seinen Arm mit einer blutigen Hand.

»Sieg!« krächzte er. »Sie liefen vor uns, und wir verfolgten sie! Es war glorreich, glorreich! Und ich... ich werde Großmeister!« Er würgte, Blut spritzte aus seinem Mund, als er wieder in die Arme des jungen Ritters fiel, der hoffnungsvoll zu Sturm hochblickte.

»Glaubt Ihr, daß er in Ordnung ist? Vielleicht war das eine List...« Seine Stimme erstarb beim Anblick von Sturms düsterem Gesicht, und er sah mit Mitleid auf Derek nieder. »Er ist verrückt, nicht?«

»Er stirbt – mutig – wie ein wahrer Ritter«, sagte Sturm.

»Sieg!« wisperte Derek, dann wurden seine Augen starr und blickten, ohne zu sehen, in den Nebel.

»Nein, du darfst sie nicht zerbrechen«, sagte Laurana.

»Aber Fizban hat gesagt...«

»Ich weiß, was er gesagt hat«, erwiderte Laurana ungeduldig. »Sie ist nicht böse, sie ist nicht gut, sie ist nichts, sie ist alles. Das«, murmelte sie, »sieht Fizban ähnlich!«

Sie stand mit Tolpan vor der Kugel der Drachen. Die Kugel ruhte auf ihrem Ständer mitten im kreisrunden Raum. Der Raum war dunkel und auf unheimliche Weise still, so still, daß Tolpan und Laurana sich veranlaßt fühlten zu flüstern.

Laurana starrte nachdenklich auf die Kugel. Tolpan starrte Laurana unglücklich an, weil er wußte, was sie dachte.

»Diese Kugeln müssen funktionieren, Tolpan!« sagte Laurana schließlich. »Sie wurden von mächtigen Magiern geschaffen! Von Leuten wie Raistlin, die *keine* Fehler tolerieren. Wenn wir nur wüßten, wie...«

»Ich weiß wie«, sagte Tolpan mit gebrochener Stimme.

»Was?« fragte Laurana. »Du weißt es! Warum hast du nicht...«

»Ich wußte nicht, daß ich es wußte – sozusagen«, stammelte Tolpan. »Es ist mir gerade eingefallen. Gnosch, der Gnom, erzählte mir, daß er in der Kugel eine Schrift entdeckt hat, Buchstaben, die im Nebel herumschwirren. Er konnte sie nicht lesen, weil sie in einer seltsamen Sprache geschrieben waren...«

»Die Sprache der Magie.«

»Ja, das sagte ich auch und...«

»Aber das hilft uns nicht weiter! Keiner von uns kann diese Sprache. Wenn nur Raistlin...«

»Wir brauchen Raistlin nicht«, unterbrach Tolpan. »Ich kann sie zwar nicht sprechen, aber ich kann sie lesen. Verstehst du, ich habe diese Gläser – die Augengläser des Wahren Blicks, so hat Raistlin sie genannt. Mit ihnen kann ich alle Sprachen lesen – sogar die Sprache der Magie. Ich weiß das, weil er mir gesagt hat, wenn er mich beim Lesen seiner Bücher erwischte, würde er mich in eine Grille verwandeln und verschlingen.«

»Und du glaubst, daß du die Schrift in der Kugel lesen kannst?«

»Ich kann es versuchen«, wich Tolpan aus, »aber, Laurana, Sturm hat gesagt, daß wahrscheinlich keine Drachen kommen würden. Warum sollten wir dann das Risiko mit der Kugel eingehen. Fizban hat gesagt, daß nur die mächtigsten Magier wagen, sie zu benutzen.«

»Hör mir zu, Tolpan Barfuß«, sagte Laurana und kniete sich neben den Kender und sah ihm direkt in die Augen. »Wenn sie auch nur *einen* Drachen hierher schicken, sind wir erledigt. Darum haben sie uns Zeit gelassen, uns zu ergeben, anstatt den Turm zu stürmen. Sie brauchen diese Zeit, um die Drachen zu holen. Wir müssen diese Chance wahrnehmen!«

Ein dunkler Weg und ein leichter Weg, erinnerte sich Tolpan an Fizbans Worte und ließ den Kopf hängen. *Tod für jene, die du liebst, aber du hast den Mut.*

Langsam griff Tolpan in die Tasche seiner Wollweste, holte die Brille hervor und legte die Bügel über seine spitzen Ohren.

Die Sonne geht auf
Dunkelheit bricht herein

Der Nebel hob sich mit der Morgendämmerung. Der Tag brach hell und klar an – so klar, daß Sturm von den Zinnen das schneebedeckte Grasland seines Geburtsortes in der Nähe der Vingaard-Burg erkennen konnte – ein Land, das nun völlig von den Drachenarmeen kontrolliert wurde. Die ersten Sonnenstrahlen schienen auf die Flagge der Ritter. Das goldene Emblem glitzerte im Morgenlicht. Dann hörte Sturm die rauhen, schmetternden Hörner.

Die Drachenarmee marschierte auf den Turm zu.

Die jungen Ritter – ungefähr hundert an der Zahl – standen

schweigend auf den Zinnen und beobachteten die riesige Armee, die mit der Unermüdlichkeit gieriger Insekten über das Land kroch.

Anfangs hatte sich Sturm über die Worte des sterbenden Ritters gewundert. »Sie liefen vor uns!« Warum war die Drachenarmee gerannt? Dann verstand er: Die Drakonier hatten sich die Prahlerei der Ritter in einem uralten, jedoch simplen Manöver zunutze gemacht. Sich vor dem Feind zurückziehen... nicht zu schnell, aber daß es den Anschein hat, die vorderen Reihen würden sich fürchten. Laß den Eindruck entstehen, daß sie in Panik ausbrechen. Laß deinen Feind ruhig angreifen. Dann arbeiten sich deine Armeen heran, umzingeln ihn und schneiden ihn in Stücke.

Sturm brauchte sich die Leichname nicht anzusehen – die in der Ferne im niedergetrampelten blutigen Schnee kaum sichtbar waren –, um zu erkennen, daß er die Lage richtig beurteilt hatte. Sie lagen dort, wo sie verzweifelt versucht hatten, sich neu zu gruppieren. Es war jetzt gleichgültig, wie sie gestorben waren. Er fragte sich nur, wer auf *seinen* Körper sehen würde, wenn alles vorüber war.

Flint spähte durch einen Spalt in der Mauer. »Zumindest werde ich im Trockenen sterben«, murrte der Zwerg.

Sturm lächelte leicht und strich sich seinen Schnurrbart. Seine Augen wanderten nach Osten. Als er über das Sterben nachdachte, sah er auf das Land, in dem er geboren worden war – eine Heimat, die er kaum kannte, ein Vater, an den er sich kaum erinnerte, ein Volk, das seine Familie ins Exil getrieben hatte. Und jetzt gab er sein Leben, um dieses Land zu verteidigen. Warum? Warum ging er nicht einfach nach Palanthas zurück?

Sein ganzes Leben lang hatte er den Kodex und den Maßstab befolgt. Der Kodex: *Est Sularus oth Mithas* – Die Ehre ist mein Leben. Der Kodex war das einzige, was ihm noch geblieben war. Der Maßstab hatte versagt. Rigide, unflexibel, hatte der Maßstab die Ritter in Stahl eingeschlossen, der schwerer und dicker war als ihre Rüstungen. Die Ritter, im Überlebenskampf isoliert, hatten sich verzweifelt an den Maßstab geklammert – und nicht bemerkt, daß er ein Anker war, der sie nach unten zog.

Warum bin ich anders, fragte sich Sturm. Aber er wußte die Antwort. Es lag an dem Zwerg, dem Kender, dem Magier, dem Halb-Elf… Sie hatten ihn gelehrt, die Welt durch andere Augen zu sehen: Schlitzaugen, kleinere Augen, sogar Stundenglasaugen. Ritter wie Derek sahen die Welt nur schwarz und weiß. Sturm hatte die Welt in all ihren Farben gesehen.

»Es ist Zeit«, sagte er zu Flint. Die beiden stiegen von dem hohen Aussichtspunkt hinunter, gerade als die ersten Giftpfeile des Feindes über die Mauern surrten.

Kreischend und gellend, mit schmetternden Hörnern und klirrenden Schildern und Schwertern griff die Drachenarmee den Turm des Oberklerikers an, als das schwache Sonnenlicht den Himmel erfüllte.

Bei Abendanbruch flatterte die Flagge noch. Der Turm stand.

Aber die Hälfte seiner Verteidiger war tot.

Die Lebenden hatten den ganzen Tag keine Zeit gehabt, die starren Augen der Gefallenen zu schließen oder die verzerrten, im Todeskampf erstarrten Glieder zu richten. Ruhe kam erst mit der Nacht, als sich die Drachenarmee zurückzog.

Sturm schritt auf den Zinnen, sein Körper schmerzte vor Müdigkeit. Jedoch immer wenn er versuchte, sich auszuruhen, zuckten angespannte Muskeln, und sein Gehirn schien zu brennen. Und so ging er umher – vor und zurück, vor und zurück – mit langsamen, gemessenen Schritten. Er konnte nicht wissen, daß sein fester Gang das Entsetzen des Tages aus den Gedanken der jungen Ritter vertrieb. Ritter im Hof, die die Körper ihrer Freunde und Kameraden aufbahrten und dachten, daß am nächsten Tag ein anderer das für sie selbst tun würde, hörten Sturms festen Schritt und spürten ihre Angst vor dem nächsten Tag schwinden.

Sein Auf- und Abgehen schien alle zu beruhigen, nur ihn selbst nicht. Sturms Gedanken waren düster und quälend: Gedanken an Niederlage; Gedanken an unehrenhaftes Sterben; marternde Erinnerungen an den Traum: sein Körper von den elenden Kreaturen zerhackt und verstümmelt. Würde der Traum sich bewahrheiten? Würde er am Ende versagen, unfähig, die Angst zu bekämpfen? Würde der Kodex ihn im Stich lassen, so wie der Maßstab?

Stapf... stapf... stapf... stapf...

Hör auf! sagte sich Sturm wütend. Du bist bald genauso verrückt wie der arme Derek. Er drehte sich abrupt um und sah sich Laurana gegenüber. Seine Augen trafen ihre, und die düsteren Gedanken hellten sich auf. Solange solch ein Friede und solch eine Schönheit existierten, bestand in dieser Welt Hoffnung. Er lächelte sie an, und sie lächelte zurück – ein angespanntes Lächeln, aber es wischte Müdigkeit und Sorge aus ihrem Gesicht.

»Ruh dich aus«, sagte er ihr. »Du siehst erschöpft aus.«

»Ich habe zu schlafen versucht«, murmelte sie, »aber ich hatte fürchterliche Träume – Hände in Kristall eingeschlossen, riesige Drachen, die durch Steinkorridore fliegen.« Dann hockte sie sich erschöpft in eine windgeschützte Ecke.

Sturms Blick fiel auf Tolpan, der neben ihr lag. Der Kender schlief fest, zu einer Kugel eingerollt. Sturm sah ihn lächelnd an. Nichts konnte Tolpan erschüttern. Der Kender hatte wahrhaftig einen glorreichen Tag erlebt – einen Tag, der ewig in seiner Erinnerung leben würde.

»Ich war noch nie bei einer Belagerung dabei gewesen«, hatte Sturm Tolpan dem Zwerg anvertrauen gehört, nur Sekunden bevor Flint mit seiner Streitaxt einen Goblin geköpft hatte.

»Du weißt, daß wir alle sterben werden«, hatte Flint geknurrt und das schwarze Blut von seiner Klinge gewischt.

»Das hast du schon gesagt, als wir diesem schwarzen Drachen in Xak Tsaroth gegenüberstanden«, hatte Tolpan erwidert. »Dann hast du das gleiche in Thorbardin gesagt, und dann im Boot...«

»Dieses Mal werden wir sterben!« hatte Flint vor Zorn gebrüllt. »Und wenn ich dich töten muß!«

Aber sie waren nicht gestorben – zumindest nicht heute. Aber es gibt immer noch das Morgen, dachte Sturm, während sein Blick auf den Zwerg fiel, der an einer Mauer lehnte und an einem Holzstück schnitzte.

Flint sah auf. »Wann geht es los?« fragte er.

Sturm seufzte, sein Blick wanderte zum östlichen Himmel. »Morgendämmerung«, antwortete er. »In wenigen Stunden.«

Der Zwerg nickte. »Können wir durchhalten?« Seine Stimme klang sachlich, die Hand am Holz war fest und beständig.

»Wir müssen«, erwiderte Sturm. »Der Bote wird heute nacht Palanthas erreichen. Wenn sie sofort handeln, erreichen sie uns nach einem zweitägigen Marsch. Wir müssen ihnen zwei Tage geben...«

»Wenn sie sofort handeln?« wiederholte Flint knurrend.

»Ich weiß...«, sagte Sturm leise und seufzte. »Du solltest gehen«, wandte er sich an Laurana. »Geh nach Palanthas. Überzeuge sie von der Gefahr.«

»Dein Bote muß das tun«, sagte Laurana müde. »Wenn er es nicht schafft, wird auch mein Wort sie nicht umstimmen.«

»Laurana«, begann er.

»Brauchst du mich?« fragte sie abrupt. »Kannst du mich hier gebrauchen?«

»Das weißt du selbst«, antwortete Sturm. Er hatte während des Kampfs über die unermüdliche Stärke, den Mut und die Geschicklichkeit des Elfenmädchens gestaunt.

»Dann bleibe ich«, sagte Laurana einfach. Sie wickelte sich in ihre Decke und schloß die Augen. »Ich kann nicht schlafen«, flüsterte sie. Aber innerhalb weniger Minuten kam ihr Atem genauso regelmäßig und leise wie der des schlummernden Kenders.

Sturm schüttelte den Kopf und schluckte. Sein Blick traf Flints. Der Zwerg seufzte und widmete sich wieder seiner Schnitzerei. Keiner sprach, aber beide dachten das gleiche. Sie würde einen schlimmen Tod erleiden, wenn die Drakonier den Turm erobern würden. Lauranas Tod könnte ein Alptraum sein.

Der Himmel im Osten war hell und kündete den Sonnenaufgang an, als die Ritter von den schmetternden Hörnern aus ihrem unruhigen Schlaf gerissen wurden. Hastig erhoben sie sich und griffen nach ihren Waffen, stellten sich an die Mauern und spähten auf das düstere Land.

Die Lagerfeuer der Drachenarmee brannten schwach und gingen langsam bei Tagesanbruch aus. Sie konnten hören, wie Leben in das Lager kam. Die Ritter umklammerten ihre Waffen und warteten. Dann sahen sie sich verwundert an.

Die Drachenarmee zog sich zurück! Obwohl in der Dunkelheit nur schwach zu erkennen, war es offensichtlich, daß sich die schwarze Welle langsam zurückzog. Sturm beobachtete es verwirrt. Die Armee marschierte hinter den Horizont zurück. Aber sie waren immer noch da, das wußte Sturm. Er spürte sie.

Einige der jüngeren Ritter begannen zu jubeln.

»Seid ruhig!« befahl Sturm barsch. Ihre Rufe zerrten an seinen angespannten Nerven. Laurana stellte sich neben ihn und sah ihn erstaunt an. Sein Gesicht war im flackernden Fackellicht grau und eingefallen. Seine Fäuste ballten sich nervös. Seine Augen verengten sich, als er sich nach vorn beugte und in den Osten starrte.

In Laurana kroch mit der Furcht die Kälte hoch. Sie erinnerte sich, was sie Tolpan gesagt hatte.

»Ist es das, was wir befürchtet haben?« fragte sie und legte ihre Hand auf seinen Arm.

»Bete, daß wir uns irren!« sagte er leise mit gebrochener Stimme.

Minuten verstrichen. Nichts passierte. Flint kam zu ihnen und kletterte auf einen zerbrochenen Mauerteil, um über den Mauerrand zu sehen. Tolpan wurde wach und gähnte.

»Wann gibt es Frühstück?« fragte er fröhlich, aber niemand beachtete ihn.

Sie beobachteten und warteten. Jetzt spürten alle Ritter die Furcht in sich aufsteigen, stellten sich an die Mauern und starrten gen Osten, ohne den Grund dafür zu wissen.

»Was ist los?« wisperte Tolpan. Er kletterte zu Flint hoch. Er sah ein kleines rotes Stückchen von der Sonne am Horizont brennen, sein orangefarbenes Feuer färbte den nächtlichen Himmel purpurrot und löschte die Sterne aus.

»Worauf sehen wir?« fragte Tolpan und stieß Flint an.

»Nichts«, knurrte Flint.

»Aber warum gucken wir dann...« Der Kender hielt seinen Atem an. »Sturm...«, stammelte er mit bebender Stimme.

»Was ist?« fragte der Ritter und drehte sich beunruhigt um.

Tolpan starrte weiter. Die anderen folgten seinem Blick, aber ihre Augen waren nicht so gut wie die des Kenders.

»Drachen...«, antwortete Tolpan. »Blaue Drachen.«

»Das dachte ich mir«, sagte Sturm leise. »Die Drachenangst. Darum haben sie ihre Armee zurückgezogen. Die Menschen in ihrer Armee könnten nicht widerstehen. Wie viele Drachen?«

»Drei«, antwortete Laurana. »Ich kann sie jetzt auch sehen.«

»Drei«, wiederholte Sturm mit leerer, ausdrucksloser Stimme.

»Hör zu, Sturm!« Laurana zog ihn zur Mauer zurück. »Ich... wir... wollten nichts sagen. Es spielte keine Rolle, aber jetzt ist es doch wichtig. Tolpan und ich wissen, wie man die Kugel der Drachen benutzt!«

»Kugel der Drachen?« murmelte Sturm, der nicht richtig zuhörte.

»Die Kugel ist hier, Sturm!« redete sie unbeirrt weiter, ihre Hände umklammerten ihn. »Unten im Turm. Tolpan hat sie mir gezeigt. Drei lange und breite Korridore führen zu ihr... und...« Ihre Stimme erstarb. Plötzlich sah sie, so lebendig wie in dem Traum in der Nacht, Drachen durch Steinkorridore fliegen...

»Sturm!« schrie sie und schüttelte ihn aufgeregt. »Ich weiß, wie die Kugel funktioniert! Ich weiß, wie man die Drachen tötet! Wenn wir jetzt Zeit haben...«

Sturm hielt sie fest, seine starken Hände packten sie bei den Schultern. In all den Monaten, seitdem er sie kannte, hatte er sie noch nie so schön gesehen. Ihr Gesicht, blaß vor Erschöpfung, strahlte vor Aufregung.

»Erzähl mir, schnell!« befahl er.

Laurana erklärte ihm, die Worte sprudelten aus ihr heraus, und der Plan wurde ihr selbst klarer, während sie ihm alles erzählte. Flint und Tolpan beobachteten die beiden, das Gesicht des Zwerges war entsetzt, das Gesicht des Kenders bestürzt.

»Wer wird die Kugel anwenden?« fragte Sturm langsam.

»Ich«, erwiderte Laurana.

»Aber Laurana«, schrie Tolpan, »Fizban hat gesagt…«

»Tolpan, halt den Mund!« zischte Laurana durch ihre zusammengepreßten Zähne. »Bitte, Sturm!« drängte sie. »Es ist unsere einzige Hoffnung. Wir haben die Drachenlanzen – und die Kugel der Drachen!«

Der Ritter sah sie an, dann sah er zu den Drachen, die aus dem immer heller werdenden Osten herbeieilten.

»Nun gut«, sagte er schließlich. »Flint und Tolpan, ihr geht nach unten und versammelt die Männer im Hof. Beeilt euch!«

Tolpan warf Laurana einen letzten besorgten Blick zu, dann sprang er von dem Mauerstück, auf dem er und der Zwerg gestanden hatten. Flint folgte ihm langsam. Sein Gesicht war düster und nachdenklich, als er zu Sturm trat.

Mußt du das tun? fragte Flint Sturm stumm, als sich ihre Blicke trafen.

Sturm nickte einmal. Er blickte zu Laurana und lächelte traurig. »Ich werde es ihr sagen«, sagte er leise. »Paß auf den Kender auf. Leb wohl, mein Freund.«

Flint schluckte und schüttelte den Kopf. Sein Gesicht war eine Maske der Trauer, als er mit einer knorrigen Hand über seine Augen fuhr, dann gab er Tolpan einen Stoß in den Rükken.

»Beweg dich!« schnappte der Zwerg.

Tolpan sah ihn erstaunt an, dann zuckte er die Achseln und hüpfte über die Zinnen und schrie mit seiner schrillen Stimme nach den überraschten Rittern.

Lauranas Gesicht glühte. »Komm auch, Sturm!« sagte sie und zog an ihm wie ein Kind, das seinen Eltern ein neues Spielzeug zeigen will. »Ich erkläre es den Männern, wenn du möchtest. Dann kannst du die Befehle geben und die Schlachtanordnung festlegen…«

»Du führst das Kommando, Laurana«, sagte Sturm.

»Was?« Laurana hielt inne, Furcht fuhr so plötzlich in ihr Herz, daß der Schmerz sie aufkeuchen ließ.

»Du hast gesagt, du bräuchtest Zeit«, sagte Sturm und richtete seinen Schwertgürtel, um ihrem Blick auszuweichen. »Du hast recht. Du mußt die Männer in Position bringen. Du brauchst Zeit für die Kugel. Ich werde dir diese Zeit geben.« Er hob einen Bogen und einen Köcher mit Pfeilen auf.

»Nein! Sturm!« Laurana zitterte vor Entsetzen. »Das kann nicht dein Ernst sein! Ich kann nicht befehlen! Ich brauche dich! Sturm, tu mir das nicht an!« Ihre Stimme erstarb zu einem Wispern. »Tu mir das nicht an.«

»Du kannst befehlen, Laurana«, sagte Sturm und nahm ihren Kopf in seine Hände. Er beugte sich vor und küßte sie sanft. »Leb wohl, Elfenmädchen«, sagte er leise. »Dein Licht wird in dieser Welt scheinen. Meine Zeit ist gekommen. Sei nicht traurig, meine Liebe. Weine nicht.« Er hielt sie fest. »Der Herr der Wälder sagte uns im Düsterwald, daß wir nicht um jene trauern sollen, die ihr Schicksal erfüllt haben. Mein Schicksal ist erfüllt. Jetzt beeil dich, Laurana. Du brauchst jede Sekunde.«

»Nimm wenigstens die Drachenlanze«, bettelte sie.

Sturm schüttelte den Kopf, seine Hand ruhte auf dem alten Schwert seines Vaters. »Ich weiß nicht, wie man sie benutzt. Leb wohl, Laurana. Sag Tanis…« Er hielt inne, dann seufzte er. »Nein«, sagte er mit einem schwachen Lächeln. »Er wird wissen, was in meinem Herzen war.«

»Sturm…« Lauranas Tränen ließen sie nicht sprechen. Sie konnte ihn nur stumm anstarren.

»Geh«, sagte er.

Laurana, blind vor Tränen, schaffte es irgendwie, die Treppen hinunter zum Hof zu gehen. Eine starke Hand ergriff sie hier.

»Flint«, begann sie schluchzend. »Er, Sturm…«

»Ich weiß, Laurana«, erwiderte der Zwerg. »Ich habe es in

seinem Gesicht gesehen. Ich glaube, ich habe es schon gesehen, seitdem ich mich erinnern kann. Alles liegt nun bei dir. Du darfst ihn nicht enttäuschen.«

Laurana holte tief Luft, dann wischte sie ihre Tränen weg und trocknete ihr Gesicht, so gut es ging. Sie holte noch einmal tief Luft und hob ihren Kopf.

»Nun«, sagte sie mit fester Stimme. »Ich bin bereit. Wo ist Tolpan?«

»Hier«, antwortete eine dünne Stimme.

»Geh nach unten. Du hast die Worte in der Kugel schon einmal gelesen. Lies sie noch einmal. Vergewissere dich, daß du alles richtig verstehst.«

»Ja, Laurana.« Tolpan schluckte und rannte weg.

»Die Ritter sind versammelt«, sagte Flint. »Sie warten auf dein Kommando.«

»Sie warten auf mein Kommando«, wiederholte Laurana geistesabwesend.

Zögernd sah sie hoch. Die roten Strahlen der Sonne blitzten auf Sturms heller Rüstung, als der Ritter die schmalen Stufen hochstieg, die zu einer Mauer weiter oben nahe dem mittleren Turm führten. Seufzend senkte sie ihren Blick auf den Hof, wo die Ritter warteten.

Laurana holte noch einmal tief Luft, dann schritt sie auf sie zu, der rote Busch flatterte an ihrem Helm, ihr goldenes Haar leuchtete im Morgenlicht.

Die kalte Sonne färbte den Himmel blutrot, vermischte sich mit der bläulichen Schwärze der schwindenden Nacht. Der Turm stand noch im Schatten, obwohl Sonnenstrahlen bereits die goldenen Fäden der flatternden Flagge aufleuchten ließen.

Sturm erreichte die Mauer. Über ihm ragte der Turm in die Höhe. Die Brustwehr, auf der Sturm stand, erstreckte sich mehr als dreißig Meter zu seiner Linken. Ihre steinerne Oberfläche war glatt und bot keinen Schutz, keine Deckung.

Im Osten sah Sturm die Drachen.

Es waren blaue Drachen, und auf dem Rücken des führenden

Drachen saß ein Drachenfürst, die blauschwarze Drachenschuppenrüstung glänzte in der Sonne. Er konnte die entsetzliche gehörnte Maske und den schwarzen Umhang im Wind flattern sehen. Zwei andere blaue Drachen mit Reitern folgten dem Drachenfürsten. Sturm warf ihnen nur einen kurzen Blick zu. Sie kümmerten ihn nicht. Den Kampf würde er mit dem Anführer, mit dem Fürsten, austragen.

Der Ritter sah nach unten in den Hof. Das Sonnenlicht kletterte gerade an den Mauern hoch. Sturm sah es an den Spitzen der silbernen Drachenlanzen rot aufblitzen, die nun jeder Mann in den Händen hielt. Er sah es auf Lauranas goldenem Haar brennen. Er sah die Männer zu ihm hochsehen. Er umklammerte sein Schwert und hob es in die Luft. Das Sonnenlicht blitzte auf der verzierten Klinge.

Laurana lächelte zu ihm hoch, obwohl sie ihn durch ihre Tränen kaum sehen konnte, und hob ihre Drachenlanze als Antwort in die Luft – ihr Abschied.

Getröstet von ihrem Lächeln wandte sich Sturm um, um seinen Feind zu erwarten.

Er ging zur Mitte der Mauer. Er wirkte wie eine kleine Gestalt, die zwischen Land und Himmel schwebte. Die Drachen konnten an ihm vorbeifliegen oder ihn umkreisen, aber das wollte er nicht. Sie sollten ihn als Bedrohung sehen. Sie sollten sich Zeit nehmen, um mit ihm zu kämpfen.

Er steckte das Schwert in die Scheide, legte einen Pfeil auf und zielte sorgfältig auf den Drachen an der Spitze. Geduldig wartete er und hielt den Atem an. Ich darf ihn nicht verschwenden, dachte er. Warte... warte...

Der Drache war nun in Schußweite. Sturms Pfeil zischte durch die Luft. Er erreichte sein Ziel. Der Pfeil traf den blauen Drachen am Hals. Er richtete wenig Schaden an, prallte an den blauen Schuppen ab, aber der Drache hob vor Schmerz und Verärgerung den Kopf und verlangsamte seinen Flug. Schnell schoß Sturm einen weiteren Pfeil ab, dieses Mal auf den Drachen, der direkt hinter dem Führer flog.

Der Pfeil bohrte sich in seinen Flügel, und der Drache

kreischte vor Wut auf. Sturm schoß wieder. Dieses Mal wich der Reiter des führenden Drachen aus. Aber der Ritter hatte erreicht, was er wollte: Er hatte ihre Aufmerksamkeit auf sich gelenkt, gezeigt, daß er eine Gefahr darstellte, sie gezwungen, mit ihm zu kämpfen. Er konnte die Geräusche von laufenden Füßen im Hof und das schrille Quietschen der Kurbeln, die die Gatter öffneten, hören.

Jetzt konnte Sturm sehen, wie sich der Drachenfürst in seinem Sattel erhob. Der Sattel war wie ein Streitwagen gebaut, so daß der Reiter auch stehend kämpfen konnte. Der Fürst hielt einen Speer in seiner behandschuhten Hand. Sturm ließ seinen Bogen fallen. Er hob seinen Schild auf, zog sein Schwert und beobachtete, wie der Drachen immer näher und näher kam, seine roten Augen funkelten, seine weißen Reißzähne blitzten.

Dann hörte Sturm weit entfernt den klaren hellen Schall einer Trompete, sein Klang war so kalt wie die Luft der schneebedeckten Berge seiner Heimat. Rein und klar schnitt der Trompetenruf in sein Herz, erhob sich mutig über die Dunkelheit und den Tod und die Verzweiflung, die ihn umgab.

Sturm beantwortete den Ruf mit einem wilden Schlachtruf, hob sein Schwert, um seinen Feind zu grüßen. Das Sonnenlicht blitzte rot auf seine Klinge. Der Drache schoß nach unten.

Wieder erscholl die Trompete, und wieder wollte Sturm antworten. Aber dieses Mal erkannte Sturm, daß er diese Trompete schon einmal gehört hatte.

Der Traum!

Sturm umklammerte sein Schwert mit einer Hand. Der Drache war drohend über ihm. Auf dem Drachen saß der Fürst, die Hörner seiner Maske flackerten blutrot, sein Speer war bereit.

Furcht ließ Sturms Magen sich zusammenziehen, seine Haut wurde eiskalt. Der Trompetenruf ertönte ein drittes Mal. Wie im Traum, und nach dem dritten Ruf war er umgekommen. Die Drachenangst überwältigte ihn. Flucht! schrie sein Bewußtsein.

Flucht! Die Drachen würden in den Hof einfallen. Die Ritter konnten noch nicht bereit sein, sie würden sterben, Laurana, Flint und Tolpan... Der Turm würde fallen.

Nein! Sturm riß sich zusammen. Alles andere war verloren: seine Ideale, seine Hoffnungen, seine Träume. Der Maßstab hatte sich als fehlerhaft erwiesen. Alles in seinem Leben war sinnlos. Aber sein Tod durfte nicht sinnlos sein. Er würde für Laurana Zeit herausholen, sie mit seinem Leben herausholen, denn das war alles, was er zu geben hatte. Und er würde nach dem Kodex sterben, denn das war alles, woran er sich klammern konnte.

Er hob sein Schwert in die Luft und schrie den ritterlichen Gruß an den Feind. Zu seiner Überraschung wurde er mit einer ernsten Würde von dem Drachenfürsten erwidert. Dann fuhr der Drache mit offenem Maul herab, bereit, den Ritter mit seinen rasiermesserscharfen Zähnen zu zerreißen. Sturm schwang sein Schwert in einem Bogen und zwang den Drachen, seinen Kopf einzuziehen. Sturm hoffte, seinen Flug zu unterbrechen. Aber die Kreatur hielt seine Flügel auseinander, sein Reiter lenkte ihn sicher mit der einen Hand, während die andere den Speer hielt.

Sturm blickte nach Osten. Halbgeblendet von der Sonne sah Sturm den Drachen nur als einen schwarzen Fleck. Die Kreatur flog tiefer, bis sie auf gleicher Höhe mit der Mauer war. Da wurde ihm klar, daß der Drache von unten nach oben fliegen und seinem Reiter Platz zum Angriff geben würde.

Einen Moment lang war der sonnendurchflutete Himmel leer, dann schoß der Drache über den Mauerrand, sein entsetzlicher Schrei zerriß Sturms Trommelfell. Der Atem aus dem klaffenden Drachenmaul schnürte ihm die Kehle zusammen. Er taumelte benommen, aber schaffte es, auf den Füßen zu bleiben, als er mit seinem Schwert ausholte. Die uralte Klinge schlug in die linke Nüster des Drachen. Schwarzes Blut spritzte in die Luft. Der Drache brüllte auf.

Aber der Hieb war teuer erkauft. Sturm blieb keine Zeit, sich zu erholen.

Der Drachenfürst hob seinen Speer, die Spitze leuchtete in der Sonne. Er beugte sich vor und stieß den Speer tief durch die Rüstung, durch das Fleisch und die Knochen.

Sturms Sonne zerbrach.

Die Kugel der Drachen
Drachenlanze

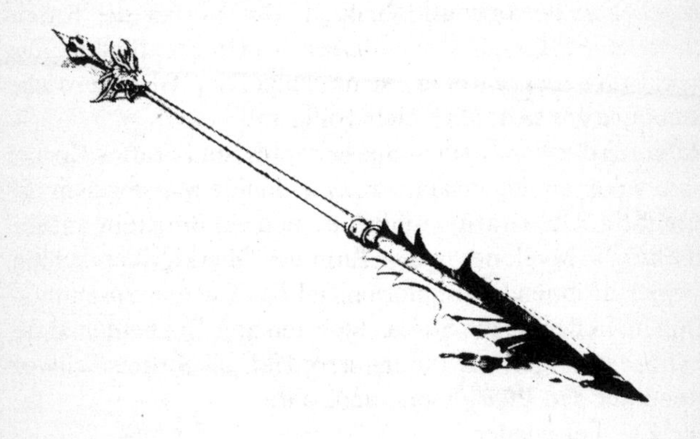

Die Ritter eilten an Laurana vorbei in den Turm des Oberklerikers und nahmen ihre Plätze ein, wie sie es ihnen erklärt hatte. Obwohl sie anfangs skeptisch waren, kam Hoffnung auf, als Laurana ihren Plan darlegte.

Der Hof war leer. Laurana wußte, daß sie sich beeilen mußte. Sie sollte schon längst bei Tolpan sein und sich auf die Kugel der Drachen vorbereiten. Aber Laurana konnte diese glänzende einsame Figur oben auf der Mauer nicht verlassen.

Dann sah sie die Drachen am Himmel.

Schwert und Speer blitzten im hellen Sonnenlicht auf.

Lauranas Welt hörte auf, sich zu drehen. Die Zeit verlangsamte sich wie in einem Traum.

Das Schwert war blutig. Der Drache kreischte auf. Der Speer hing eine Ewigkeit in der Luft. Dann stand die Sonne still.

Der Speer stach zu.

Ein glänzender Gegenstand fiel langsam von der Mauer in den Hof. Der Gegenstand war Sturms Schwert, aus seiner leblosen Hand gefallen, und es war für Laurana die einzige Bewegung in einer bewegungslosen Welt. Der Körper des Ritters blieb stehen, aufgespießt vom Speer des Drachenfürsten. Der Drache schwebte darüber, seine Flügel im Gleichgewicht. Nichts bewegte sich, alles hielt völlig still.

Dann riß der Fürst seinen Speer heraus, und Sturms Körper fiel da, wo er stand, zusammen, eine dunkle Masse gegen das Sonnenlicht. Der Drache brüllte auf, und ein Blitz fuhr aus seinem blutigen Maul, der in den Turm des Oberklerikers schlug. Mit einer dröhnenden Explosion fiel das Gestein zusammen. Flammen, heller als die Sonne, loderten auf. Die beiden anderen Drachen flogen nach unten zum Hof, als Sturms Schwert klirrend auf den Pflasterstein aufprallte.

Die Zeit lief wieder.

Laurana sah die Drachen auf sich zufliegen. Der Boden um sie erbebte, als die Steine nach unten fielen und Rauch und Staub die Luft füllten. Laurana konnte sich immer noch nicht bewegen. Sich zu bewegen, würde die Tragödie Wirklichkeit werden lassen. Eine innere Stimme flüsterte ihr zu: Wenn du ganz stillstehst, wird nichts passieren.

Aber da lag das Schwert, nur wenige Meter von ihr entfernt. Und sie sah den Drachenfürsten mit dem Speer winken, ein Signal zum Angriff für die Drachenarmee, die draußen auf den Ebenen wartete. Laurana hörte das Schmettern der Hörner. Vor ihrem geistigen Auge sah sie die Drachenarmee über das schneebedeckte Land ziehen.

Wieder bebte der Boden unter ihren Füßen. Laurana zögerte noch einen Augenblick und schickte dem Ritter ein stummes Lebewohl. Dann rannte sie, stolperte, als sich der Boden hob.

Sie bückte sich, ergriff Sturms Schwert und schwang es trotzig in die Luft.

»Soliasi Arath!« schrie sie in der Elfensprache. Ihre Stimme übertönte die Geräusche der Zerstörung in Herausforderung an die angreifenden Drachen.

Die Drachenreiter lachten und schrien verächtlich zurück. Die Drachen kreischten vor grausamer Freude am Töten. Laurana lief auf das riesige geöffnete Gatter zu, den Eingang zum Turm. Die Steinmauern verschwammen vor ihren Augen, als sie an ihnen vorbeilief. Sie konnte einen Drachen hören, der sie verfolgte. Sie konnte seinen schnarrenden Atem hören, das Aufschlagen seiner Flügel. Sie hörte den Befehl des Drachenreiters an den Drachen, ihr nicht direkt in den Turm zu folgen. Gut! Laurana lächelte grimmig.

Sie lief durch den Korridor, eilte durch das zweite Gatter. Ritter standen hier, bereit, es zu schließen.

»Laßt es offen!« keuchte sie atemlos. »Vergeßt nichts!«

Sie nickten. Sie eilte weiter. Jetzt war sie in der dunklen, engeren Kammer, in der sich die merkwürdig geformten zahnartigen Säulen erhoben. Hinter den Säulen sah sie weiße Gesichter hinter glänzenden Helmen. Hier und dort funkelte eine Drachenlanze. Die Ritter sahen sie an, als sie an ihnen vorbeilief.

»Geht zurück!« schrie sie. »Bleibt hinter den Säulen.«

»Sturm?« fragte einer.

Laurana schüttelte den Kopf, zu erschöpft, um zu antworten. Sie rannte durch das dritte Gatter, das seltsame mit dem Loch in der Mitte. Hier standen vier Ritter und Flint. Dies war die Schlüsselposition. Laurana wollte hier jemanden, auf den sie sich verlassen konnte. Sie konnte mit dem Zwerg nur einen kurzen Blick tauschen, aber das reichte aus. Flint konnte das Ende seines Freundes aus ihrem Gesicht ablesen. Der Zwerg senkte einen Moment seinen Kopf, eine Hand über den Augen.

Laurana lief weiter. Durch den kleinen Raum, an den Doppeltüren aus solidem Stahl vorbei und dann in die Kammer mit der Kugel der Drachen.

Tolpan hatte die Kugel mit seinem Taschentuch abgestaubt.

Laurana konnte nun in sie hineinsehen, ein blaßroter Nebel mit unzähligen Farben wirbelte auf. Der Kender stand davor und starrte hinein, seine magischen Gläser saßen auf seiner kleinen Nase.

»Was muß ich tun?« keuchte Laurana atemlos.

»Laurana«, bettelte Tolpan, »tu es nicht. Ich habe gelesen – wenn du nicht die Essenz der Drachen in der Kugel kontrollierst, werden die Drachen kommen, Laurana, und Kontrolle über dich gewinnen!«

»Sag mir, was ich tun muß!« sagte Laurana mit fester Stimme.

»Leg deine Hände auf die Kugel«, stammelte Tolpan, »und – nein, warte, Laurana!«

Aber es war zu spät. Laurana hatte bereits beide Hände auf die eisige Kristallkugel gelegt. Farben blitzten in der Kugel auf, so hell, daß Tolpan seine Augen bedecken mußte.

»Laurana!« schrie er mit schriller Stimme. »Hör zu! Du mußt dich konzentrieren. Laß alles aus dem Bewußtsein hinaus, außer dem Willen, die Kugel an dich zu binden! Laurana...«

Falls sie ihn gehört hatte, zeigte sie keine Reaktion, und Tolpan bemerkte, daß sie bereits in die Schlacht um die Kontrolle mit der Kugel vertieft war. Ängstlich erinnerte er sich an Fizbans Warnung, Tod für jene, die du liebst, schlimmer noch – der Verlust der Seele. Er verstand die unheilverkündenden Worte, die in den flammenden Farben der Kugel geschrieben standen, nur undeutlich, aber er wußte genug, um sich klar zu sein, daß Lauranas Seele sich in Gefahr befand.

Voller Qualen beobachtete er sie, wollte ihr helfen – obwohl er wußte, daß er sich nicht trauen würde, etwas zu tun. Laurana stand lange Zeit unbeweglich da, die Hände auf der Kugel. Ihr Gesicht verlor langsam jedes Leben. Ihre Augen starrten tief in die wirbelnden Farben. Dem Kender wurde beim Zusehen schwindelig, und er drehte sich um. Draußen erfolgte eine weitere Explosion. Staub rieselte von der Decke. Tolpan bewegte sich unruhig. Aber Laurana rührte sich nicht.

Ihre Augen waren geschlossen, ihr Kopf nach vorn gebeugt.

Sie umklammerte die Kugel, ihre Hände waren weiß von dem Druck, den sie ausübte. Dann begann sie zu wimmern und ihren Kopf zu schütteln. »Nein«, stöhnte sie, und es schien, als ob sie verzweifelt versuchte, ihre Hände wegzuziehen. Aber die Kugel hielt sie fest.

Tolpan fragte sich düster, was er tun sollte. Er hätte sie am liebsten weggezogen. Er wünschte sich, er hätte diese Kugel zerstört, aber jetzt war es zu spät.

Laurana zuckte und bebte am ganzen Körper. Tolpan sah, wie sie auf die Knie fiel, ihre Hände hielten immer noch die Kugel fest. Dann schüttelte Laurana wütend den Kopf. Sie murmelte unbekannte Worte in der Elfensprache, kämpfte darum, aufzustehen, benutzte die Kugel, um sich hochzuziehen. Ihre Hände liefen vor Anstrengung weiß an, und ihr Gesicht war schweißüberströmt. Sie nahm ihre ganze Kraft zusammen. Mit quälender Langsamkeit kam sie wieder auf die Füße.

Die Kugel funkelte ein letztes Mal auf, die Farben wirbelten zusammen, wurden zu allen Farben und doch zu keiner. Dann strömte aus der Kugel ein helles, reines, weißes Licht. Laurana stand aufrecht vor ihr. Ihr Gesicht entspannte sich. Sie lächelte.

Dann brach sie ohnmächtig auf dem Boden zusammen.

Im Hof des Turms des Oberklerikers verwandelten die Drachen die Steinmauern systematisch zu Schutt. Die Armee näherte sich dem Turm, Drakonier in den vorderen Reihen, bereit, durch die eingestürzten Mauern zu stürmen und alles zu töten, was noch lebendig war. Der Drachenfürst kreiste über dem Chaos, die Nüster seines blauen Drachen war schwarz vor getrocknetem Blut. Der Fürst überwachte die Zerstörung des Turms. Alles verlief gut, bis das helle Tageslicht von einem reinen weißen Licht, das aus den drei riesigen geöffneten Turmeingängen drang, überstrahlt wurde.

Die Drachenreiter sahen auf diese Lichtstrahlen, sich fragend, was sie wohl ankündigten. Ihre Drachen reagierten jedoch anders. Sie hoben ihre Köpfe, ihre Augen irrten umher. Die Drachen hörten den Ruf.

Gefangen von uralten Magiern, unter Kontrolle gebracht von einem Elfenmädchen – tat die Essenz der Drachen, die in der Kugel gehalten wurde, das, was sie tun mußte. Sie sandte ihren unwiderstehlichen Ruf aus. Und den Drachen blieb nichts anderes übrig, als diesem Ruf zu gehorchen und verzweifelt zu versuchen, seine Quelle zu erreichen.

Vergeblich versuchten die verwirrten Drachenreiter, ihre Drachen zu lenken. Aber die Drachen hörten längst nicht mehr auf die befehlenden Stimmen ihrer Reiter, sondern nur noch auf die Stimme der Kugel. Beide Drachen stürzten auf die einladenden Gatter zu, während ihre Reiter schrien und wild um sich traten.

Das weiße Licht breitete sich über den Turm hinaus aus, fiel auf die vorderen Reihen der Drachenarmee, und die Befehlshaber erstarrten, als ihre Armee wahnsinnig wurde.

Der Ruf der Kugel war für die Drachen deutlich. Aber Drakonier, die nur zum Teil Drachen waren, nahmen den Ruf als eine betäubende Stimme wahr, die wirre Befehle ausstieß. Jeder hörte die Stimme anders, jeder vernahm einen anderen Ruf.

Einige Drakonier fielen auf die Knie, umklammerten in Höllenqualen ihre Köpfe. Andere drehten sich um und flohen vor einem unsichtbaren Entsetzen. Wieder andere ließen ihre Waffen fallen und rannten *direkt* auf den Turm zu. Innerhalb weniger Augenblicke war ein organisierter, gut durchdachter Angriff zum Massenchaos geworden, als tausend Drakonier in tausend Richtungen kreischend auseinanderstoben. Die Goblins, die den Hauptteil ihrer Streitmacht ausbrechen und rennen sahen, verließen prompt das Schlachtfeld, während die Menschen verwirrt mitten im Durcheinander stehenblieben und auf Befehle warteten, die nicht kamen.

Der Drache des Drachenfürsten war trotz der Willensstärke seines Reiters kaum unter Kontrolle zu halten. Und die beiden anderen Drachen waren nicht mehr aufzuhalten. Der Fürst konnte nur ohnmächtig vor Wut kochen und versuchen zu entscheiden, was dieses weiße Licht bedeuten könnte und woher es kam. Und – falls möglich – versuchen, es zu löschen.

Der erste blaue Drache erreichte das erste Gatter und stürzte durch den riesigen Eingang, sein Reiter duckte sich rechtzeitig, um nicht von der Mauer geköpft zu werden. Dem Ruf der Kugel gehorchend, flog der blaue Drachen mühelos durch den breiten Steinkorridor, seine Flügelenden berührten gerade noch die Wände.

Er schoß durch das zweite Gatter und war in der Kammer mit den seltsamen zahnartigen Säulen. Hier, in dieser zweiten Kammer, roch er Menschenfleisch und Stahl, aber er war so von der Kugel in den Bann geschlagen, daß er ihnen keine Aufmerksamkeit schenkte. Die Kammer war kleiner, so daß er gezwungen war, die Flügel enger an den Körper zu ziehen.

Flint beobachtete sein Kommen. In seinen ganzen hundertvierzig Jahren hatte er niemals solch einen Anblick erlebt... und er hoffte, ihn nicht noch einmal erleben zu müssen. Die Drachenangst brach über die Männer in dem engen Raum herein. Die jungen Ritter, deren zitternde Hände die Lanzen umklammerten, wichen an die Wände zurück, verbargen ihre Augen, als der monströse, blauschuppige Körper an ihnen vorbeisauste.

Der Zwerg taumelte gegen die Wand zurück, seine kraftlose Hand ruhte schwach auf dem Mechanismus, der das Gatter schließen würde. In seinem Leben war er noch nie so verängstigt gewesen. Der Tod wäre willkommen, wenn er nur dieses Entsetzen beenden würde. Aber der Drachen raste weiter, wollte nur eins – die Kugel erreichen. Sein Kopf glitt unter das seltsame Gatter.

Instinktiv handelnd, wissend, daß der Drache die Kugel nicht erreichen durfte, löste Flint den Mechanismus. Das Gatter schloß sich um den Hals des Drachen und hielt ihn fest. Der Drachenkopf war nun gefangen. Sein kämpfender Körper lag hilflos, Flügel an seine Seiten gepreßt, in der Kammer, in der die Ritter mit den Drachenlanzen standen.

Zu spät bemerkte der Drache, daß er in der Falle saß. Er heulte vor Wut. Die Steine bebten, und breite Spalten bildeten sich, als er sein Maul öffnete, um die Kugel der Drachen mit seinem blitzenden Atem zu vernichten. Tolpan, der voller Panik versuchte, Laurana wiederzubeleben, starrte in zwei flammende Augen. Er sah das offene Maul des Drachen, hörte, wie der Drache einatmete.

Blitze züngelten aus der Kehle des Drachen, die Erschütterung warf den Kender zu Boden. Steine explodierten in dem Raum, und die Kugel der Drachen erbebte auf ihrem Gestell. Tolpan lag auf dem Boden, von dem Angriff wie gelähmt. Er konnte sich nicht bewegen, und er wollte sich auch gar nicht bewegen. Er lag einfach nur da und wartete auf den nächsten Blitz, von dem er wußte, daß er Laurana töten würde – falls sie nicht schon tot war – und auch ihn. Aber in diesem Moment war ihm alles egal.

Aber der Angriff kam nie.

Der Mechanismus kam schließlich in Bewegung. Die doppelte Stahltür schloß sich vor der Drachenschnauze und hielt den Kopf der Kreatur in dem kleinen Zimmer gefangen.

Zuerst war es tödlich still. Dann hallte ein unvorstellbar schrecklicher Schrei durch die Kammer. Es war ein hohes, schrilles Jammern, das sich im Todeskampf steigerte, als die Ritter aus ihren Verstecken hervortraten und die silbernen Drachenlanzen in den blauen, sich krümmenden Körper des gefangenen Drachen stießen.

Tolpan hielt seine Ohren zu, versuchte, den schrecklichen Schrei nicht zu hören. Immer wieder stellte er sich die grausamen Bilder vor, die er gesehen hatte, als die Drachen die Städte zerstört und unschuldige Leute abgeschlachtet hatten. Der Drache hätte auch ihn getötet, das wußte er, ohne Gnade getötet. Wahrscheinlich hatte er bereits Sturm getötet. Er versuchte, weiter daran zu denken, versuchte, sein Herz zu verhärten.

Aber der Kender vergrub seinen Kopf in seine Hände und weinte.

Dann spürte er eine sanfte Hand.

»Tolpan«, flüsterte eine Stimme.

»Laurana!« Er hob den Kopf. »Laurana! Es tut mir leid. Es sollte mir egal sein, was sie mit dem Drachen tun, aber ich kann es nicht ertragen, Laurana! Warum muß immer getötet werden? Ich halte es nicht aus!« Tränen liefen über sein Gesicht.

»Ich weiß«, murmelte Laurana, lebhafte Erinnerungen an Sturms Tod vermischten sich mit dem Kreischen des sterbenden Drachen. »Schäm dich nicht, Tolpan. Sei dankbar, daß du Mitleid und Entsetzen beim Tod eines Feindes empfinden kannst. Der Tag, an dem wir aufhören, uns zu sorgen – selbst um unsere Feinde –, ist der Tag, an dem wir diese Schlacht verloren haben.«

Das Jammern wurde immer lauter. Tolpan streckte seine Arme aus, und Laurana hielt ihn eng an sich gedrückt. Die zwei blieben in der Umarmung und versuchten, die Schreie des sterbenden Drachen nicht mehr zu hören. Dann hörten sie etwas anderes – die Ritter riefen eine Warnung. Ein zweiter Drache war in die andere Kammer geflogen und hatte seinen Reiter gegen die Wand geschleudert, als er sich durch den kleineren Eingang kämpfte, um dem Ruf der Kugel der Drachen zu folgen.

In diesem Moment erzitterte der Turm von oben bis unten, geschüttelt von dem heftigen Aufheulen des gequälten Drachen.

»Komm!« schrie Laurana. »Wir müssen hier raus!« Sie zog Tolpan auf die Füße und stolperte auf eine kleine Tür in der Wand zu, die sie nach draußen in den Hof führen würde. Laurana riß die Tür auf, gerade als der Kopf des Drachen in den Raum mit der Kugel platzte. Tolpan konnte nicht anders, als einen Moment lang hinzusehen. Der Anblick war faszinierend. Er konnte die flackernden Augen des Drachen sehen – wahnsinnig vor Wut über den anderen sterbenden Drachen, zu spät erkennend, daß er in dieselbe Falle geflogen war. Das Drachenmaul verzog sich zu einem bösartigen Knurren, dann atmete er tief ein. Die doppelten Stahltüren fielen vor dem Drachen zu – aber nur halb.

»Laurana, die Tür klemmt!« schrie Tolpan. »Die Kugel der Drachen...«

»Komm!« Laurana riß an der Wand des Kenders. Ein Blitz schlug ein, und Tolpan drehte sich um und floh, hörte, wie die

Kammer in Flammen aufging. Steine und Schutt füllten den Raum. Die Kugel der Drachen wurde unter dem Schutt vergraben, als der Turm des Oberklerikers zusammenstürzte.

Der Schock ließ Laurana und Tolpan taumeln und schleuderte sie gegen eine Mauer. Tolpan half Laurana auf die Füße, und beide liefen weiter.

Dann war alles still. Der Donner von herunterprasselnden Steinen hörte auf. Tolpan und Laurana blieben einen Moment stehen, um Atem zu holen, und sahen sich um. Der Eingang war von den riesigen Felsen des Turms blockiert.

»Was ist mit der Kugel der Drachen?« keuchte Tolpan.

»Es ist besser, wenn sie zerstört wird.«

Da Tolpan Laurana jetzt besser im Tageslicht sehen konnte, war er über ihren Anblick schockiert. Ihr Gesicht war totenblaß, selbst ihre Lippen waren blutleer. Die einzige Farbe war in ihren grünen Augen, und die schienen beunruhigend groß, überzogen mit roten Flecken.

»Ich könnte es nicht noch einmal machen«, flüsterte sie, mehr zu sich als zu ihm. »Ich hätte beinahe aufgegeben. Hände... ich kann darüber nicht reden!« Sie erschauerte und schloß die Augen.

»Dann habe ich mich an Sturm erinnert, der auf der Mauer stand, allein dem Tod gegenüber. Wenn ich aufgegeben hätte, wäre sein Tod sinnlos gewesen. Das durfte nicht geschehen.« Zitternd schüttelte sie den Kopf. »Ich zwang die Kugel, meinem Befehl zu gehorchen, aber ich wußte, daß ich das nur einmal tun könnte. Und niemals, niemals wieder werde ich so etwas durchmachen können!«

»Sturm ist tot?« stammelte Tolpan mit zitternder Stimme.

Laurana sah ihn an, ihre Augen wurden weich. »Es tut mir leid, Tolpan«, sagte sie. »Mir war nicht klar, daß du das nicht weißt. Er... er ist im Kampf gegen einen Drachenfürsten gestorben.«

»Ging es... ging es...«, würgte Tolpan.

»Ja, es ging schnell«, sagte Laurana leise. »Er hat nicht lange gelitten.«

Tolpan senkte seinen Kopf, hob ihn aber schnell wieder, als eine weitere Explosion den Boden erschütterte.

»Die Drachenarmee...«, murmelte Laurana. »Unser Kampf ist noch nicht zu Ende.« Ihre Hand fuhr über den Knauf von Sturms Schwert, das sie um ihre Taille gegürtet hatte. »Geh und such Flint.«

Laurana tauchte aus dem Tunnel im Hof auf und blinzelte im hellen Licht, fast überrascht, daß es ruhig war. Es war so viel geschehen, als ob Jahre verstrichen wären. Aber die Sonne hatte sich gerade über den Hofmauern erhoben.

Der hohe Turm des Oberklerikers war verschwunden, in sich zusammengestürzt, ein Haufen Steinschutt mitten im Hof. Die Eingänge und Korridore zur Kugel der Drachen waren nicht beschädigt, außer an den Stellen, wo die Drachen hineingestürzt waren. Die Mauern der äußeren Festung standen noch, obwohl an einigen Stellen beschädigt, ihre Steine waren von den Blitzen der Drachen geschwärzt.

Aber keine Soldaten strömten über die Mauern. Es war ruhig, stellte Laurana fest. Aus den Tunneln konnte sie die Schreie des sterbenden zweiten Drachen hören und die heiseren Schreie der Ritter.

Was war mit der Armee geschehen, fragte sich Laurana und blickte sich verwirrt um. Sie müssen doch über die Mauern kommen. Ängstlich sah sie zu den Zinnen hoch, erwartete, die Kreaturen dort zu sehen.

Und dann sah sie die Sonne auf eine glänzende Rüstung scheinen. Sie sah die Gestalt auf der Mauer liegen.

Sturm. Sie erinnerte sich an den Traum, erinnerte sich an die blutigen Hände der Drakonier, die Sturms Körper zerhackten.

Das darf nicht geschehen! dachte sie grimmig. Sie zog Sturms Schwert und lief über den Hof. Sofort wurde ihr klar, daß die uralte Waffe zu schwer für sie war. Aber was gab es sonst noch? Sie blickte sich eilig um. Die Drachenlanzen! Sie ließ das Schwert fallen und ergriff eine Lanze. Dann stieg sie die Treppen hoch.

Laurana erreichte die Zinnen und starrte über das Land, erwartete, die schwarze Welle der Armee vorwärts rollen zu sehen. Aber das Land war wie leergefegt. Es gab nur einige Gruppen von Menschen, die herumstanden und um sich blickten.

Was hatte das zu bedeuten? Laurana war zu erschöpft, um nachzudenken. Sie wurde von Müdigkeit und Trauer erfüllt. Sie zog die Lanze hinter sich her und stolperte zu Sturms Körper, der im blutgefärbten Schnee lag.

Laurana kniete sich neben den Ritter. Sie strich sein Haar weg, um noch einmal einen Blick auf das Gesicht ihres Freundes zu werfen. Zum ersten Mal, seitdem sie ihn kannte, sah Laurana Frieden in Sturms leblosen Augen.

Sie hob seine kalte Hand und drückte sie an ihre Wange. »Schlafe, teurer Freund«, murmelte sie, »und laß deinen Schlaf nicht von Drachen stören.« Als sie dann die kalte weiße Hand auf die zerschmetterte Rüstung legte, sah sie etwas im Schnee funkeln. Sie hob einen Gegenstand auf, der so mit Blut beschmiert war, daß sie ihn nicht erkennen konnte. Sorgfältig säuberte sie ihn. Es war ein Juwel. Laurana starrte ihn erstaunt an.

Aber bevor sie sich fragen konnte, wie er hierhergekommen war, bemerkte sie einen dunklen Schatten. Laurana hörte das Quietschen riesiger Flügel, das Einatmen eines riesigen Körpers. Voller Angst sprang sie auf die Füße und wirbelte herum.

Ein blauer Drache war auf der Mauer hinter ihr gelandet. Steine gaben nach, als die großen Klauen Halt suchten. Die Flügel der Kreatur schlugen in der Luft. Vom Sattel auf dem Rükken des Drachen musterte ein Drachenfürst Laurana mit kalten, ernsten Augen hinter der entsetzlichen Maske.

Laurana wich einen Schritt zurück, von Drachenangst überwältigt. Die Drachenlanze glitt aus ihrer kraftlosen Hand, den Juwel ließ sie in den Schnee fallen. Sie drehte sich um, versuchte zu fliehen, aber sie sah nicht mehr, wohin sie ging. Sie stolperte und fiel zitternd in den Schnee neben Sturms Leichnam.

In ihrer lähmenden Angst konnte sie nur noch denken, daß es ein Traum war! Hier war sie gestorben – so wie Sturm gestorben war. Lauranas Sichtfeld war von blauen Schuppen erfüllt, als sich der riesige Hals der Kreatur über sie reckte.

Die Drachenlanze! Sie kroch durch den blutdurchtränkten Schnee, ihre Finger schlossen sich um den hölzernen Schaft. Sie wollte aufstehen und die Lanze in den Hals des Drachens stoßen.

Aber ein schwarzer Stiefel trat auf die Lanze, verfehlte gerade noch ihre Hand. Laurana starrte auf den glänzenden schwarzen Stiefel, dessen goldene Verzierungen in der Sonne leuchteten. Sie starrte auf den schwarzen Stiefel, der in Sturms Blut stand, und sie holte tief Luft.

»Wenn du diesen Körper berührst, wirst du sterben«, sagte Laurana leise. »Dein Drache wird nicht in der Lage sein, dich zu retten. Der Ritter war mein Freund, und ich lasse nicht zu, daß sein Mörder seinen Leichnam beschmutzt.«

»Ich habe nicht die Absicht, seinen Leichnam zu beschmutzen«, erwiderte der Drachenfürst. Er bewegte sich mit sorgfältiger Langsamkeit, als er sich bückte und sanft die Augen des Ritters schloß, die auf die Sonne gerichtet waren, die er niemals wieder sehen würde.

Der Drachenfürst erhob sich, musterte das Elfenmädchen, das im Schnee kniete und nahm den Fuß von der Drachenlanze. »Verstehst du, er war auch mein Freund. Ich wußte es erst in dem Moment, als ich ihn tötete.«

Laurana starrte zum Fürsten hoch. »Ich glaube dir nicht«, sagte sie müde. »Wie kann das sein?«

Ruhig entfernte der Drachenfürst die entsetzliche gehörnte Drachenmaske. »Ich glaube, du hast von mir gehört, Lauralanthalasa. Das ist doch dein Name, oder nicht?«

Laurana nickte dumpf und erhob sich.

Die Drachenfürstin lächelte, es war ein bezauberndes, verworfenes Lächeln. »Und mein Name ist…«

»Kitiara.«

»Woher weißt du das?«

»Ein Traum…«, murmelte Laurana.

»Ach ja, der Traum.« Kitiara fuhr mit einer behandschuhten Hand über ihr dunkles, gelocktes Haar. »Tanis hat mir von diesem Traum erzählt. Ich vermute, ihr müßt ihn alle gehabt haben. Er dachte zumindest, daß seine Freunde ihn auch gehabt hätten.« Die menschliche Frau blickte auf Sturms Leiche zu ihren Füßen. »Merkwürdig, nicht wahr, die Art, wie Sturms Tod Wirklichkeit wurde. Und Tanis sagte, daß sich auch für ihn der Traum bewahrheitet hätte; die Stelle, an der ich sein Leben rettete.«

Laurana begann zu zittern. Ihr Gesicht, das ohnehin schon blaß vor Erschöpfung gewesen war, schien nun durchsichtig. »Tanis?... Du hast Tanis gesehen?«

»Erst vor zwei Tagen«, sagte Kitiara. »Ich ließ ihn in Flotsam zurück, um hier nach dem Rechten zu sehen.«

Kitiaras kalte, ruhige Worte stießen in Lauranas Seele, wie der Speer der Fürstin durch Sturms Fleisch gestoßen war. Laurana war, als ob der Boden unter ihr nachgab. Sie lügt, dachte Laurana verzweifelt. Aber sie erkannte mit hoffnungsloser Sicherheit, daß Kitiara jetzt nicht log.

Laurana taumelte und fiel beinahe zu Boden. Nur die Entschlossenheit, keine Schwäche vor dieser menschlichen Frau zu zeigen, ließ das Elfenmädchen nicht stürzen. Kitiara hatte es nicht bemerkt. Sie bückte sich, hob die Waffe auf, die Laurana fallen gelassen hatte, und musterte sie mit Interesse.

»Das ist also die berühmte Drachenlanze?« stellte Kitiara fest.

Laurana schluckte ihre Trauer hinunter und zwang sich, mit fester Stimme zu sprechen. »Ja«, entgegnete sie. »Wenn du wissen willst, wozu sie in der Lage ist, gehe hinunter und sieh, was aus deinen Drachen geworden ist.«

Kitiara blickte kurz und ohne besonderes Interesse in den Hof hinunter. »Es waren nicht diese Lanzen, die meine Drachen in deine Falle gelockt haben«, sagte sie, während ihre braunen Augen Laurana kühl taxierten, »noch haben sie meine Armee in alle Richtungen zerstreut.«

Noch einmal sah Laurana kurz auf die leere Ebene.

»Ja«, sagte Kitiara, die das erwachende Verstehen in Lauranas Gesicht bemerkte. »Du hast gewonnen – heute. Koste deinen Sieg jetzt aus, Elfe, denn er wird nur von kurzer Dauer sein.« Die Drachenfürstin bewegte die Lanze geschickt in ihrer Hand und hielt sie auf Lauranas Herz gerichtet. Das Elfenmädchen stand unbeweglich mit ausdruckslosem Gesicht vor ihr.

Kitiara lächelte. Mit einer schnellen Bewegung drehte sie die Lanze um. »Danke für die Waffe«, sagte sie und stieß sie in den Schnee. »Berichte über sie haben wir bereits erhalten. Jetzt können wir herausfinden, ob es wirklich eine so mächtige Waffe ist, wie du behauptest.«

Kitiara deutete eine Verbeugung vor Laurana an. Dann legte sie wieder die Drachenmaske an, ergriff die Drachenlanze und wandte sich zum Gehen. Dabei fiel ihr Blick noch einmal auf den toten Ritter.

»Sorge dafür, daß der Ritter ein Begräbnis erhält«, sagte Kitiara. »Es wird mindestens drei Tage in Anspruch nehmen, die Armee wieder zu organisieren. Ich gebe dir diese Zeit für die Zeremonie.«

»Wir beerdigen unsere Toten nach unserem Ermessen«, sagte Laurana stolz. »Wir erbitten nichts von dir!«

Der Anblick des toten Ritters und die Erinnerung an seinen Tod brachten Laurana wieder in die Wirklichkeit zurück. Es war wie der Schock kalten Wassers auf dem Gesicht eines Träumers. Sie stellte sich schützend zwischen Sturms Leiche und die Drachenfürstin und sah in die braunen Augen, die hinter der Drachenmaske glitzerten.

»Was wirst du Tanis erzählen?« fragte sie plötzlich.

»Nichts«, antwortete Kitiara. »Überhaupt nichts.« Sie drehte sich um und ging.

Laurana beobachtete den langsamen anmutigen Gang der Drachenfürstin, der schwarze Umhang flatterte in der aus dem Norden kommenden warmen Brise. Das Sonnenlicht spiegelte sich auf Kitiaras Beute. Laurana wußte, daß sie ihr die Lanze abnehmen sollte. Unten standen Ritter. Sie brauchte nur zu rufen.

Aber Laurana war zu müde und erschöpft. Es war schon anstrengend, stehen zu bleiben. Nur ihr Stolz bewahrte sie davor, auf die kalten Steine zu fallen.

Nimm die Drachenlanze, sagte Laurana stumm zu Kitiara. Sie wird dir Gutes tun.

Kitiara ging zu dem blauen Drachen. Unten waren die Ritter in den Hof gekommen und zogen den Kopf eines Drachen mit sich. Skie warf wütend den Kopf bei diesem Anblick zurück, ein wildes Grollen fuhr tief aus seiner Kehle. Die Ritter wandten ihre erstaunten Gesichter nach oben, wo sie den Drachen, die Drachenfürstin und Laurana erblickten. Mehr als einer zog seine Waffe, aber Laurana hob ihre Hand, um sie abzuhalten. Es war die letzte Bewegung, zu der sie in der Lage war.

Kitiara warf den Rittern einen verächtlichen Blick zu, legte eine Hand auf Skies Hals und streichelte und beruhigte ihn. Sie nahm sich Zeit, zeigte ihnen damit, daß sie sich vor ihnen nicht fürchtete.

Zögernd senkten die Ritter ihre Waffen.

Kitiara lachte spöttisch und schwang sich in ihren Sattel.

»Leb wohl, Lauralanthalasa«, rief sie.

Sie hob die Drachenlanze in die Luft und befahl Skie zu fliegen. Der riesige blaue Drache spreizte seine Flügel und erhob sich mühelos in die Luft. Ihn geschickt lenkend, flog Kitiara genau über Laurana.

Das Elfenmädchen sah in die feuerroten Augen des Drachen. Sie sah die verwundete, blutige Nüster, das geöffnete Maul zu einem bösartigen Knurren verzerrt. Auf seinem Rücken saß zwischen seinen Flügeln Kitiara – ihre Drachenschuppenrüstung glitzerte, die gehörnte Maske funkelte in der Sonne. Die Spitze der Drachenlanze blitzte im Sonnenlicht auf.

Dann fiel die Drachenlanze aus der behandschuhten Hand der Drachenfürstin. Sie schlug auf den Steinen auf und landete vor Lauranas Füßen.

»Behalte sie«, rief Kitiara ihr zu. »Du wirst sie nötig haben!«

Der blaue Drachen bewegte seine Flügel, flog in den Himmel und verschwand in der Sonne.

Die Beerdigung

Die winterliche Nacht war dunkel und sternenlos. Der Wind hatte sich in einen Sturm verwandelt, der Graupel und Schnee mit sich brachte und die Rüstung mit der Schärfe von Pfeilen durchbohrte und Blut und Geist einfror. Niemand mußte Wache stehen. Ein Mann auf den Zinnen des Turms des Oberklerikers wäre auf seinem Posten erfroren.

Es bestand auch keine Notwendigkeit für eine Wache. Den ganzen Tag über hatten die Ritter über die Ebenen gestarrt, aber es gab für die Rückkehr der Drachenarmee keinerlei Anzeichen.

In dieser winterlichen Nacht, als der Wind durch die Ruinen des Turms wie das Kreischen der sterbenden Drachen heulte, begruben die Ritter von Solamnia ihre Toten.

Die Leichname wurden in eine höhlenartige Grabesstätte neben dem Turm getragen. Vor Urzeiten war sie für die Toten der Ritterschaft verwendet worden. Aber das war zu Zeiten gewesen, als Huma auf dem Schlachtfeld in einen glorreichen Tod geritten war. Die Grabesstätte wäre ohne die Neugierde eines Kenders weiterhin vergessen geblieben.

Die Grabesstätte, Kammer des Paladin genannt, war ein großer viereckiger Raum, der tief unter dem Boden gebaut worden war, so daß sie bei der Zerstörung des Turms keinen Schaden genommen hatte. Eine lange, schmale Treppe führte von zwei riesigen Eisentoren, versehen mit dem Symbol von Paladin – der Platindrache, das uralte Symbol für Tod und Wiedergeburt –, nach unten. Die Ritter brachten Fackeln in die Kammer und stellten sie in verrostete Eisenhalter an den bröckelnden Steinmauern.

An den Wänden des Raumes reihten sich die Steinsärge der Toten. Über jedem Sarg hing ein Eisenschild, in den der Name des toten Ritters, der seiner Familie und sein Todestag eingraviert waren. Zwischen den Sargreihen führte ein Durchgang zu einem Marmoraltar in der Apris des Raumes. In diesem mittleren Gang der Kammer des Paladin bestatteten die Ritter ihre Toten.

Es war keine Zeit gewesen, Särge zu bauen. Alle wußten, daß die Drachenarmee zurückkehren würde. Die Ritter mußten die Zeit nutzen, um die zerstörten Mauern der Festung zu richten. Sie trugen die Leichname ihrer Kameraden hinunter in die Kammer des Paladin, legten sie in langen Reihen auf den kalten Steinboden und bedeckten sie mit uralten Leichentüchern. Das Schwert jedes toten Ritters wurde auf seine Brust gelegt, während etwas aus dem Besitz des Feindes – ein Pfeil, ein zerbeulter Schild oder die Klaue eines Drachen – zu seinen Füßen gelegt wurde.

Nachdem die Leichname in der Kammer waren, versammelten sich die Ritter. Sie standen bei den Toten, jeder neben dem Leichnam eines Freundes, eines Kameraden, eines Bruders. Es war so still, daß jeder Mann sein eigenes Herz schlagen hören konnte, als die letzten drei Leichname nach unten gebracht wurden. Sie wurden auf Bahren getragen und von einer Ehrenwache begleitet.

Eigentlich hätte ein großes Begräbnis stattfinden müssen, mit allem Drum und Dran, wie es der Maßstab vorschreibt. Am Altar hätte der Großmeister, in die zeremonielle Rüstung gekleidet, stehen müssen. Neben ihm hätte der Oberkleriker in Rüstung und der weißen Robe eines Klerikers von Paladin stehen müssen. Und der Hochrichter hätte da sein müssen, mit seiner Rüstung und der schwarzen Robe der Gerechtigkeit. Der Altar hätte mit Rosen geschmückt sein müssen, mit den goldenen Emblemen des Eisvogels, der Krone und des Schwerts.

Aber am Altar stand nur ein Elfenmädchen in einer Rüstung, die zerbeult und blutverschmiert war. Neben ihr standen ein alter Zwerg, den Kopf in tiefer Trauer gesenkt, und ein Kender, sein spitzbübisches Gesicht von Gram zerfurcht. Die einzige Rose auf dem Altar war eine schwarze, die man in Sturms Gürtel gefunden hatte; der einzige Schmuck war eine silberne Drachenlanze, mit schwarzem Blut verklebt.

Die Wachen trugen die Leichname nach vorn und setzten die Bahren ehrfürchtig vor den drei Freunden ab.

Zur Rechten lag der Körper von Lord Alfred Merkenin, sein verstümmelter Leichnam war mit weißem Leinen bedeckt. Zur Linken lag Lord Derek Kronenhüter, sein Körper war mit einem weißen Tuch verhüllt, um sein entsetzliches Grinsen, das der Tod in seinem Gesicht eingefroren hatte, zu verbergen. In der Mitte lag der Leichnam von Sturm Feuerklinge. Er war nicht mit weißem Leinen bedeckt. Er lag in seiner Rüstung, die er bei seinem Tod getragen hatte, der Rüstung seines Vaters. Seines Vaters uraltes Schwert lag auf seiner zerschmetterten Brust. Daneben lag sein Schmuckstück, etwas, das die Ritter nicht erkannten.

Es war der Sternenjuwel, den Laurana im blutdurchtränkten

Schnee gefunden hatte. Der Juwel war dunkel, sein Funkeln verblaßte bereits, als Laurana ihn in ihrer Hand hielt. Viele Dinge wurden ihr später klar, als sie den Sternenjuwel untersuchte. Das war also der Grund, warum sie den Traum in Silvanesti geteilt hatten. Hatte Sturm um seine Macht gewußt? Wußte er von der Verknüpfung, die zwischen ihm und Alhana geschmiedet wurde? Nein, dachte Laurana traurig, er hatte es vermutlich nicht gewußt. Ihm konnte auch nicht bewußt gewesen sein, daß der Juwel ein Symbol der Liebe war. Kein Mensch konnte das wissen. Sorgfältig legte sie den Juwel auf seine Brust, als sie mit Trauer an die dunkelhaarige Elfe dachte, die wissen mußte, daß das Herz, auf dem der Sternenjuwel ruhte, für immer zu schlagen aufgehört hatte.

Die Ehrenwache trat zurück und wartete. Die versammelten Ritter standen einen Moment mit gebeugten Häuptern da, dann sahen sie zu Laurana.

Nun wäre die Zeit für stolze Reden gekommen, für die Aufzählung der Heldentaten der toten Ritter. Aber eine Zeitlang hörten sie nur das schnaufende Schluchzen des alten Zwergs und Tolpans leises Schniefen. Laurana sah auf Sturms friedliches Gesicht, und sie brachte keinen Ton heraus.

Einen Moment lang beneidete sie Sturm, beneidete ihn heftig. Er brauchte keine Schmerzen mehr zu ertragen, nicht mehr zu leiden, nicht mehr einsam zu sein. Sein Krieg war ausgefochten. Er hatte gesiegt.

Du hast mich verlassen! weinte Laurana in Qualen. Hast mich allein gelassen, mit allem fertig zu werden. Erst Tanis, dann Elistan, jetzt du. Ich kann nicht mehr. Ich bin nicht stark genug! Betrug und Heuchelei! Ich lasse dich nicht gehen! Nicht so ohne weiteres! Nicht ohne Wut!

Laurana hob ihren Kopf, ihre Augen glühten im Fackelschein.

»Ihr erwartet eine prächtige Rede«, sagte sie, ihre Stimme war so kalt wie die Luft in der Grabesstätte. »Eine prächtige Rede zu Ehren der heldenhaften Taten dieser Männer, die gestorben sind. Nun, ihr werdet sie nicht hören. Nicht von mir!«

Die Ritter tauschten Blicke, ihre Gesichter verdunkelten sich.

»Diese Männer, die in einer Bruderschaft vereinigt sein sollten, die gegründet wurden, als Krynn jung war, starben in bitterer Unstimmigkeit, hervorgerufen durch Stolz, Ehrgeiz und Gier. Eure Augen richten sich auf Derek Kronenhüter, aber ihm ist nicht allein die Schuld zu geben. Euch. Euch allen! Jeder einzelne von euch, der diesem rücksichtslosen Kampf um Macht zugestimmt hat.«

Einige der Ritter senkten ihre Köpfe, andere erblaßten vor Scham oder vor Wut. Laurana erstickte fast an ihren Tränen. Dann fühlte sie Flints Hand die ihre tröstend drücken. Sie schluckte und holte tief Luft.

»Nur ein Mann stand darüber. Nur ein Mann unter euch lebte den Kodex jeden Tag seines Lebens. Und die meiste Zeit war er kein Ritter. Beziehungsweise er war ein Ritter, nämlich da, wo es das meiste bedeutet – im Geist, im Herzen und nicht in einer offiziellen Liste.«

Laurana griff hinter sich und nahm die blutbefleckte Drachenlanze vom Altar. Sie hob sie hoch über ihren Kopf, und dabei hob sich auch ihre Stimmung. Die Schatten der Dunkelheit um sie hatten sich gelüftet. Als sie wieder sprach, starrten die Ritter sie verwundert an. Ihre Schönheit beglückte sie wie die Schönheit eines erwachenden Frühlingstages.

»Morgen werde ich diesen Ort verlassen«, sagte Laurana leise, ihre strahlenden Augen waren auf die Drachenlanze gerichtet. »Ich gehe nach Palanthas. Ich werde dort die Geschichte des heutigen Tages erzählen! Ich nehme diese Lanze und den Kopf eines Drachen mit. Ich werde diesen unheilvollen, blutigen Kopf auf die Stufen ihres wunderschönen Palastes werfen. Ich werde auf dem Drachenkopf stehen und sie zwingen, mir zuzuhören! Und Palanthas wird zuhören! Sie werden die Gefahr sehen! Und dann gehe ich nach Sankrist und nach Ergod und zu allen anderen Plätzen in dieser Welt, wo die Leute sich weigern, ihre nichtigen Haßgefühle zu vergessen und sich zu verbünden. Denn solange wir das Böse in uns nicht bekämpfen – so wie dieser Mann es tat –, so lange werden wir niemals dieses Böse besiegen, das uns zu verschlingen droht!«

Laurana hob ihre Hände und ihre Augen zum Himmel. »Paladin!« rief sie, ihre Stimme hallte wie ein Trompetenruf. »Wir kommen zu dir, Paladin, und begleiten die Seelen dieser ehrenhaften Ritter, die im Turm des Oberklerikers ihr Leben ließen. Gib uns, den in dieser vom Krieg zerrissenen Welt Zurückgebliebenen, die gleiche Ehrenhaftigkeit, die den Tod dieses Mannes auszeichnet!«

Laurana schloß ihre Augen, Tränen liefen über ihre Wangen. Sie konnte nicht mehr um Sturm trauern. Ihre Trauer galt ihr selbst, dem Fehlen seiner Gegenwart, daß sie Tanis vom Tod seines Freundes erzählen mußte, daß sie in dieser Welt ohne diesen ehrenhaften Freund an ihrer Seite leben mußte.

Langsam legte sie die Lanze auf den Altar. Dann kniete sie davor nieder, spürte Flints Arm um ihre Schultern und Tolpans sanfte Berührung ihrer Hand.

Als sie betete, hörte sie die Ritter hinter sich ihre Stimmen mit eigenen Gebeten zu dem großen und uralten Gott Paladin erheben.

Dann gingen die Ritter langsam und feierlich nacheinander nach vorn, um den Toten die letzte Ehre zu erweisen, jeder kniete einen Moment vor dem Altar. Dann verließen die Ritter von Solamnia die Kammer des Paladin und kehrten zu ihren Ruhelagern zurück, um noch etwas Schlaf vor der Morgendämmerung zu finden.

Schließlich standen nur noch Laurana, Flint und Tolpan bei ihrem Freund, ihre Arme umeinander geschlungen. Ein eisiger Wind pfiff durch die offene Tür der Grabstätte, wo die Ehrenwache stand, bereit, die Kammer zu versiegeln.

»Kharan bea Reorx«, sagte Flint in der Zwergensprache und wischte mit seiner knorzigen und zitternden Hand über seine Augen. »Freunde treffen sich bei Reorx.« Er wühlte in seinem Beutel und holte ein Stück Holz hervor, eine wunderschön geschnitzte Rose. Sanft legte er sie auf Sturms Brust neben Alhanas Sternenjuwel.

»Leb wohl, Sturm«, sagte Tolpan verlegen. »Ich habe nur ein Geschenk, das – das dir gefallen würde. Ich... ich glaube nicht, daß du es verstehst. Aber dann wiederum verstehst du es vielleicht doch. Vielleicht verstehst du es sogar besser als ich.« Tolpan legte eine kleine weiße Feder in die kalte Hand des Ritters.

»Quisalan elevas«, flüsterte Laurana in der Elfensprache. »Unser Liebesband ist ewig.« Sie hielt inne, wollte Sturm in dieser Dunkelheit nicht allein lassen.

»Komm, Laurana«, sagte Flint. »Wir haben uns verabschiedet. Wir müssen ihn nun gehen lassen. Reorx wartet auf ihn.«

Laurana trat zurück. Schweigend und ohne sich umzudrehen stiegen die drei Freunde die engen Stufen hoch und schritten durch die eisigen, stechenden Graupelschauer.

Weit entfernt vom eiskalten Solamnia nahm jemand anders Abschied von Sturm Feuerklinge.

Silvanesti hatte sich in den vergangenen Monaten nicht verändert. Obwohl Loracs Alptraum zu Ende war, und sein Körper unter der Erde seiner geliebten Heimat ruhte, erinnerte das Land sich noch an Loracs fürchterliche Träume. Die Luft roch nach Tod und Zerfall. Die Bäume waren immer noch in unendlichen Qualen verformt. Mißgebildete Kreaturen streiften durch die Wälder, versuchten, ihrer entstellten Existenz ein Ende zu bereiten.

Vergeblich wartete Alhana von ihrem Zimmer im Sternenturm aus auf eine Veränderung.

Die Greife waren zurückgekehrt, so wie sie es erwartet hatte, da der Drache verschwunden war. Sie hatte beabsichtigt, Silvanesti zu verlassen und zu ihrem Volk nach Ergod zurückzukehren. Aber die Greife brachten beunruhigende Neuigkeiten: Krieg zwischen Elfen und Menschen.

Es war ein Zeichen der Veränderung in Alhana, ein Zeichen ihres Leidens in diesen vergangenen Monaten, daß sie diese Nachrichten bedrückend fand. Bevor sie Tanis und die anderen kennengelernt hatte, hätte sie einen Krieg zwischen Elfen und Menschen akzeptiert, vielleicht sogar begrüßt. Aber jetzt erkannte sie, daß dies nur ein Werk der bösen Kräfte in der Welt war.

Sie sollte zu ihrem Volk zurückkehren, das wußte sie. Vielleicht könnte *sie* diesen Wahnsinn beenden. Aber sie redete sich ein, daß das Wetter zum Reisen zu unsicher wäre. In Wirklichkeit schrak sie vor der Bestürzung und dem Zweifel ihres Volkes zurück, wenn sie ihnen von der Zerstörung ihres Landes und ihrem Versprechen berichten würde: dem Versprechen an ihren sterbenden Vater, daß die Elfen zurückkehren und das Land wieder aufbauen würden, nachdem sie die Menschen beim Kampf gegen die Dunkle Königin und ihre Helfer unterstützt hätten. Oh, sie würde gewinnen. Daran hatte sie keinen Zweifel. Aber sie empfand Grauen, die Einsamkeit ihres selbstgewählten Exils aufzugeben, um sich dem Durcheinander der Welt außerhalb von Silvanesti zu stellen.

Und sie fürchtete sich – obgleich sie sich danach sehnte – den Menschen, den sie liebte, wiederzusehen: den Ritter, dessen stolzes und ehrenhaftes Gesicht in ihren Träumen erschien, dessen Seele sie durch den Sternenjuwel teilte. Ohne sein Wissen stand sie an seiner Seite im Kampf um seine Ehre. Ohne sein Wissen teilte sie seine Qualen und lernte allmählich die Tiefen seiner noblen Seele kennen. Ihre Liebe zu ihm wuchs täglich so wie ihre Furcht, ihn zu lieben.

Und so verschob Alhana ständig ihre Abreise. Ich werde aufbrechen, sagte sie sich, wenn ich ein Zeichen bekomme, das ich meinem Volk bringen kann – ein Zeichen der Hoffnung. Sonst werden sie nicht zurückkehren. Sie werden vor Verzweiflung aufgeben. Tag für Tag sah sie aus dem Fenster.

Aber es kam kein Zeichen.

Die Winternächte wurden immer länger, die Dunkelheit tiefer. Eines Abends ging Alhana auf den Zinnen des Sternenturms spazieren. In Solamnia war es Nachmittag, und auf einem anderen Turm stand Sturm Feuerklinge einem himmelblauen Drachen und einer Drachenfürstin, Finstere Herrin genannt, gegenüber. Plötzlich spürte Alhana ein seltsames und beängstigendes Gefühl – als ob die Welt aufgehört hätte, sich zu drehen.

Ein wahnsinniger Schmerz durchbohrte ihren Körper, so daß sie sich setzen mußte. Vor Angst und Trauer schluchzend, umklammerte sie den Sternenjuwel, den sie um ihren Hals trug, und sah, wie sein Licht flackerte und erstarb.

»Das ist also mein Zeichen!« weinte sie bitterlich, hielt den dunklen Juwel in ihrer Hand und schüttelte ihn. »Es gibt keine Hoffnung! Es gibt nur Tod und Verzweiflung!«

Sie hielt den Juwel so fest, daß seine scharfen Kanten sich in ihr Fleisch bohrten. Alhana stolperte blind durch die Dunkelheit zu ihrem Zimmer. Noch einmal sah sie aus dem Fenster auf das sterbende Land. Dann schloß sie es schluchzend.

Soll die Welt sein, wie sie ist, sagte sie sich bitter. Soll mein Volk auf seine eigene Weise sein Ziel erreichen. Das Böse wird vorherrschen. Wir können nichts tun, um es aufzuhalten. Ich werde hier bei meinem Vater sterben.

In jener Nacht machte sie einen letzten Spaziergang. Achtlos warf sie einen dünnen Umhang über ihre Schultern und steuerte auf ein Grab zu, das neben einem verformten Baum lag. In ihrer Hand hielt sie den Sternenjuwel.

Sie warf sich auf den Boden und begann mit bloßen Händen hektisch zu graben, kratzte an der gefrorenen Erde des Grabes ihres Vaters mit Fingern, die bald rauh und blutig waren. Es kümmerte sie nicht. Sie begrüßte den Schmerz, der so viel leichter zu ertragen war als der Schmerz in ihrem Herz.

Schließlich hatte sie ein kleines Loch gegraben. Der rote Mond Lunatari kroch in den Nachthimmel, färbte das Licht des Silbermondes mit Blut. Alhana starrte auf den Sternenjuwel, bis sie ihn durch ihre Tränen nicht mehr sehen konnte, dann warf sie ihn in das Loch. Sie bezwang ihre Tränen, wischte sie aus dem Gesicht und wollte das Loch zugraben.

Dann hielt sie inne.

Ihre Hände zitterten. Zögernd griff sie nach unten und wischte die Erde von dem Sternenjuwel, fragte sich, ob die Trauer sie in den Wahnsinn getrieben hätte. Nein, von ihm ging ein winziger Lichtschimmer aus, der immer stärker wurde. Alhana nahm den schimmernden Juwel aus dem Grab.

»Aber er ist tot«, sagte sie leise und starrte auf den Juwel, der im silbernen Licht von Solinari funkelte. »Ich weiß, daß er tot ist. Nichts kann das ändern. Aber warum dann dieses Licht...«

Ein plötzliches Rascheln ließ sie zurückschrecken. Alhana fürchtete, daß der entsetzlich verformte Baum über Loracs Grab sie mit seinen krächzenden Ästen packen wollte. Aber sie sah, daß die Zweige des Baumes nicht mehr verzerrt waren. Einen Augenblick lang hingen sie bewegungslos, und dann richteten sie sich mit einem Seufzen auf. Der Stamm erhob sich, und die Rinde wurde glatt und begann im silbernen Mondlicht zu glitzern. Es tropfte kein Blut mehr aus dem Baum. Durch die Adern der Blätter floß wieder Lebenssaft.

Alhana keuchte. Sie erhob sich unsicher und sah sich um. Sonst hatte sich nichts verändert. Kein anderer Baum war anders, nur dieser über Loracs Grab.

Ich werde verrückt, dachte sie. Ängstlich wandte sie sich wieder zu dem Baum am Grab ihres Vaters. Nein, er *hatte* sich verändert. Noch während sie hinsah, wurde er immer schöner.

Vorsichtig hängte Alhana den Sternenjuwel wieder an seinen Platz über ihrem Herzen. Dann drehte sie sich um und ging zum Turm zurück. Es gab noch viel zu tun, bevor sie nach Ergod aufbrechen würde.

Am nächsten Morgen, als die Sonne ihr blasses Licht auf das unglückliche Silvanesti warf, sah Alhana in den Wald hinaus. Nichts hatte sich verändert. Ein ungesunder grüner Nebel lag immer noch über den leidenden Bäumen. Nichts würde sich verändern, das wußte sie, solange die Elfen nicht zurückkehren und an der Veränderung arbeiten würden. Nichts war anders, nur der Baum an Loracs Grab.

»Leb wohl, Lorac«, rief Alhana, »bis wir zurückkehren.«

Sie rief ihren Greif zu sich, stieg auf seinen starken Rücken und gab ihm einen Befehl. Der Greif spreizte seine fedrigen Flügel und erhob sich in schnellen Spiralen über Silvanesti. Auf ein Wort von Alhana wandte er sich gen Westen und begann seinen langen Flug nach Ergod.